最后一天和另外的某一天

艾伟 著

作家出版社

目　录

乡 村 电 影

　　村头的香樟树下一大帮孩子翘首望着南方。他们在等待电影放映员小李的到来，因为在乡村间轮流放映的露天电影这回轮到他们村了。放映机是在早上由守仁他们几个用手推车运到村里的，但电影片子是由放映员小李随身带的，小李没出现孩子们就不知道今晚放什么片子。

　　已经是初夏时节，天气已很热了，附近的苦楝树丛显得蓬勃而苍翠，细碎的叶子绿得发黑；一条小河从香樟树底下流过，河水清澈见底，河面荡着天空的一块，碧蓝碧蓝，使河道看上去像一块巨大的陶瓷碎片。放映员小李迟迟没有出现，孩子们不免有点着急，加上天热，一些孩子跳进了河里游水。这是今年他们第一次下水，气温虽高但水还是很冷的，所以孩子们一跳进水里便大呼小叫起来。

　　另一些孩子没有下水，他们围在一起说话。一个叫萝卜的孩子在猜测今晚放映什么电影。萝卜的爷爷在城里，他在城里的电影院看过一部叫《卖花姑娘》的电影，但村里的孩子似乎不相信或不以为然，他盼望有一天村里也能放这部片子。

　　萝卜说："我猜今晚一定放《卖花姑娘》这部电影。"

大家没理萝卜，眯着眼看前方一个骑自行车的人向村里驶来，试图辨认那人是不是放映员小李。那人不是。

虽然没人睬萝卜，他依然自顾自说话："城里的电影院白天也能放电影，因为电影院是黑的。我看《卖花姑娘》就是在白天。那是一部朝鲜电影，非常感人，当时电影院里几乎所有的人都哭了。"

孩子们都笑出声来。有人嘲笑萝卜竟喜欢这样一部没有战争的电影。那个叫强牯的孩子粗暴地骂萝卜娘娘腔。强牯是这帮孩子的头，孩子们都讨好地附和强牯，笑萝卜像娘们似的。

萝卜感到很孤独。他不知道为什么他的伙伴不相信他的话，处处和他对着干。显然他比他的伙伴有更多的见识，但他的伙伴却还嘲笑他。

萝卜喜欢和比他大一点的小伙子和姑娘待在一起，他因此有点怀念村子里没电的日子。因为那时小伙子和姑娘们会坐在油灯下，谈论刚刚读到的一本书或一部手抄本，从他们的嘴唇中还会吐出像"恩维尔·霍查、铁托"这样的异帮人的名字。萝卜喜欢这样的场景，他觉得他们比起他那些愚蠢的伙伴来显得目光远大、见多识广；同时萝卜还嗅到了爱情的气息在油灯下滋长，他发现在油灯照不见的地方，姑娘和小伙子又在肌肤相亲。但有了电灯以后，小伙子和姑娘即使聚在一起也分得很远，他们之间存在着不可逾越的距离。

孩子们还在谈论电影，这回他们在讨论为什么从电影机里蹦出那么多活人来这件事。孩子们感到不可思议。一个孩子听说过孙悟空的故事，就说，一定是像孙悟空用毛变小猴子那样变出来的。另一个则说，我去幕布上摸过，并没有人。萝卜听了他们的话，不自觉地摇了摇头，想他们是太愚蠢了，他真的不想理睬他们，但萝卜还是遏制不住站到太阳底下，让自己的影子做了几个动作，然后说："你们见到的活人只不过是这个东西。"但没有一个孩子认同他的说法。

就在这时，放映员小李骑着自行车进村了，他路过村头时一脸矜持，没理睬孩子们的纠缠就径直到了守仁家。孩子们也跟着来到守仁家。守仁家的门口一下子围满了孩子们。放映员小李从自行车后架上把一只铁皮箱子拿了下来，孩子们都知道那上面放着电影胶卷。那个叫强牯的孩子眼尖，他看到了铁皮盖子上面已被磨损得模糊不清的片名，就大声对萝卜说：

"今天晚上的电影是《南征北战》，根本不是他妈的《卖花姑娘》。"

但萝卜不相信，他继续往里挤。萝卜好不容易才挤到守仁家里，想问守仁或放映员小李今晚放什么电影。萝卜站在门口不敢靠近守仁，因为萝卜很怕守仁，守仁是个有名的暴戾的家伙。

谁也不敢惹守仁，守仁是村里最狠的打手。守仁有一双高筒雨鞋，穿上后确实十分威风，走在村里的石板路上"咯咯"作响，很像电影里的日本宪兵。虽然村里的人都在喊"割资本主义尾巴"的口号，但实际上家家户户都是养着几只鸡或者鸭的。鸡和鸭一般不怕人，但它们怕守仁，见到守仁都像老鼠见着猫一样溜之大吉。这是因为守仁操着它们的生杀大权。如果村里的男人或女人打死别家的一只鸡或者鸭必会引起一场纠纷，但如果守仁打死一只鸡或者鸭，大家都会觉得合理，割"尾巴"嘛。守仁打了大家没意见。守仁是个凶神。每次孩子们调皮时，父母们就会吓唬他们："让守仁抓去算了。"每每听到这样的话，孩子们都会钻到母亲怀里。在这样的思想灌输下，几乎所有的孩子都怕守仁。

守仁正在为放映员小李泡茶。守仁似乎很紧张，他一直绷着脸，倒茶时双手也在微微颤抖。萝卜觉得守仁有点反常，他虽对村里的人凶，但对外乡人特别是像放映员小李这样有身份的人一直是笑脸相迎的。萝卜很想知道晚上放什么电影，他也不顾守仁心情不好，问守仁今晚放什么片子。谁知守仁"砰"地把茶壶放到桌上，来到门边，抓住萝卜的胸口，把萝卜掷到屋外的人堆里。萝卜的脸顿时煞白。

守仁对孩子们吼道："都给我滚开，再来烦我，当心打断你们的腿。"

孩子们惊恐地离去。他们虽然心里恨恨的，但都不敢骂出声来，怕守仁听到了没好果子吃。

萝卜的家就在守仁家隔壁，所以没理由走开。萝卜在不远处的泥地上玩那种旋转"不倒翁"，萝卜十分用力地抽打它，故意把抽打声弄得很响，他是用这种方法抗议守仁对他的粗暴。

放映员小李对守仁今天的行为很奇怪，他说："你怎么啦，守仁，发那么大脾气？"

守仁的脸变得有些苍白，眼中露出一丝残忍的光芒，说："他娘的，'四类分子'都不听话了，看我不揍死他，这个老家伙。"

外乡人小李不知道守仁在说什么，问："谁得罪你了？"

守仁说："得罪我，他敢，只不过是个'四类分子'。"

小李说："何苦为一个'四类分子'生那么大气。"

守仁说："上回轮到他，他竟敢不去……"

外乡人小李慢慢听明白怎么一回事了。村里有了电就可以放电影了。乡村电影一般在晒谷场放映。晒谷场不干净，每次轮到放电影时就要有人打扫。村里决定让"四类分子"干这活。村里共有十二个"四类分子"，两个人一组，分六组轮流值班。开始一切正常，"四类分子"老老实实尽义务，没异议。但当轮到"四类分子"滕松时，就出了问题。滕松坚决不干。

守仁还在滔滔不绝地说，他好像越说越气愤，脸色变得越来越黑。他说："他竟敢不去。我用棍子打他，他也不去，我用手抓着他的头发拖着他去晒谷场，他的头发都给我揪下来了，但我一放手，他就往回跑。我用棍子打他的屁股，打出了血，直打得他爬不起来他还是不去。

打到后来他当然去不了晒谷场了，他不能走路了，他起码得在床上躺上半个月。"

外乡人小李说："这个人怎么那么傻？"

守仁说："这个人顽固不化，死不悔改。今天又轮到他了，我早上已通知他扫地去，他没说去还是不去。中午我去晒谷场看了看，地还是没扫。"

小李说："他大概还欠揍。"

守仁说："如果三点钟他还没去扫地，我会打断他的腿。"

萝卜听了守仁和放映员小李的对话就神色慌张地跑了。他来到晒谷场，晒谷场上已放了一些条凳，一些孩子正在晒谷场中间的水泥地上玩滑轮车。但那个叫滕松的"四类分子"不在，另一个和他搭档的"四类分子"则拿着扫把坐在一堆草上。他叫有灿，是个富农分子。他没有开工，因为滕松没来，他开工就吃亏了。有灿很瘦，因是"四类分子"，平时抬不起头，背就驼了，走路的样子像虾米一样，好像总在点头哈腰。

萝卜就来到有灿跟前，有灿很远就在向他媚笑，萝卜没同他笑，一脸严肃地站在有灿前面，说："你为什么还不打扫，再不打扫天就要黑了。"

有灿眨了眨眼，说："滕……松他不……来，我有什么办法。凭……什么一……定让……我一个人打扫。"

有灿有结巴的毛病，这几年是越来越严重了，萝卜听了有点不耐烦，就打断有灿，说："你不会去叫他一声！"

有灿吱地笑了一声，露出一脸嘲笑，说："我叫他？我算什么，我又不是守仁，就是守仁也叫不来他。"

萝卜很想教训有灿几句，但一时想不出合适的口号，就跑开了。他预感到滕松像上回一样是不会来扫地的，他想守仁肯定不会放过这人的。上回守仁把他打得浑身是血，那场面看了真的让人害怕。萝卜想守仁疯了，那个叫滕松的老头肯定也疯了。如果滕松不疯他干吗吃这样的眼前亏。

萝卜听住在城里的爷爷讲过滕松。爷爷说滕松是个国民党军官，本来可以逃到台湾去的，但他不愿意去（有人说那是因为他的妻儿在村里），就脱了军装回来了。爷爷问萝卜滕松现在怎么样。萝卜说，滕松一天到晚不说话，好像哑巴一样。爷爷说，他一回来就不大说话，解放初共产党审问他，他也是一声不吭，为此他吃了不少苦头。萝卜告诉爷爷，现在滕松除了骂他的老婆就没别的话，骂他老婆嗓门大得吓人。爷爷噢了一声，自语道，他的老婆是很贤惠的。

午后天空突然下起雨来，云层在村子的上空滚动，从天空掉下来的雨滴十分粗却有点稀疏，但在西边依然阳光灿烂。萝卜希望雨下得更大一些，最好今晚的电影取消，放来放去都是老片子，萝卜已经看腻了。如果不放电影，就不用打扫晒谷场了，那守仁也许就不会揍滕松了。

但一会儿，天又转晴了。萝卜看到守仁带着一根棍子，黑着脸来到晒谷场。守仁来到有灿前边，见有灿坐着，就给了有灿一棍子。

守仁说："你他妈还不快点扫地。"

有灿抱着头，带着哭腔说："我一个人怎么扫地。"

守仁又给了有灿一棍，说："谁规定一个人就不能扫地？"

有灿站起来开始扫地，嘴里念念有词的。守仁斥了他一声，让他老实点。有灿就不吭声了。

萝卜看到守仁向村北走去，他知道守仁一定是去教训滕松了。强牯对孩子们喊了起来："有好戏看了，有好戏看了，守仁要揍滕松了。"一帮孩子跟着守仁朝村北走去。萝卜也跟了过去。

滕松正坐在自己的屋前。他住的是平房，因年久失修，平房看上去十分破旧。滕松的脸上没任何表情，当守仁和跟在守仁身后的孩子们来到他前面时，他甚至看也没有看守仁一眼。他似乎在等待守仁的到来。

守仁走过去，二话不说举起棍子向滕松头上砸去。滕松的头顷刻就开了裂，如柱的鲜血把他的脸染得通红。滕松却没有站起来，纹丝不动坐着，任守仁打。守仁显得很激动，他的脸完全扭曲了，他每打一下都要喊叫一声，然后说："让你硬，他妈让你硬。"

滕松的老婆站在一边，不敢看这场面，她低着头，背对着滕松哀求道："你就去扫地吧，你这是何苦呢。"滕松突然站了起来，冲到老婆前面，愤怒地训斥道："你给我安静一点！"滕松的老婆显然吓了一跳，就不喊了。就在这时，守仁的棍子向滕松的腿砸去，"啪"一声，棍子打断了。与此同时，滕松应声倒在屋檐下，他的头磕在一块石头上。

守仁依旧不肯罢休，他从附近的猪栅里抽了根木棍继续打滕松。围观的孩子们见此情景脸色变得苍白起来，他们的脸上布满了痛苦的神情。滕松的老婆见这样下去滕松非被揍死不可，就冲过来用身体护住滕松。守仁用脚踢了女人一下，掷下棍子就走了。

孩子们见守仁走了，这才如梦方醒，他们看到守仁眼中挂着泪滴，都不明白究竟发生了什么事。孩子们跟在守仁背后，发现守仁越哭越响了，竟有点泣不成声。

萝卜没跟去，他看到滕松的老婆把滕松拖进屋后就木然坐在地上。萝卜见周围没人，就走了进去，他替滕松倒了一杯水。滕松接过水时对萝卜笑了笑。他说出萝卜爷爷的名字，问是不是他的孙子。萝卜点点头。滕松说，我和你爷爷从小在一起玩，你爷爷比我滑头。说着，滕松苦笑了一下。

一会儿，萝卜来到屋外，他看到强牯带着一帮孩子站在不远处。他想避他们而去，但强牯叫住了他。他只好过去。

强牯双手叉在腰上，用陌生的眼光打量萝卜。强牯说："你刚才在干什么？"

萝卜的脸就红了。他想他们一定看到他替滕松倒水了。但萝卜的脸上本能地露出迷惘的神色，他说："我没干什么呀！"

强牯踢了萝卜一脚，说："还想赖，我们都看见了。你为什么要讨好一个'四类分子'？"

萝卜知道抵赖不掉这事，他讨好地对强牯说："我替'四类分子'倒水，是因为我在专他的政。其实我在水里吐了很多唾沫，还撒了尿。我是在捉弄他。"

强牯对萝卜的回答很不满意，但又找不出什么理由反驳，就气愤地揪住萝卜的头发，说："你小心点。"强牯旁边的人趁机在萝卜身上打了几拳。

强牯带着手下走了。萝卜木然站在那里。他想自己的阶级立场存在问题，他不应该替滕松倒水的。但萝卜的爷爷说，滕松是个孝子，滕松母亲死时，滕松从前线逃了回来给母亲奔丧，差点被他的上司枪毙。爷爷还说，从前家乡人找他帮忙，他二话不说一定尽心尽力。因此当守仁打这个人时，萝卜挺同情这个人的。萝卜想自己的阶级立场确实存在问题。

当萝卜他们村真的迎来《卖花姑娘》这部电影时，已是这年的深秋了。村子里遍地都是的苦楝树丛的叶子早已脱落，枝丫光秃秃的，立在秋风中。天已透出凉意，孩子们穿得已经有点厚了，他们在晒谷场上玩各种游戏。萝卜这天很高兴，因为终于要放映这部《卖花姑娘》了，而他的同伴这之前一直不相信这部影片的存在，他们应该见识一下这部真正的电影。

午后，萝卜突然觉得有点不对劲。他发现今天打扫晒谷场的"四类分子"一直没有出现。他一算发现今天又轮到滕松和有灿打扫卫生。但滕松没有出现（这是意料中的），连有灿也没有出现（这在意料之外）。萝卜觉得空气中一下子充满了火药味。萝卜想，守仁肯定不会放过他们的。

就在这时，萝卜发现守仁叼着劣质香烟、抄着棍子向晒谷场走来。守仁的脸色十分苍白，有人向守仁打招呼，守仁也没回应。守仁站在晒谷场边看了会儿，就回头走了。萝卜迅速跟了上去。萝卜猜想守仁又要去打滕松或有灿了。

果然，守仁朝有灿家走去。有灿的老婆正在晒霉干菜，见到守仁吓得篮子都掉了。守仁站在有灿家门口，吼道："叫有灿出来。"

有灿老婆颤抖着说："有灿病了呀！"

守仁说："死了也叫他出来。"

有灿老婆赶紧回到里屋叫有灿。

一会儿，有灿满脸病容，弯着腰痛苦地站在守仁面前。

守仁说："今天轮到你打扫，你知道吗？"

有灿说："知道。但我生病了，上回是我一个人打扫的，这回应该滕松一个人打扫了。"

"我看你是想吃棍子。"说着，守仁撩起棍子向有灿的屁股砸去，边打边说，"看你学样，看你学样。"

有灿痛得在地上打滚。他抱着头求饶道："别打我啊，我马上去，我马上去啊！"

守仁好像没有听见，继续狠揍有灿。一会儿，守仁才说："你说去就行了吗？你给我爬着去打扫。"

守仁把门边的扫把掷到有灿头上，吼道："爬。"

有灿就背上扫把向晒谷场爬去。守仁跟在后面，不时用棍子打有灿。孩子们跟在守仁后面起哄。

有灿爬到晒谷场，守仁叫他站起来扫地。有灿很听话地扫了起来。守仁就丢了棍子拍拍手上的灰尘走了。孩子们依旧跟在守仁背后。萝卜想下一步守仁要去收拾滕松了。但守仁并没有向滕松家走去。有孩子问守仁："怎么不去教训滕松了？"守仁回过头来，对孩子们叱道："都给我滚！"孩子们一阵烟似的逃散了。

萝卜松了口气，他想，守仁不会去打滕松了。

天开始黑了下来，露天电影马上就要开始了，村里的男女老少都搬了凳子来到晒谷场。滕松也来看电影了，但他独自一个人坐在靠仓库的角落里。他挺直了身子面无表情地坐着，双眼十分惘然。孩子们显得十分兴奋，撒着野，在人群中钻进钻出。

萝卜发现守仁叼着烟来了。他正朝仓库方向走来，但他见到滕松后就转了向，朝另一个方向走去，他好不容易才挤到电影放映机前，和放映员小李说了几句。一会儿，电影《卖花姑娘》就开始了。

别的孩子也看到守仁似乎在躲避着滕松。强牯走到萝卜身边说："我觉得守仁他怕滕松呢。"萝卜说："是呀，我觉得很奇怪。"

一会儿，强牯疑惑地问："守仁为什么要怕滕松呢？"

萝卜无法回答强牯。他反问道："你怕滕松吗？"

强牯说："这个'四类分子'同别的不一样，他一声不吭，是有点吓人的。"

萝卜见强牯怕滕松，心中就涌出许多快感来，他突然感到自己似乎在强牯面前高出几分，说话也牛气起来。他说："我不怕滕松。"

　　强牯说："你当然不怕他，因为他收买了你。你给他倒开水，你讨好他。"

　　萝卜说："放屁。我没讨好'四类分子'。"

　　强牯说："那你一定也怕他。"

　　萝卜说："笑话，我不怕他。"

　　强牯说："那你敢不敢用牛粪砸他？"

　　萝卜说："有什么不敢的。"

　　村子的道路上到处都有牛粪，因已是秋天，牛粪都风化了，结成硬硬的一块，用力掰开来，还能闻到一股青草的清香。萝卜捡了一块牛粪躲在一边，准备用牛粪砸滕松。萝卜觉得自己有点卑鄙，他心里其实是不想那么做的，但他却做了，表现得还很火。他不想让滕松发现是自己砸了他。他躲在一旁向滕松砸去，牛粪正好落在仓库的墙上。萝卜蹲了下来，发现强牯早已逃之夭夭。

　　一会儿，萝卜向仓库那边望去。他发现滕松正专注地看着银幕，神色十分悲伤，并且眼中噙满了泪水。显然他没注意到有人用牛粪袭击了他。萝卜看了一眼银幕，电影已进入了高潮。他发现周围的大人们都噙满了泪水。萝卜想，这确是一部让人心酸的电影。萝卜还发现，不但滕松泪流满面，连电影机旁的守仁也几乎泣不成声了。

到处都是我们的人

　　我们单位早在几年之前就已经解散了，同事们被分配到我们城市的各个角落，都已走上了新的工作岗位。有时候我在大街上会碰到旧同事，大家说起老单位的事情来，还会感慨万千。

　　我们这个城市地处沿海，改革开放后经济蓬勃发展，人们生活大大改善。俗话说，人往高处走，水往低处流，生活好了，大家的要求就更高了。本来，我们这个城市除了少部分还在使用煤球炉以外大部分居民家都用上了罐装液化气，但罐装气自有不便之处，就是每月要换煤气。家住一楼二楼还好，要是住在七楼八楼搬上搬下的实在麻烦。大家都盼望煤气像自来水一样接到各家各户。这不是说大家没力气搬煤气罐，实际上，这几年生活改善，吃的是大排海鲜，我们体内有的是能量，搬个煤气罐是不在话下的。但即使体内有能量也不能浪费在这种原始劳动上面。我们现在常常挂在口中的词是生活质量，显然搬煤气罐属于生活质量低下的标志。就在这个时候，我们这个城市的东郊传出喜讯：某地质勘探队在东郊勘出了天然气。老百姓奔走相告，都觉得更高的生活质量近在眼前。当时，我们这个城市的市长刚刚上任，听到这个消息也很振奋。按惯例，市长上任要提出施政目标，即所谓十件实事。市长正愁凑不齐十件，听到东郊有天然气，于是就决定把开发天然气列入十件实事之一。他当即指示：建立班子，天然气工程马上上马。

我们就是在这样的背景下被抽调到一起的。我们单位的牌子是天然气工程办公室。我们为了共同的目标来到一起，又事关自己的切身利益，工作就特别卖力。我们在上级的领导下，按部就班，买设备，购钢材，铺管道，建贮罐，工作进展得十分顺利。

我们正干得热火朝天，突然传来一个消息：天然气工程暂时停工。我们都不知道什么地方出了问题，也没多去想它，只觉得休息一段日子也好。大家想，这么冷的天可以不去野外施工了，可以坐在办公室过温暖日子了，便觉得占了便宜。于是大家坐在一起喝茶聊天晒太阳，谈谈巩俐和张艺谋，谈谈国际形势和前南战局，日子过得十分惬意。

老汪是我们计划科的科长。虽是科长，却不管事，当然不是他不想管事，是因为他同殷主任政见相左，殷主任不让他管事。老汪不但年纪大，脾气也很大，曾为此同殷主任吵过几次。当然这种吵是一点用也没有的。老汪因此对殷主任意见很大。去年殷主任为职工搞福利，不怎么合法，老汪就写匿名信告了他，为此殷主任向市政府写了一万字的检查报告。殷主任对老汪就更不客气了。老汪没办法，要求调走，可殷主任就是不放。殷主任说，我们要用你。

那天大家对停工一事基本上没什么反应，但老汪的反应却很快。他兴高采烈（或许是幸灾乐祸）地来到殷主任的办公室，在殷主任对面的沙发上坐了下来。他拔出一根烟，自个儿点上，然后美美地吸了一口，又缓缓地吐出。他没发烟给殷主任。殷主任没看他一眼，也拔出一根烟点上。

殷主任没理睬老汪，老汪憋不住，就从口袋里掏出早已写好了的请调报告，再次要求调走。老汪说，好了，现在单位完蛋了，买来的设备成废物了，你们也玩完了，春梦一场啊！我可不想再同你们做梦了，我还是趁早走，这回你总该放了我吧？殷主任白了老汪一眼，冷冷地说，拿回去。老汪就跳了起来，说，你还讲不讲理啊？

老汪的声音大，我们都听见了，大家不知出了什么事，都围到殷主任的办公室，发现老汪又在和殷主任吵。老汪说，上次我要调走，你说什么工程搞得如火如荼（老汪把荼字读成了荼字），不让走，现在单位玩完了，你总得放我走了吧？要讲道理是不是？

殷主任热爱群众，只要有群众在，他就有办法对付老汪。殷主任笑着问我们，老汪说我们玩完了，我们完了吗？大家笑笑。殷主任又说，老汪说我们春梦一场，我看他自己倒是像在做梦，他至少没有把停工同下马这两个概念搞清楚。所以，老汪，你应该把这两个概念搞明白了再来找我。你吵有什么用？

围观的群众就哄然大笑。老汪恼羞成怒，说，你不放我，我就天天同你吵。

殷主任冷笑了一声，说，如果你要吵，我奉陪，反正工程停了，我有的是时间。

老汪气得直骂殷主任卑鄙。

我和老汪还算谈得来。老汪因为不得志需要倾吐对象，需要发发牢骚，讲讲他的人生经验，所以同我特别友好。他的经验毫无疑问让我受益匪浅。老汪是有点好为人师的。不过，在我看来老汪实在不坏，虽说脾气火暴点，但思想是很活跃的。他对我说，我就喜欢和你们年轻人打交道，交流思想。确实老汪这个人心态很年轻，平时西装革履，头发梳得一丝不乱，还喜欢流行歌曲和电影明星，当然容易和年轻人打成一片。

　　老汪同殷主任吵的这一架让他差点气得吐血。吃中饭时老汪还没缓过劲来，见到我就大骂殷主任。他骂殷主任时我心情紧张，我怕有人听到而告到殷主任那里。幸好老汪骂了一通后顺过气来，就不再骂了。

　　老汪走后，我回到大伙中间，大家笑问我刚才老汪说些什么。我说，发发牢骚罢了。我知道大家对老汪的看法，自从老汪因为单位搞福利向市里告了一状，我们单位的福利就大不如前，领导们都不肯挑担子啦，因此我们对老汪是很有意见的。我们还认为老汪这个人太笨，他用这种方法是死也调不出去的，他和殷主任斗简直就像是蚍蜉撼大树。

　　群众的眼光大致没错。老汪在那天吵了一架以后也没采取更激烈的更有效的措施，而是沉下心来，作持久战的打算。我们发现老汪近来老是去胡沛的办公室。

　　胡沛是个表面外向内心细腻的女人，年近四十，没结过婚，大家背地里刻薄地叫她老处女。当然是不是处女只有天知道。别看她平时嘻嘻哈哈有点疯，但见到男的对她热情脸还是要红的。许多人说她疯疯癫癫是想掩饰内心的羞怯。从这个意义上说她不失为一个可爱的女人。我们还发现每次老汪去胡沛的办公室，胡沛都会脸红。

　　你知道，一个人一时没事做是可以的，但长时间没事做就很难受，不好打发时间。总不能老说巩俐吧，好战的南斯拉夫人的政治游戏与我们又有什么相干？我们都感到很无聊。人一无聊就免不了干些无聊的事。

　　比如有一天，大家正无聊着，五楼小王跑到大伙中间，气喘吁吁地说，他的寝室有老鼠，请大家一起捉老鼠。小王是外地人，因此住集体宿舍。宿舍就在五楼，是办公室改的，内外二间，里间卧室，外间吃饭。我们反正没事干，就来到宿舍捉老鼠。我发现我们单位的陈琪也在小王的房间里。见到陈琪，我的心即刻发酸。老实说我已经喜欢上她了。她是个无所顾虑的女子，一头卷曲长发，脸蛋丰满，肌肤细白，眼神常常流露出一种高傲的倦怠感。当然我没同她说过我喜欢她，我只是多情地默默关注着她。现在我看到陈琪在小王的房间里，因此联想就丰富起来，心中发酸也是难免的。但处在我这种状态中的男人一般都喜欢往好的方面想，或者对显而易见的事实拒绝承认。我马上否定了自己的联想，认为陈琪只不过是偶尔来小王这里玩的。这时，小王说，老鼠在书柜底下，大家准备好，我把它捅出来。但小王用棍子捅了好一会儿，老鼠没有动静。小王没法，提议把房间里的家具搬到客厅里。但就在我们将要搬最后一件家具，老鼠将要暴露在光天化日之下时，老鼠一溜烟窜到了客厅的家具堆里。见到老鼠，陈琪尖叫起来，她的叫声隐藏着女性的娇柔媚态，我听了心不由得颤抖起来。我一厢情愿地把这声叫视为对我们之中的一员的撒娇（但愿是对我的）。大家发誓今天一定要把老鼠抓到。小王来到客厅赶老鼠。这回老鼠不怎么沉得住气，很快从家具堆里出来跑进了房间。这次，我们把房间的门、窗都关上了。老鼠无处可逃，竟沿壁往上爬，像壁虎那样灵巧轻盈。最后老鼠爬到天花板上，两只眼睛血红，害怕而警觉地看着我们。大家都看呆了，并且有些害怕。我不想在陈琪面前露怯相，于是就用棍子去捅老鼠。谁知老鼠猛地往下跳，跳到陈琪的胸口上。陈琪芳容失色，惊声尖叫。我一棍击中老鼠，老鼠顿时在地上一跳一跳的，不能再跑了。这时陈琪已回过神来，因为意外的刺激，她显得十分兴奋。她叫得更欢了。我想很多人都会有我这样的经验，面对一个自己喜欢的女性的欢叫，会干得更卖力。一会儿老鼠一命呜呼。大家则都出了一身汗，感到很痛快。我则更加兴奋，因为在陈琪面前表演了我的勇敢。中午吃饭时大家胃口特别好，彼此也显得很亲热——集体活动总能使大家更团结。老汪见我们这边热闹，也端着饭碗走了过来，问我们上午在干什么。我们说在响应上级的号召，除四害。老汪显然没反应过来，说，什么？我说，我们在替小王捉老鼠。老汪说，你们看来是太无聊了。有人说，我们搞爱国卫生怎可以说无聊，我们不能一点事都不做啊。我见老汪说我们无聊，笑个不停。陈琪问，你笑什么啊？我对老汪说，老汪我们没女人陪当然无聊。小王说，老汪你要注意，当心人家胡沛爱上你。老汪说，这玩笑开不得。我们都放肆地笑出声来。老汪也笑，说，你们这些小流氓。

我们都很无聊，但有一个人总有办法打发时间。这个人就是老李。

我们计划科老汪不管事，实际管事的是老李。关于老李这人说起来也是很有意思。老李今年五十五。看上去比实际年龄要老一些。他个儿矮小喜欢穿一件藏青色中山装，中山装衣领处常常有星星点点的头皮屑，头发却不多，稀稀拉拉的就这么几根，还灰黑夹杂，看上去整个儿糟老头子一个。老李年纪大，却十分好动，喜欢在人家办公室门口东张西望，窥探别人的隐私，还拿别人的信在阳光下照，因此单位的群众有点烦他。但老李是我们的实际领导，我们科的人即使有意见也不表露，比如有一次，我们工会搞来福利鸡，我们听天由命，抓阄对号，一人一只。老李抓了 5 号，但 5 号的鸡太小，他就把 6 号那只大的拿走了。老李就是有点贪小。

老李对付无聊的办法就是去殷主任的办公室聊天和听指示。刚开始，老李整天坐在殷主任办公室。老李知道殷主任自从去了日本以后，喜欢讲日本，虽然老李已听了好几遍，但为了殷主任高兴，他还是旧话重提，主动问起日本的事。

殷主任说，小日本，弄得那叫干净，你穿着皮鞋在街上逛一整天，皮鞋还是一尘不染。他们的天然气厂比我们的公园还像公园。

这时，小王进来了，小王也是个有事没事往殷主任办公室跑的人。殷主任没睬小王，继续讲他的日本见闻。

殷主任说，日本女人不难看，原以为日本女人都是丑婆，其实不然，日本女人还是很有味道的。

老李知道殷主任喜欢说那"有料""无料"的典，就讨好地问，殷主任，日本人的饭店里都放些什么录像啊？

殷主任说，小日本表面上一本正经，背地里干的事情可那个了。日本的宾馆里有两个按钮，一个叫"有料"，一个叫"无料"，那"无料"当中的节目同我们的电视节目是一样的，但那个"有料"频道，看了吓死你。

小王开玩笑说，殷主任你看了没有啊？

殷主任哈哈笑笑，没有正面回答，他说，小王，那个东西你们年轻人看不得，一看准出事。

老李对殷主任是很服的。殷主任私下总是很随和，但在场合上说话就很有分寸，政策水平是很强的。比如殷主任对老汪掌握得很有政策，殷主任牢牢地把老汪捏在了手心，老汪一点办法也没有。老汪也只能在一些场合狗脚跳墙地来几招。老李打心里佩服殷主任。

老李不能整天坐在殷主任的办公室里。他出了殷主任的办公室就没什么人理他了，但他也有办法使自己的日子过得充实。他想办法弄了本全本《金瓶梅》来。他从殷主任的办公室出来，就坐在自己的办公桌前，戴上老花镜，津津有味地看了起来。去年，老李去深圳时买过一套港版《金瓶梅》，封面上写着全本，回来一看连呼上当，里面非常卫生，白白冤枉了一百二十八元人民币。这回老李看的是小楷手抄体版本。老李看了啧啧称奇。老李见到我在办公室，就把我叫到身边。

老李带着沉醉的表情，对我说，小艾啊，像这种书你们年轻人看不得，连我老头子看了也刺激。说完叭地在食指上吐了一口唾液，利索地翻了一页。

你们知道我看过不少杂书，并且也是喜欢充充内行的。我咽了一口口水，说，这个版本是毛主席他老人家在世时亲定出版的，就一千套。

老李点点头，意犹未尽地说，你知道我是怎样弄到这本书的吗？这可是很大的面子啊，我出去别人都是给我面子的，连市长到我们天然气办视察，都要主动走过来同我握手呢。

自从市长同老李握手过后，老李不管讲什么都会条条道路通罗马，讲到这件事。我听了忍不住说，是市长借给你的吗？

老李哈哈笑笑，就不说下去了。

老李读《金瓶梅》读得渐入佳境，也不怎么去殷主任的办公室了。但殷主任传来了话，让老李去他的办公室。老李只得去。

老李进去时，殷主任绷着脸，也没叫他坐。老李只得站着。老李不知道殷主任为什么这么严肃，开始在心里检讨起自己哪些地方做得不对。

殷主任说，有人向我告状，说你在看什么黄书。

老李摸不透殷主任啥意思，心里不觉咯噔了一下，他本能地说，没有啊。

殷主任见老李那样儿，就笑出声来，说，快去拿来，给我看看。

听到这话老李轻松多了。他的心中竟生出一丝感动来，殷主任看得起我，他不把我当外人。于是他就撒起娇来。他说，我急着要还的，别人催得很急。

殷主任说，你少废话，快去拿来。

老李愉快地回来拿他的《金瓶梅》了。看到那些不愿睬他的人时，他就显得有点趾高气扬。他想，殷主任要看那还有什么话说呢，我宁可自己不看也要让他先看。

老李就暂时看不了《金瓶梅》。不看《金瓶梅》，老李也是有办法打发时间的。

你可能不知道，老李最反感的是老汪。事情可能是老汪首先看不惯老李引起的。老汪看不惯老李当然有理由：其一，老李把本应属于老汪的权力给占有了；其二，两人的性格合不到一块。老汪看不惯老李，不但看不惯简直是看不起。老汪觉得像老李这样的人简直是人渣，什么东西都要较真，比如有一次，开会的时候老汪的位置靠得跟殷主任更近，老李就不舒服了，会开好后就在科里说，有的人规矩也不懂，我不知是真不懂还是假不懂，自个儿坐什么位置应该知道的嘛。老汪听了，才知自己触犯了他，但也没同他计较。可问题是有时候，虽然事情很小，你不同他计较也难做到，很多时候，老汪同老李为了一丁点的事吵了以后，老汪会十分后悔。在老李眼里，老汪给他的观感也不佳。这个老汪，年纪都一大把了，可就是为老不尊，成天游手好闲，嘴里还哼什么谭永麟的歌曲，唱什么"这陷阱这陷阱给我遇上"，穿得也花哨，头发梳得锃亮，也不知抹了多少油，他总是把自己装扮得像一个小流氓，一副人老心不老的样子。更严重的是这个人花心，专门同女同志搞出事情来，这方面他可是有前科的。老李觉得这个老汪简直是个小丑。殷主任也很烦他。这个人开会时总是同殷主任过不去，一副冷嘲热讽的嘴脸。他总是坐在一张沙发上，双手横着搭在沙发架上，跷着二郎腿。有时候他伸出手去不远处的烟灰盒弹烟灰。往往还没抽完他就把烟蒂摁灭。那烟蒂昂然立着，让老李看了十分气愤。老李看到那烟蒂就会想起老汪胯中那物儿，一股子无名火会即刻上涌。

自从老李看了《金瓶梅》后，他对男女之事更加敏感了。老李开始把注意力放到老汪身上。老李的嗅觉也真是敏锐，我们怀疑老李的嗅觉是在阶级斗争中锤炼出来的，总之我们单位的桃色事件就是老李给揭发出来的。

我已经说过了，老汪决定打持久战后同胡沛搞得很热。你如果来我们单位找老汪，你只要去胡沛的办公室准能找到。我们不知道老汪和胡沛在说些什么，我们只看到他们整天说个没完。我们并不奇怪，因为老汪本来就是个能说会道的家伙。

我们单位的四楼有一间活动室，里面不但可以跳舞，还可以打乒乓球。在打乒乓球这一项，胡沛是有过专业训练的，因此我们男同胞同她打往往也只能是败下阵来。可想而知，胡沛是喜欢打乒乓的。但自从老汪和胡沛谈得投机以来，我们就很少见到胡沛上四楼了。我们有时候自觉球技长进，就想到胡沛，想和她过过招，试试自个儿的功力。胡沛不上四楼，我们就去请她。当然老汪和胡沛在一起聊天。胡沛红着脸，推托起来。我们就起哄说，胡小姐你再不锻炼身体，当心嫁不出去噢。胡沛虽没结过婚，但对婚嫁的玩笑却并不忌讳。还是老汪站出来说话了，老汪说，去吧去吧，你是得锻炼锻炼。胡沛说，难道我那么胖啊？我们说，没自知之明，自个儿胖都认识不到。然后胡沛就同我们去打球了。

你知道，我们对老汪写匿名信一事很有意见。我想胡沛也知道大家对老汪的看法。所以当我们来到四楼，对胡沛说，胡沛，老汪可是个大染缸，你这么纯洁的人当心被他同化。不料胡沛说，你们有点误解老汪，老汪其实是个挺善良的人，他还是蛮有正义感的。我们听了都嘎嘎嘎笑出声来，笑得意味深长。胡沛见我们笑个不停，脸突然红了，她骂道，你们笑什么啊，神经病。

我们或许有点神经过敏，但我们也就是这么开开玩笑，当然我们中的一部分人还是愿意单位来点事，好给日益枯燥的日子注入点儿活力，但我敢打赌，除了老李，我们中没有一个人愿意鲁莽地撞入胡沛他们的私人生活。老李不这么想，老李猜想，单位人去楼空的时候，老汪和胡沛一定在醉生梦死。老李觉得他有义务让他们遵守必要的道德，让他们以后吸取深刻的教训。

老李为了教育他们真是挖空心思。怎样才能知道他们那个了呢？这是首先要解决的问题。这难不倒老李。老李和老汪办公的电话是正副机，老李想，如果把电话搁起，老汪那边的声音能不能传过来呢？老李这样试了，但他很失望，他听到的只是长音，根本无法传导。这也难不倒老李。老李想，他们没干那事他是杀了头也不相信的。他决定冒一次有把握的险。

那是周末，老李下班时见到老汪与胡沛没走，就知道他们准有好事。老李就在楼下耐心等待。其时虽值暮春，天气尚寒冷，老李衣衫单薄，立在寒风中瑟瑟发抖，但内心深处燃烧的熊熊的正义之火使他并没感到寒冷。他把那破旧的老式公文包挂在臂弯处，手插在中山装袖子里，来回踱步，那样子像个随时准备上战场的斗士。过了四十分钟，老李琢磨他们已进入了实质性阶段，就摸上楼去。他出其不意地推开老汪的办公室，脸上挂着我们熟悉的高深莫测的笑容。其时，老汪正捧着胡沛的大奶子不亦乐乎。老汪被老李的突然袭击搞得有点措手不及，愣在那里不知说什么。胡沛满脸通红整着衣衫。老李见状，内心复杂，表面上却装作什么也没看到。老李说，老汪，我打个电话。

星期一我们都知道老汪捧胡沛奶子的事了。

老汪星期一到单位有点晚。在爬楼前，老汪照例用手梳了梳油光可鉴的头发，又掸了掸西装上并不存在的灰尘。他哼着曲子上楼，发现我们的眼光有点躲躲闪闪并且意味深长，角角落落还有人在窃窃私语，他知道老李把事情宣扬出去了。老汪年纪虽大，血气却很旺，他奔到老李的办公室，抓住老李的衣襟就往外拖。拖到走道上，老汪就把老李的头夹在胯间。老汪恶狠狠地说，看你再下流，看你再下流。

大家都围了过去。我说过大家对老李和老汪都没什么好感，因此也没人去劝。闹了很久才有人把老汪拉开。我们发现老李从老汪的胯间出来时，眼中有泪光闪烁。

我们一般说来都有幸灾乐祸的毛病，老汪和老李闹过后，我们知道他俩也就那样了，翻不出什么花样了，于是我们都把好奇的目光投向胡沛。我们再也不会叫胡沛打球了。我们都站得远远的，看她会有什么表现，我们期望看到胡沛更精彩的全情演出。胡沛的表演很让我们失望。

开始我们怀疑胡沛也许以为我们不知道她那档子事，总之在我们眼里胡沛同以往没有不同。我说过胡沛是很活跃的，一点老姑娘的脾气也没有，这很难得。更难得的是胡沛在出事之后的态度，可以用处变不惊来形容。我们不叫她打乒乓了，她却来到了球室，她说，好多天没打了，我来测试一下你们有没有长进。有些人尽量装得没事一样，实际效果是他越装得没事就越让人感到有事。有些人很有正义感，在一旁撇嘴。有些人更残忍些，他们看到胡沛傻傻的样子，就希望她聪明点，让她明白我们已经知道她那些事了。小王就属于第三种人，他说，胡沛，你这几天气色不错，是不是有什么好消息？胡沛傻笑道，你说有什么好消息啊？小王说，你总不会交桃花运吧？胡沛说，没错，我马上要结婚了。我们都哈哈傻笑起来。

我们都以为胡沛说她要结婚是同我们开玩笑。事实上我们都错了，胡沛真的结婚去了。那是在半个月之后，我们每个人都收到了胡沛的结婚请帖。她在每张请帖中都写上了适合每个人的热情洋溢的文字，她邀请我们务必出席她的婚礼。我们对这个突然降临的婚礼感到不能适应，因为我们从来没有想过胡沛也会结婚，我们一时不能接受她变成一个新娘的事实。当然，我们最终还是去参加了她的婚礼。你也知道新郎当然不可能是老汪（老汪还没来得及同他太太离婚），新郎是个十分英俊的小伙子，我们都记起来了，这个人曾来我们单位打过乒乓，球技也是一流。现实总是超出我们的想象，胡沛找到这么漂亮的男人谁能想得到呢？我们开始起哄。小王说，胡沛，老实交代，你们是怎么认识的？胡沛说，你们问他吧。于是我们问小伙子。小伙子很害羞，只是笑，就是不回答我们，弄得我们心痒痒的，但别人不肯说也是没办法。顺便说一句，胡沛的婚礼有两个人没来，你猜对了，他们就是老汪和老李。

桃色事件到此结束。结果你已经知道了，胡沛结了婚，这是好事；老李和老汪的积怨更深了，这就不怎么好了。

天然气停工的那段无聊日子，还有一些事也是值得一说的，这些事同我还有点瓜葛。

你知道我喜欢那个叫陈琪的女孩。让我伤心的是陈琪看来名花有主了。至少小王这么说，小王在我们中间暗示：他已经把陈琪给搞到手了。因此，我们单位的人都把他们看成一对了。

比如有一次，单位搞舞会，我们年轻人就聚在一块。小王俨然以陈琪的男友自居了，每当舞曲响起，小王就请陈琪跳，其他人就插不进手，当然也不好意思插手。我坐在一旁抽烟，心里发酸也是难免。我没想到的是陈琪和小王跳了几曲后，陈琪来到我前面，对我说，你怎么不请我跳，难道要我请你？我请你的话你可不要给我亮红灯啊。我说，我哪好意思把你们分开，你们是那么那个。陈琪听了显然很高兴，她说，你吃醋啊。我觉得这句话大有深意，听了不由得感动起来。你知道，我这个人有一个致命的弱点，往往在还没有把女孩追到手就爱得死去活来啦，就在心里一遍一遍对她倾诉啦，自己爱得很温柔可别人还蒙在鼓里呢。我在追女孩子方面很放不开，有点傻帽。因为感动，我心态就很不正常，就想显示一下自己的强项，于是我站起来，说，请你跳舞吧。我知道陈琪很喜欢同我跳舞，这一点我很有自信，别看我别的地方冒点傻气，可舞跳得不赖，什么国标迪斯科都会一点。陈琪就不止一次对我说过，同我跳舞是一种享受。好吧，就让她享受享受吧。可是你知道的，我这个人有时候还假模假样，虽然心里是很想把陈琪搂得紧紧的，自从小王宣布陈琪是他的了以后，我就有了心理障碍，不敢把陈琪搂得过分紧了。我不敢用力，双手颤抖，满手是汗。因此这一次跳舞陈琪基本上是游离于我之外。有几次在旋转时，陈琪因为无法支撑，差点摔倒。陈琪不解地问，你今天怎么了？跳得这么差，手心还流汗。你在怕什么，担心我会吃了你吗？陈琪这么说我更加紧张了，正当我尴尬地向陈琪傻笑时，另一对舞者撞到了我的身上，我于是失去了平衡，一滑就摔倒在地，紧接着陈琪也摔倒在我的身上。我对自己的失态非常恼恨，忙不迭地对着压在我身上的陈琪说，对不起，对不起。我看到陈琪的脸上露出她特有的倦怠表情，她若无其事地爬起来，就往场边走，她的裙子却系绊在我的鞋上，差点又一次摔倒。她只得再一次转过来，用手提了一下她的裙子。我看到她的美腿在裙子里闪了一下。这次陈琪没马上走开，而是伸出手来拉了我一把。她冷漠地说，你没事吧？我顺势爬了起来。这时，小王冲了过来，推了我一下，骂道，你他妈的倒很会占便宜。说完放肆地笑了起来。我知道，小王是吃醋了。小王的玩笑竟然把陈琪的情绪给调动起来了，她突然尖声笑道，小王，你无聊啦。接着就用她的小拳去打小王，小王也不避，嬉笑着任陈琪打。我的心里就很不是滋味，老实说，我一点也不了解这个女子，因为她总是突然兴奋起来，突然变得十分豪放，这之间用不着什么铺垫。我不知道陈琪这是因为爱情还是想掩饰刚才的窘态。我们又回到场边。小王和陈琪坐了下来。这时殷主任走了过来，小王赶紧让座。殷主任说，你们坐，你们坐。小王还是执意让殷主任坐。殷主任说，小王，陈琪啊，什么时候吃你们喜糖啊？小王说，殷主任啊，吃喜糖是不会忘记你的啦。（瞧，人家都在谈婚论嫁了，我还在自作多情）小王知道殷主任喜欢跳舞，就对陈琪说，陈琪，领导坐在旁边，你应该主动点请领导跳个舞。陈琪站起来，对殷主任说，殷主任，小王这个人太讨厌，专门发号施令。殷主任说，男人都是这样的。接着他们就下了舞池。我看到殷主任的大肚子抵着陈琪的肚子，他在不停地摇啊摇，样子很沉醉。

　　我这个人不但要冒点傻气，有时候还会冒点酸气。小王和陈琪好，我的心理不平衡，对小王的看法就有些偏颇。我很清楚我们单位年长一些的人对小王评价不低。他们认为小王比较有出息，人勤快，更重要的是尊敬师长。比如老李教育我时，老是以小王为范例。老李说，小艾，你看看人家小王，脑子多活络，开会的时候，你看他也不闲着，为领导为大家倒倒茶，布置布置会场，很好嘛。不像你，成天游手好闲，给群众的印象相对就差些。小艾，你们进单位，就像学徒拜了师傅，干些杂事那是应该的，这样你就入行了，我们也都是这么过来的，年轻时什么苦都吃过，老了才有这点地位，小艾啊，这是规矩（我对这种说法开始不以为然，后来也有点信了）。但我有我的看法。我的看法是小王不勤快，可以说懒惰成性，不信你去他的寝室看看，脏得不堪入目，换下的衣服泡在盆子里可能已有半个月没洗了，正在发臭。我的另一个看法是小王的城府还挺深。小王总是去殷主任的办公室，关于殷主任的事小王老是提起——当然提起来总是充满尊敬与赞叹。小王说，殷主任的威势够足。每次小王去殷主任的办公室，如果办公室没其他人，那殷主任就比较好说话，会马上叫小王坐，并且会主动发烟给小王。如果办公室里有客人，殷主任就很会摆架子，连看也不看小王一眼，让小王干站着，从而给客人威慑力。小王说，殷主任深谙为官之道。我以为小王真的很崇拜殷主任，有一次，我和小王喝酒，小王多喝了几口，醉了。我做梦也没想到小王一醉就骂起了殷主任，骂得还很难听。小王说，姓殷的他娘的是婊子养的，他娘的不懂得尊重人，他老是在客人面前出我的洋相。小王说得眼泪和鼻涕横流，惨不忍睹。我的第三个看法是小王这人还刚愎自用。你知道我们一伙人总是在一起玩，但是去什么地方玩意见就比较杂，是去卡拉 OK 呢还是去看电影，我们大多数人往往是随大流，小王的意志就比较强。他喜欢做主，他不征求我们的意见就作决定。有时候，我们也烦他这样子，我们偏不同意他的主意。这时他就说，你们不去算了，我一个人去。你知道大家出来玩，弄得不开心就有点得不偿失，于是我们也就遵从小王的意见。

我这么说人家小王的缺点当然很无聊。谁叫我们不幸成了情敌呢？

因为我对小王的这些看法，因此我认为陈琪如果和小王谈恋爱就有点不值得。当然这只是我的想法，值不值得只有当事人知道。

你知道，陈琪的气质有点前卫，一般来说，你女孩子如果太前卫，在单位里就有点被人孤立，群众背后说她的话也就不那么好听了。我就不止一次地听到过一些上了年纪的女人说陈琪的坏话，说陈琪很"开放"。我们这里对女孩最坏的评价就是"开放"。当然我听了很气愤。这是正常的，我正爱着陈琪，陈琪在我的心中的地位比较神圣。可别人不这么想。他们认为像陈琪这样的女子哪个男人娶了她就倒霉了，谁也守不住她的，她只会满世界撒野。她们这样说也有她们的道理，她们说，你们瞧，这个女的整天和男孩子混在一起，还看什么《金瓶梅》。确实有一段日子我看到陈琪也在看《金瓶梅》，问她哪里弄来的，她说是殷主任借她看的。陈琪就是这点不好，这种书当然人人喜欢看，但女孩子应该偷偷地看。陈琪这个人就是不懂得遮掩。更严重的是她们还议论陈琪晚上睡在小王的寝室里。她们说，知道为什么陈琪这几天上班特别早吗？她压根儿没回去过，她每天睡在小王那儿。你知道，我听到这些话比任何人都难过。我只好对自己说，算了吧，你动什么情，你又不是情圣。

也就是说，我对陈琪不再抱希望，可以说绝望了。于是我从温柔的一面走到冷酷的一面。我对陈琪说话开始带刺。事情大致是这样的，就像一个硬币的两面，爱与恨不可分。我这个单恋者也开始恨啦。

比如陈琪有时候找我打乒乓球，我就会面带讥讽，说，你不累吗，你还有劲打乒乓吗？你得留点体力给晚上啊。陈琪并不恼，还用手来拉我的衣服，一定要我去。我说，你不要拉拉扯扯，影响多不好，要是人家吃起醋来我可受不了。这时陈琪开始有反应了。她把脸沉了下来，说，你在说什么呀，你有病啊，谁吃醋啊。我说，你算了吧，装得很纯洁的样子，谁不知道你正爱得死去活来的。陈琪一笑，说，难道我爱上你了？我说，我可不敢消受。陈琪说，你死样怪气的样子，你想说什么？我说，你以为自己保密工作做得很好啊，单位的人谁不知道你们的事啊。陈琪说，我们？我们是谁啊。我说，你这人没劲，搞得神秘兮兮的，我替你说出来算了，你们指的是你和小王。陈琪突然笑出声来，说，你说什么呀，没有的事。我说，你还不承认，你们的事早已传得神乎其神了，小王自己也这么说，你还抵赖什么。陈琪神色大变，她说，小王说我和他在谈恋爱？我说，他还说你晚上在他那里呢。陈琪说，无聊。说完她再没心思打乒乓啦。我听到走廊上的脚步声怒气冲冲。

我开始明白这里面的问题了。我想我做了件蠢事，看来我可能挑起了一场纠纷。

当天晚上，陈琪打电话给我，说要同我谈谈。她在电话里怒气还没消。我当然愿意同她谈谈，反正我也没什么事。陈琪说，她晚上在梦娇咖啡屋等我。老实说我不习惯于去这种比较暧昧的地方，像陈琪这样的女孩子似乎天生有点咖啡馆情结，即使谈没有诗意的事情也想到要去那种地方，当然像陈琪这样的女子还有一种本事就是能把很没诗意的事情谈出诗意来。我不习惯也得去。我进去时，服务小姐就把我带到类似一节火车车厢的座位上，陈琪已坐在那里啜饮咖啡。她白了我一眼，说，来啦。我就坐了下来。我思索咖啡馆为什么要搞得像一节火车车厢，我猜想是不是因为这样有一种运动感，是一种飞离现实的象征？我有经验，在火车上我老是有一些不着边际的幻想，我本人也变得比较有诗意起来。我坐稳，咖啡也落定在我前面。我喝了一口假装什么也不知道，问，你有什么事啊？陈琪闷闷地说，我找小王谈过了。我说，噢，谈过了。陈琪说，我不可能和小王谈恋爱，我怎么会和小王谈恋爱，亏你们想得出。我没吭声，此时我不便吭声。陈琪继续说，我问小王怎么回事，你猜小王怎么说？我机械地问，小王怎么说？陈琪说，小王说这不是很好吗，还说我和他本就很谈得来啊，再说大家都这么说了，说明我和他很配，说不要辜负了大家成人之美的愿望。陈琪又说，我问小王他自己怎么想。小王说都这样了还有什么办法，当然只有做朋友了，否则太复杂了是不是？说着陈琪就愤愤不平起来，小王凭什么这么说？小王这个人我算是看透他了，太无耻啦。我看到陈琪脸上浮现受到天大委屈的表情，于是就想逗逗她，说，对呀，你们做朋友不是也称大家的意嘛。陈琪说，无聊，我是不会和小王谈恋爱的，我这样同他说了，但他竟然说大家都以为我们在谈恋爱，再说殷主任也讨过我们的喜糖了，怎么能说不谈就不谈。笑话，照他说来我的婚事还要领导来定。我说，殷主任向你们讨喜糖我也听到了。陈琪说，讨厌，我决不会爱上小王这样的人，他只知道拍殷主任的马屁，殷主任算什么呀，老实说我只要花点心思，殷主任就……不说了，我讨厌拍马屁的人，我不会嫁给这样的人。听了陈琪的话我的心很虚，我检点自己的行为，虽然我没有明显的拍马行为，但离拍马也是很近的，每次我看到领导来到我们中间，我总是不由自主地看着他笑，样子很像一个白痴。陈琪喝了一口咖啡，她似乎沉醉在自己的世界里，脸上隐约有一丝兴奋。这让我觉得她的怒火并不真实，也许她喜欢小王爱他呢，也许她喜欢在平淡的生活中来点事呢，或者，她因为突然陷入这个事件的中心而暗暗地乐呢。当然这些都是我的猜想，陈琪依然露出我能理解的愤怒。她说，老实告诉你，小艾，我觉得这是一个阴谋，是小王一手制造的阴谋，是小王在大家中间传播，使大家相信我和小王真的有事。我说，你不要追究啦，大家也就是在单位里爱爱，单位里的爱情总是这样的，就像单位里的权术免不了有点阴谋。陈琪听了我的话，突然陌生地看了看我，说，看不出啊小艾，你这话还挺有哲理的啊。

我的缺点很多，但也有优点，我善于做异性的忠实听众。自从那次和陈琪在咖啡馆一泡，陈琪看来同我泡出感觉来了，总之，这之后她总是找我倾谈。原因当然是小王缠着陈琪，让陈琪有一些苦水要倒。

从陈琪口中说出来的小王很没风度——这当然是我想要听到的。陈琪说，小王每天晚上待在她家门口，她都不敢出去了，她一出去小王就迎上来，要和陈琪谈谈。陈琪说都谈清楚了，有什么好谈的。小王说，他的名誉受到了损失，陈琪要负责。陈琪说，你损失什么了？小王说，连殷主任都向我们讨喜糖吃了，你现在说吹就吹，我怎么向殷主任交代。陈琪说，吹什么呀，根本没谈嘛，有殷主任什么事。小王就急了，说，那你为什么老是来我的寝室？告诉你，你不要把我搞得这么惨，这对你没什么好处。陈琪同我说到这儿，脸上布满了恐惧，陈琪对我说，当时小王的眼光十分骇人，好像想把陈琪吃了似的。我想小王肯定十分痛苦——在这一点上我和小王可是同病相怜。我想起来了，这几天，小王失魂落魄的，头也没梳，全然不像从前那样讲究外表了。有时候，我碰到他同他打招呼，他要么不理我要么怨毒地看我一眼。

陈琪总是找我谈，我免不了有点动心。我觉得我对陈琪的爱情似乎有点盼头了。但很多时候我会悲哀地想，如果女人们对我太放心，什么都同我说，女人们八成把我当成不男不女的中性人，她们大都不会爱上我。然而我也想干点傻事，我侥幸地想，我得同陈琪说说我的感受，可能是鸡蛋碰石头，也可能就成了呢。于是我沉浸在幸福中。还是在那家梦娇咖啡馆，还是在那节火车车厢里，我把自己的情绪酝酿得像一架随时发射的火箭，非常坚挺。陈琪刚刚倾诉完别人给她的奢侈的爱，我见缝插针还想让她再奢侈一回。你一会儿就知道了，我刚点燃，火箭还没离地面就不幸坠落了。我看到陈琪脸上的恶笑。我知道爱情的大门向我关闭了。一阵难堪的沉默之后，陈琪开始了她另一轮烦恼。她说，你们真是无聊，为什么要找单位里的人做女朋友。我说过我对陈琪说出我的想法，有很大一部分出于侥幸，因此对陈琪的反应也不是很意外。我自嘲道，我们是很无聊，我们只不过是单位这口井中的井底之蛙，眼睛只盯着蝇头小利，不幸的是你是这口井中仅有的几只母蛙中的一只，于是你也成了我们的蝇头小利。我这么说一点诗意也没有了，陈琪肯定很失望，幽幽地说，你这个人真是刻毒。

你知道爱情这东西，没说出来那是很美好的，一个人晚上可以傻乐，可以倾诉，可以自怜，一旦说出并且毫无结果就全变味了，你马上会进入另一个层面：懊丧、尴尬、失落、虚无。在送陈琪回家的路上，我基本上落入这些情绪之中。其实我是想马上离开陈琪的，我送她只不过出于人们常说的绅士风度，出于维护那最后的自尊的需要。就这样，我带着恶劣的心情送她回家，没想到还有更恶劣的事在不远处等着。

不远处，在陈琪家门口，小王红着眼等着我们。他的头发竖着，我已看出某种战斗的姿态。果然，在我欲上前同他打招呼时，他冲了过来，对着我的脸给了我狠狠的一拳。这一拳来得很是时候，要是平时我可能也就算了，原谅这个失恋者了，问题是这天晚上我也是个倒霉蛋，心情恶劣，也想找点事发泄发泄，没想到事情找上门来了。我不甘示弱，奋起还击。于是在陈琪家门口演出了一场拳击赛。两人打得鼻青眼肿不要去说它，更倒霉的是那里刚好住着一个警察，见我们耍流氓，就把我们抓了起来。这事就闹大了。

自然而然，我们单位的领导和群众都知道了这事件。于是大家又兴奋了一阵子。事件的结果你也能猜想到，就是：陈琪留下了脚踏两只船、水性杨花的恶名（其实没这件事她差不多也有这样的名声了），小王得到了普遍的同情（大家认为小王同陈琪还是早分开好，迟分开不如早分开），而我成了横刀夺爱的勇士。

我们单位的日常生活因为老汪的桃色事件及我和小王斗殴事件（这个事件被大家包装成了三角恋爱）而变得生动起来，成为我们生活和工作中的亮点。但这些事让殷主任很头痛，他在会上点名批评了我们，并说，他会狠狠地处理老汪、小王和我的问题。老汪看来一点也不担心，照样很轻松，喜欢和我们年轻人吹牛。我和小王却很担心，我们不知道殷主任会怎样狠狠地处理我们。殷主任还没来得及处理我们的事，另外的问题又来了，殷主任只好把我们的事搁下来。

殷主任碰到的问题十分棘手。殷主任接到上级通知，日本人又要来参观我们的天然气工程了，要殷主任做好接待准备。殷主任很着急，嘀咕道，他妈小日本又来了，可是我们有什么可以给人家看的呢，我们停工已有好几个月了呀。

殷主任的着急是有原因的。你一定知道日本原来有一个首相叫中曾根康弘的，他当上首相没多久就来到中国，他的口袋里带了一些钱，是借贷给中国政府的。照日本人的说法，这些钱的利息很低，基本上属于赠与性质。我们这个城市为了开发天然气有幸得到了这笔钱中的一小部分。现在我们已很好地使用了这些钱，我们靠这些钱建设了贮气罐，铺设了管道，购置了设备。但是这笔钱也不是那么好用的，日本人的规矩特别多。用他们的钱要照他们的规矩做，这也是没有办法的事。我们每半年要向日本人汇报工程进展，还要报计划之类的文件，而日本人每年六月都会来实地察看，检查是否按计划实施。日本人来时还要带上一些日本专家给我们上课，讲天然气发展现状。日本人也蛮好为人师的。

殷主任知道，日本人很认真，日本人想看天然气工程你没办法不让他看，但如果给他看，让他知道我们停工了，日本人就要有意见，就要生气。日本人一生气钱就拿不到了。钱拿不到，殷主任没法向市里交代。殷主任一时想不出怎么对付日本人。殷主任感到肩上的担子骤然重了。

殷主任决定发动群众，集思广益。他想办法总比困难多，总能想出对付日本人的方法吧。

群众很久没有正事可干了。听到日本鬼子来了，心里既紧张又兴奋。紧张那是当然的，难题明摆着，我们停工了，工厂目前还是一块平地，虽然设备已买，但厂房还没盖好，无法安装，设备烂在仓库里，总不能让日本人看一块空地吧。我们都明白让日本人看到我们的现状国际影响不好，这不是我们这个单位、这个城市的问题了，而是关系到国家的问题了。我们兴奋是因为我们面对这局面时产生了强烈的爱国激情。我们决定为了国家的荣誉，一定要想出对付日本人的办法，让日本人好奇地来，糊里糊涂地回去。

最兴奋的要数陈琪。在殷主任还没有来得及发动群众时，陈琪已提前进入了接待日本人的状态。我们都知道陈琪在我们单位的价值是和日本人联系在一起的，因为她会说日语。如果说这之前陈琪在我们单位里是个可有可无的边缘人的角色（事实上陈琪也懒得在单位里干正经事），日本人来了，她就自然而然进入了主流。可以说日本人的到来是陈琪一次欢畅的呼吸，是一个真正的节日，是一次货真价实的自我实现的机会。是的，陈琪喜欢那样的感觉，当她同日本人叽里咕噜说话时，大家都会注视着她，眼含艳羡。更美妙的是，当她把日本人的话翻译给殷主任时，她的表情会不自觉流露出某种居高临下的气势，同时她看到殷主任总是谦和地笑着同她说话（事实上当然是对日本人说的）。这时，她觉得殷主任简直不值一提。因此，日本人来了，陈琪觉得很好，再加上爱国情感，她感觉就更好了。

陈琪上班的时候，带来一只随身听和一本日语书。她一上班就戴上耳机听日语。当然她是在练听力。那日语书据说是科技方面的。她说日常对话她是没问题的，一些科技词汇还要温习温习。

我对陈琪的爱情因为遭到无情拒绝，我不愿意再和陈琪待在一起（我的气量就是不够大）。我见她一边听日语一边看书，搞得这么热闹，很想走过去笑话她几句，一想也没意思，就回到自己的办公室。我没去，陈琪却来了。她还是戴着耳机，嘴上嗑着瓜子。她大摇大摆地坐在我的桌上，对我叽里哇啦说了一通，声音还很响。我当然听不懂日语。她见我很茫然，就笑了。她把一只耳机塞进我耳朵。我听到随身听正在播放流行歌曲。她见我吃惊的样子便大声地笑了起来。顺便说一句，自从我同她表白了以后，她在动作方面对我亲昵多了。她是不是认为从此有权对我亲昵一点呢？老实说我对她这样自以为是很恼火。这时，殷主任走了进来。陈琪赶忙把耳机收了起来，对殷主任说了一通日语。殷主任说，小陈，用你的时候到了。

殷主任刚走，老汪就进来了。我以为老汪大约对日本人来这件事不会很热心。我错了，老汪很热心。老汪一见到陈琪，就向陈琪请教日语中的"你好"怎么说，陈琪也好为人师，不厌其烦地教老汪。但老汪的读音总是走样。我见他们两个掀起了学习高潮，特别是老汪一本正经的，像是要替代陈琪当翻译去似的。我说，老汪，你不是希望天然办倒掉吗，日本人来了有你什么事啊。老汪说，小艾，你这样理解我我是要生气的，我老汪觉悟那么低吗。我告诉你我讨厌日本人。想当年，我爷爷就是被日本人给打死的。说到这里，老汪的眼睛红了。我们不知道老汪的家史，等着老汪痛说。老汪接着说，冬天，日本人让我爷爷去河里抓鱼，冬天啊，你知道河水都结了冰，我爷爷跳进水里，一条也没抓到，日本人很生气，就给了我爷爷一枪，我爷爷当场死了。听到这儿，我们对日本人就更反感了。我们都了解日本人当年侵略中国时真是无恶不作，我们对日本人一向没有好感。一会儿，老汪又说，因此，我们决不能在日本人那里丢脸，家丑决不能外扬，我们自己关起门来吵是一回事，对付日本人是另外一回事，决不能让日本人小瞧了我们。老汪说到这儿，脸上升起庄严的表情。我没老汪乐观，我说，事情已到了这一步，日本人一定会知道的，日本人又不是傻瓜。老汪诡秘一笑，说，我有办法了。我问，什么办法？老汪笑而不答。

这几日，我们单位有一种大敌当前时的精诚团结，我们的精神也很饱满，特别是殷主任发动群众，做了动员报告后，大家的激情更是澎湃。

动员大会是在四楼会议室召开的，全体群众都准时参加，无一人缺席（噢，对了，胡沛因度蜜月没有参加）。殷主任是很会调动大家的乐观主义情绪的，殷主任说，日本鬼子进村啦！但是，大家不用怕，我们有办法对付他们。办法等会儿再说，我先给大家说一个笑话。

殷主任还没说笑话，群众已经在呵呵呵傻笑了。群众的笑有时候有点像自来水，只要领导需要就能随时提供。有时候，我讨厌自己这么白痴，告诉自己不要这样笑，但过后就忘了，没多少工夫又这样跟着笑。我悲哀地想，我这样笑是出于本能。

殷主任继续说他的笑话。他说，你们已经知道了，来的日本人叫佐田。这个人油，同我们寒暄时一口中国话，在饭店里还老看人家服务小姐，我们陈琪漂亮，他的眼睛就离不开陈琪。我因此还同陈琪交代过，要陈琪当心一点。陈琪是不是？

我们都机械地掉过头去看陈琪，陈琪的脸上看不出任何表情。但我们能想象陈琪和那个叫佐田的人交谈时兴高采烈的样子。

殷主任接着说，这个人油，这一点很像一个中国人。有一次我带着佐田去另一个城市玩，接待我们的人竟以为他是中国人而把我当成了日本人，他们对我又握手又鞠躬，而对佐田打起了哈哈。我对他们说中国话，他们还夸我中国话说得好。真是岂有此理，堂堂中国人难道连中国话也说不好？

这事我们已听殷主任讲了无数遍了，我们还是笑得很开心。我们相信这事，因为殷主任有点矮，脸上的表情又有点日本式的威严，人家把他当成日本人是很有可能的。

殷主任继续做报告。他说，但是请大家不要掉以轻心，这个日本人大大地狡猾，严肃起来是一点人情都不讲，他只要一讲起正事就他娘的说日本话，人也顿时变得像夹了夹板似的一本正经。

大家知道，殷主任要切入正题了。于是，都静下来，看殷主任做什么样的决断。

果然殷主任的声音陡然提高了八度，让人感到震耳欲聋。殷主任说，这次日本人来，说是想看看我们的厂，但我们没有，怎么办？怎么让日本人相信我们正干得热火朝天？带他们去哪里转转？殷主任提了几个问题后，扫视了一下整个会场，说，大敌当前，一致对外，个人的意见日后再说，我这里要表扬老汪，大家都知道老汪和我吵过，但让我高兴的是老汪在大是大非面前不计前嫌，主动献计献策，很让人感动，这说明老汪同志是一个有原则有立场的好同志，我这里要隆重表扬老汪同志的这种精神。最后，殷主任号召我们，要多动脑筋，想出好办法来，总之，要让日本人高兴地来，愉快地走。

　　殷主任提出的都是棘手的问题，对立得没法统一。大家开始根据殷主任的思路想办法。大家交头接耳，议论纷纷。有骂日本人多管闲事的，有发中国式牢骚的。只有老汪悠然自得，一副成竹在胸的样子。因为殷主任的表扬，老汪在我们的眼里就特别显眼。

　　见大家都想不出好主意，殷主任亲切地对老汪点点头，说，老汪，你同大家说一说，你有什么办法。

　　我们停止讲话，都看老汪。老汪一副骄傲的样子，他卖关子似的清了清嗓子，然后又呷了一口茶。我们都耐心等着。脑子是人家好使有什么办法，不服气自己也想一个妙计试试，也可以这样威风。

　　老汪终于说话了。老汪说，我想你们都已听说了，最近化工厂刚刚竣工。

　　我们说，是的，是的，报纸已经报道了。

　　老汪说，我在想，是不是可以把日本人带到化工厂去参观，化工厂的工艺同我们净化厂可以说一模一样，带日本人去那里，日本人不一定能看出来，日本人不见得个个是专家。

　　老汪说到这儿已是神采飞扬。我们都笑出声来，为老汪的主意喝彩，心里面举起无形的大拇指。我们说，日本人他妈杀了我们那么多人，光南京大屠杀就二十多万，我们蒙他们一回还算仁义的呢。

　　这时，老汪摸出一根烟，啪的一声点上，然后吐出一口。他的手很小，胖乎乎的，暖烘烘的，手背上还有一些老年斑。

　　老李见老汪得意成这样，既嫉妒又看不惯。当然老李内心对老汪这么妙的主意是服气的，他很遗憾自己没想出来。老李看不惯老汪的这双手。这双手老让他想起老汪玩过的那些女人。老汪一把年纪了，他的手却如此滋润，甚至能感到他皮下不安稳的血液。老李看了看自己的手，如此干瘪。老李不甘示弱，也想露一手，不过老李只能在老汪的基础上发挥发挥了。

老李说，殷主任我也来谈点想法。我们去日本，日本人总是带我们去参观他们的机械化工厂，态度很傲慢，好像我们没有机械化似的。因此，是不是可以这样，到安装公司借几辆吊车来，放到管道工地上，吊上几根钢管，让日本人也见识见识我们的机械化操作。

听到这儿我们都开心地笑了。过去安装管道，我们从来没用过吊车，因为吊车还没简易装置效率高。思路是有了，大家就顺着这个思路想细节。有人说，再写几幅欢迎日本人的标语。有人说，再买几个鞭炮（当年我们这个城市还可以燃放鞭炮）。

这次会开得很成功。殷主任根据大家的意见做了总结发言。殷主任根据大家的意愿进行了分工安排。有人负责买鞭炮，有人负责写标语，有人负责借吊车，有人负责运送钢管到工地。殷主任最后说，好，我们就这么定了。

我和小王刚犯过错误，殷主任没给我们安排任务。我们很想有点事干，可以将功补过。小王和我刚打过架，但你知道在爱情方面我们两个都是倒霉蛋，因此，彼此并不把吵架放在心上。爱情有时候很像评先进生产者，大家都评不上，心理就比较平衡。小王找到我，对我说，小艾，这事我们不能靠边站，我们也应该出点力。我说，我当然想出力，可人家不让出力。小王说，我们应该去请战，我们应该做出姿态，至于人家用不用我们，那就是人家的事了。我说，你说怎么办？小王说，我们一起去找殷主任。

我们来到殷主任的办公室。刚开好会，殷主任兴奋劲还没过去。听到我们这样一个态度，他的脸变得十分慈祥。老实说我从来没从他的脸上见到过如此慈祥的笑容。殷主任连声说，好好好，你们来得正好，化工厂的事还没有落实，正需要人去，这事就交给你们了，担子不轻，好好干。我和小王高兴得不知怎么好。

第二天，我和小王就来到刚刚竣工的化工厂。我们揣着介绍信径直找到化工厂的领导。化工厂的领导留一个漂亮的大背头，乍一看有点像中央某位领导。他好像知道我们要来似的，双手紧紧地握住我们的手，他的掌心很暖和，脸上的笑容也让人感到暖和。我们想，这是一位成熟的领导。我们还没来得及开口说明来意，他先说了。他说，你们的困难我听说了，殷主任电话里都同我说了，你们殷主任是我的老领导，他的事我当然要办。我们没想到殷主任已打过电话，见这领导如此热情，我们的感觉也好了起来。我们说，日本人真的是多管闲事。那领导说，日本人他娘的过去带枪来中国充大爷，现在拿钱来充大爷，我们国家穷啊，总有一天，我们也借给他娘的日本人钱，到日本列岛上充大爷。我们说，那是，那是。我们骂了一会儿日本人后，谈起接待日本人的一些细节。没一会儿工夫细节就谈完了，那领导早已替我们想周到了。我们就打电话给殷主任。殷主任说，日本人下午到化工厂，要我们等着。

已近中午，我和小王打算去小酒馆吃饭。我们为谁出钱请客争论起来。我说，应当我请客，因为我曾使小王不愉快。小王说，应他付钱，他误解了我，很不应该，他想趁这个机会向我赔罪。我知道小王的意思，在爱情方面我们可以说同病相怜。小王显然是个失败者，而我也没有捞到什么油水，我们之间因此就平等了，平等就可以对话，就可以称兄道弟，就可以说说我们爱过的女子的坏话。果然小王在几杯酒下肚后，热泪盈眶地握住我的手。小王说，兄弟，我算是看穿女人啦，女人不能他妈的抬举她们，对她们狠一点她们才舒服。我也很激动，说，那是那是。小王说，你都不知道，我这次算是栽了个大跟头，上了陈琪这妞一当，我开始对她并没有感觉，可她老是往我宿舍跑，弄得我心里痒痒的，等我对她有了感觉，她他妈的就傲了，我为她做了多少事啊！单位分的东西是我替她驮回去，她家要灌煤气也是我出马，她居然说对我毫无感觉，她这不是玩我吗？我说，小王你这样说陈琪我可不同意，你把陈琪说得太坏啦，她也就是虚荣一点，可是这也是女孩子的通病啊，简直不算缺点，陈琪这个人还是比较正直的。小王笑着说，小艾你把人家护得这么好，看来你还爱着人家。我说，小王你又胡说了，你是不是喝醉了？小王说，虚伪，都这时候了你还不肯说真话，我可实话实说啊，我虽说陈琪的坏话，可心里还是对她很那个的。我说，看不出来啊，你还挺深情的。小王说，你猜猜我最担心的是什么？我问，什么？小王说，陈琪如果同外单位的人谈恋爱就算了，如果她同我们单位的人谈那我会痛苦死的。我说，这就好比外单位发几千几万的奖金我们不眼红，但如果小王你比我多得十元奖金，我心理就会不平衡，兄弟你讲了句真心话。小王说，兄弟，为真心话干杯。

这天我们一共喝掉十瓶啤酒，要不是下午还要对付日本人我们还可以喝十瓶。

在我们来化工厂的时候，殷主任、老汪、老李、陈琪等人开车去宾馆接日本人了。他们先在宾馆会议室举行了一个简短的见面会。殷主任见到的不是佐田，而是另一个长得很瘦很高的日本人。殷主任朝上望了一眼日本人，想，他娘日本人也长得这么高了，没道理。日本人是由市外办的小赵陪同而来，殷主任没见过小赵，小赵给殷主任递名片，殷主任知道小赵身份后，握住小赵的手，连说辛苦。听小赵介绍这日本人叫山本。山本像佐田一样会说中国话，不过比佐田说得口音重一点。你知道，这种场合陈琪是主角，但这次陈琪这个主角很不过瘾。陈琪见到山本，照例用日语来一通问候，但山本不是佐田，竟然对陈琪的美貌无动于衷。山本冷冷地看了陈琪一眼，用日语说了声，你好。然后用中文说，你不用说日语，大家说中文，我正在学中文。陈琪不甘心，还是不依不饶说日语。山本再也没理她。陈琪很扫兴。

去工厂参观的车上，山本突然怜香惜玉起来。当时陈琪因为扫兴，正无精打采地靠在车窗边。山本回过头来，对陈琪笑了笑，说，陈小姐，你的普通话讲得很好啦，你可不可以教教我啊？陈琪一时没有反应过来，茫然地看着山本。山本又笑了笑，继续说，中文是一种美好的语言，自从我学习中文以后，已爱上了这种语言，中文说起来铿锵有力，平仄分明，比我们日本话好听百倍。当然，我们日文不能和中文比，中文博大精深啊，我们日文只不过向中文学了一点皮毛——把汉字写得潦草一点而已，这是常识。殷主任听了这番话，很感动。他当即对陈琪说，小陈，你要好好教教山本先生。陈琪对山本的话很抵触，山本这么说等于在暗示陈琪不用学日文，简直胡说八道。但这个日本人向她学中文她也是很开心的，她又有点进入主流的感觉了。山本接着说，你们知道日本人最喜欢的汉字是哪一个？是爱字。你们中文这个爱字简写后更生动，过去爱要有心，现在爱不用心了。

这个日本人，心思似乎不在考察工厂上面，他更关心文化。他走马观花参观了工厂，就要求见识一下博大精深的中华文明成果。殷主任当即拍板要陈琪陪同参观我们祖先无意留在这个城市的文明碎片。我们都感到殷主任这个决定的暧昧意味。我（可能还有小王）希望陈琪不接受这个任务或者再叫一个人陪同，但陈琪没任何意见，高兴地去了，和山本一同研究所谓的汉语去了。难怪大家对陈琪会有一些不好的说法。

日本人照例在走之前要给我们上课。我们天然气办的人不止一次听日本人讲的课了，对日本人这套也不感到新奇了。大家知道，日本人讲一次课我们付点讲课费就完了，也就走个过场而已。课讲完，日本人走人，本次接待就算完了。当然殷主任会去机场送日本人，顺便送一件古董给山本（古董早就买好了）。所以大家去听课时担子都卸了下来，显得十分轻松。去听课的路上，我和小王还开陈琪的玩笑。小王说，陈琪，山本没对你不轨吧？陈琪生气了，说，你们这些人就是无聊，人家没你们想的那样肮脏。

这次上课，山本没和我们谈当今世界天然气发展现状，而是谈起日本文化和美国文化的差别。山本说，当今世界日本经济如日中天，美国人很眼红，都在研究日本体制，认为日本体制了不起，美国人想学日本的。美国人这几年经济不景气，失业的人很多，美国人就想来日本打工。但美国人自由散漫，不懂规矩，不适应我们那一套。于是我们就发明了一种机器，叫体制培训机。这机器很了不起，那些不懂规矩的人只要在机器里坐上一个小时，出来时就很日本化了，就会鞠躬、说"哈依"了。我今天之所以对你们谈这个，就是要向你们推荐这种机器，我这不是为发明这种机器的公司推销产品，主要是我认为这种机器你们肯定也是用得着的。我知道现在中国人思想很复杂，什么想法都有，甚至有提出全盘西化的人，这些人就应该在这种机器里坐一坐，给他灌输点东方文化。

我们听得眼界大开。殷主任亦听得津津有味。殷主任听出了意思，听出了感想，他意味深长地看了看老汪。殷主任想，像老汪这样的人就应该去这种什么机器里坐一坐。

我们都以为这次在对付日本人这事上可以得满分，哪里知道天有不测风云，殷主任忽然收到市里的通知，说又一批日本人来了，要殷主任赶快去外办见日本人。殷主任一时弄不明白怎么又来一批日本人，等见到日本人才知道自己把事情搞砸了，那个叫山本的根本不是他要见的人，也许还根本不是个日本人。殷主任这才知道自己可能被人蒙了一回。

这次来的是佐田。殷主任进去时，佐田并没像往常一样同他打招呼，而是黑着脸，庄严得像日本天皇一样。一会儿，殷主任明白佐田为什么绷着脸。殷主任知道原委后吓得小便差点失禁。殷主任从这个日本人的口中了解到了天然气办的命运已经尘埃落定，注定以悲剧收场。

你知道我们办事情的规矩，我们在一些事情上保密工作做得比较好，对自己人做得更好，对外国人相对做得差一点。因此有关消息常常是出口转内销才得以进入我们的耳朵。这次也是这样，要不是佐田的强烈抗议，殷主任还不知道内幕呢。佐田向殷主任出示了一份文件，要殷主任解释怎么回事。殷主任一看傻了眼。那是一份有关我们这个城市东郊天然气的最新的勘探报告，报告的结论是：东郊根本没什么天然气。这意味着什么？殷主任的脑子飞快地转动起来。这意味着我们白干了！意味着我们马上得收摊！意味着我们花钱买来的设备成了一堆废品！意味着惊人的浪费！意味着日本人会生气并且把钱讨还！意味着老百姓盼望的提高生活质量的愿望破灭了！意味着市长的实事少了一件！意味着人大会提出很多问题！意味着有人将成为这个决策的替罪羊！殷主任想到这儿早已出了一身冷汗。

于是事情就有点闹大了。殷主任当天就被市长召了去。我们不知道他们在谈些什么，我说过我们在一些事上保密工作做得比较好。总之，那天谈话以后，我们殷主任就有点郁郁寡欢。我们也只好瞎猜猜：殷主任正承受着巨大的压力。

没几天，殷主任生病了。我们开始以为殷主任得的是家常病，我们是在老李悲壮的讲述之后才明白殷主任的肝出了大病，初步的诊断已经出来了，是肝癌。现在，大夫们正在会诊。我们听到这个消息都惊呆了。我们都知道这世上有两种病没办法治，一种是艾滋病，一种是癌。得了癌就等于判了死刑。你一定能体会到我们的情感，我们都不愿相信这事是真的。我们都不相信平时看起来如此健朗的殷主任会得什么肝癌，一部分人认为殷主任得的是假病，可能是一种策略，就像以前政治形势严峻的时候，很多人就这样称病在家，赋闲休养，韬光养晦的。但我们善良的想法错了，从医院传来的进一步的结论是：殷主任真的得了肝癌。

我们单位因为殷主任生病而显得十分郁闷。我们认为郁闷正是殷主任得病的根源。你知道，如果老是郁闷，最先出问题的就是我们的肝。所以为了保护我们的肝，我们有必要保持身心愉快。这点老汪想到了。老汪说，我们不能老这样悲伤，我们应该化悲痛为力量，我们应该活跃我们的气氛。在老汪的提议下，我们开始了一系列群众性体育活动。除了乒乓、象棋、围棋、桥牌这些传统项目以外，我们还想出了一些趣味性游戏项目，比如踩气球比赛、单腿独立比赛、瞎子摸象比赛等等。顺便说一句，自从殷主任生病以来，我们单位群龙无首，老汪就自动担起了这个责任，把我们组织起来。

老李对老汪的做法不以为然。他认为殷主任躺在病床上，我们不应该这样穷乐，这是对殷主任最大的不尊重。自从殷主任生病以来，老李很失落，也不像以前那样好发表意见了。

要说对殷主任的感情，老李绝对可以称得上忠贞不渝。老李年纪比殷主任还大，但他是殷主任的老部下了，一直是殷主任最得力的干将，殷主任只要一有升迁调动什么的，一定要把老李带着走。老李见殷主任还没死单位就闹成这个样子，很心寒。老李坚决不参加老汪组织的所谓比赛。

老李在我们比赛的时候去看殷主任了。老李在干部病房找到了殷主任，发现殷主任人也瘦了，眼圈也黑了，忽然心里发酸，眼泪不自觉地落了下来。老李一伤心就想抽烟，病房不能抽，只好咽了一口口水。既流眼泪又咽口水的，老李的形象就不怎么好，让人感到鬼鬼祟祟的。因此当老李声情并茂地叫了一声殷主任后，护士小姐就有点讨厌，她说，你嚷什么呀，这是病房，要嚷，一边去。当时，护士小姐正在给殷主任量血压，脸上的表情很漠然。殷主任一脸无奈的笑，向老李招了招手，说，你来啦。老李这回没吭声，在一旁点头鞠躬。护士小姐走后老李才敢走到殷主任床边，站着。老规矩，殷主任不让坐就不能坐，尤其这个时候就更应守规矩。殷主任对老李比以往客气多了。殷主任说，老李你坐。老李不坐，还是站着。殷主任说，你不坐是不是马上要走？老李赶紧坐下，说，不走不走。殷主任说，你看这身体，说病就病了，老李你要注意身体啊，身体是本钱啊。老李说，殷主任，你是压力太大的缘故啊，你不要再操心了，你好好养病，把病养好了再考虑单位的事吧。殷主任说，老李啊，你得去上面活动活动了，单位肯定是要解散了，你跟了我一辈子，我身体好可以照顾你，现在我又病了，只好你自己想办法了。老李说，殷主任，你不要为我操心，你也不要太悲观，你的病会好的，你病好了市里还会把你调到城建局当局长的（殷主任原是城建局副局长，因市里搞天然气项目而抽调到我们单位挂帅的），到时我还跟你去城建局。殷主任说，这就难说了吧，城建局已经有局长了。老李听了这话又流起泪来。殷主任问，老李，单位现在怎样了？说起单位，老李的眼泪流得更欢畅了。老李说，殷主任啊，单位的事我就不向你汇报了啊，你听到就会生气的，这对你的治疗不好。殷主任绷起面孔，说，你这人怎么吞吞吐吐的，有话就说嘛。老李说，殷主任啊，姓汪的不是东西啊，他趁你不在，在单位里闹啊。殷主任说，他闹什么？老李说，他在单位搞什么群体活动，把单位搞得像个俱乐部。殷主任并没有生气，只是轻轻一笑，说，这事我知道，是我叫老汪这么干的，是我叫他把单位的事管起来的。老李见殷主任这么说就不吭声了，他不相信这事是殷主任叫老汪干的。殷主任就是城府深，当然这点老李是很佩服的。

老李猜错了，老汪组织的活动确是殷主任提议的。老汪早在老李之前去医院看过殷主任了。老汪是我们单位最先看望殷主任的人。

老汪在知道殷主任得了绝症的那天晚上怎么也睡不着。你知道老汪对殷主任的意见很大，私底下是常咒殷主任死的，但殷主任真的弥留在世间的时日不多时，老汪的想法有所改变。老汪突然觉得对殷主任的怨气全消了。老汪回想殷主任的一些事，觉得殷主任还是个不错的人，他奇怪以前怎么没发现。比如，殷主任很会替职工着想，冒着风险为职工搞福利，这样肯挑担子的领导现在不多了（现在老汪认为自己写匿名信告殷主任为职工搞福利不合法是搬起石头砸自己的脚，他告了以后单位的福利比以前差多了，这对老汪并没有好处。福利差留下的后遗症是老汪常遭他老婆的嘲讽，说老汪的那单位是癞头单位——一根毛也拔不下来）。又比如，殷主任当那么大官却十分朴素，老是穿单位发的那套工作服，他家里陈设十分简陋，房子没装修，墙壁只是用油漆刷了一道，也没什么高档点的电器，电视机还是黑白的。这样清廉的干部哪里去找啊。再比如，殷主任在"文革"中还保护过不少老同志，老汪不止一次听那些老同志说过殷主任是忠厚之人。想起殷主任这些优点，老汪的心就软了。虽说殷主任不重用他十分可恶，不过他现在彻底原谅殷主任了。老汪决定去看望殷主任，和殷主任谈谈心。也许这是最后一次谈心了。

老汪去时买了一束鲜花。老汪知道现在送花比较流行。他这个人就好赶个时尚。老汪来到医院，不知道殷主任在哪个病房。他就去问整天绷着脸比医生还像医生的护士小姐。你已经知道了，老汪对女人有一套，他一逗就把人家护士小姐给逗笑啦。老汪说，这样的花送给像你这样漂亮的姑娘还差不多，送给病人真是可惜了。护士笑着说，你要当心啊，病人听了你的话病准得加重。在护士的指点下，老汪笑着向殷主任病房走去。他听到那个护士在对同伴说，他是个老风流。老汪咧嘴笑了笑。

进了殷主任的病房，老汪的表情已经很沉重了。殷主任躺在床上，疲倦地睡着了。他的样子十分憔悴，十分无助。老汪突然有了一种居高临下的感觉，平时看起来威严的殷主任这会儿在老汪的感觉里变得十分平常了。都是凡夫俗子啊。老汪在床边的一张凳子上坐了下来，轻轻叫道，殷主任，殷主任。

殷主任无力地张开双眼，见到老汪显然很吃惊。一会儿，殷主任那种疑惑中带着警觉的眼神转变成了热情。殷主任想坐起来，老汪忙上去扶住殷主任。殷主任表面很热情，但心里却有很多想法。殷主任想，老汪迫不及待来看我是不怀好意呀，他早就想看到我这个样子了，他送来的不是鲜花，是花圈啊。殷主任不会把这些情绪表面化，他脸上出现一种恰到好处的苦笑，说，你看我这身体，说病就病了，这个时候抛下你们不管真不应该。老汪说，殷主任啊，都这时候了你不要为我们操心了。又说，殷主任，你对我来看你很吃惊吧，你一定认为我来看你心理很阴暗吧。殷主任你不要打断我，让我说下去。不是这样的，殷主任，老实告诉你吧，我听到你生病了后一夜没睡着，我思想这几年你的所作所为，觉得殷主任你也不容易。你为大家做了那么多的好事，即使在最困难的时候你还保护了那么多老干部。说实在的，这几年我很不理解你，没做工作，还给你捅娄子。最近我感觉到了，实际上，我越跳，你在群众中的威望越高，群众就越讨厌我。我感到很不安很内疚，我不知殷主任能不能理解我的感受，殷主任，你要原谅我啊。自从市长和殷主任谈话以来，殷主任已经很久没有听过这么真诚这么理解人的话了。殷主任的情感因此有些把持不住，脸上露出某种撒娇似的不满，他说，可谁记着你的好哇，我住院都三天了，还没人来看过我，你是第一个。老汪说，我第一是应该来看你，其次我这是来请你原谅的。殷主任说，我今天听了你的话，也很受教育，我以前也不理解你，误解了你，认为你意气用事，小孩子一样，现在看来我这个人太官僚主义啦，我也要请你原谅。老汪说，你批评得没错，我自己也意识到了，我这个人就是太情绪化。

我们都听说了殷主任和老汪在病房里相互理解的感人场面。因为老汪的带头，许多人都去看望殷主任。大家说，病床上的殷主任是多么宽厚啊，与平日是多么不同啊，看问题是多么深刻啊，殷主任非常真诚地要求大家给他提意见，大家都不好意思动真格的，只是在一些小事上批评了一下殷主任。大家做得更多的是自我批评。场面非常热烈。可以这么说，殷主任的病让我们的情感像小溪一样欢畅地流淌了一回。

大家都去看望殷主任，我觉得也应去一趟。我对小王说，小王，我们也去看看殷主任吧。小王说，我不去。我说，我们不去人家会说我们没有人性。小王说，什么人性啊，殷主任有吗？我们有吗？没有，我们只不过是一群动物，我们和殷主任的区别在于，殷主任是权力动物而我们是单位里的动物。我说，你这样说太残忍太恶毒了。小王忙笑着说，不该这么说，不该这么说，这几天老看赵忠祥配音的《动物世界》，思路总往那上面靠。我又问，你去不去？小王说，不去。

我正愁找不着伴，胡沛度蜜月回来了。她对我说，我同你一起去吧。胡沛这几天很忙，她的新郎开了一家舞厅，让她做了舞厅的名誉总经理，不怎么来单位。这次来单位是因为我们正在搞文体比赛，她说她来拿属于她的乒乓球冠军的。她一到单位就给我们发名片。于是我们都知道她成了名誉总经理，都叫她胡总。在去看殷主任的路上，我问，胡总，你打算同殷主任说些什么？胡沛说，我会给他一张名片，然后叫他病好了去我们舞厅玩。我说，殷主任一定十分感动。让我们失望的是，我们来到病房时殷主任不在了，我们不知道殷主任是不是病危了，正在抢救。总之我们没见到殷主任，胡沛也没有办法邀殷主任去她的舞厅。我们决定改天再去。

老汪组织的比赛终于结束了，各项目都有了冠军。结果如下：

胡沛当然是乒乓冠军，我侥幸得了围棋第一，小王则得了个踩气球第一。顺便说一句，小王踩的是陈琪的气球，我们见到小王踩陈琪的气球时真是一鼓作气，并且眼神疯狂，踩得陈琪全身发抖，小王都踩完了，陈琪还可怜而无助地看着我们，呆呆站着一动也不敢动。

就在这个时候，我们的生活中发生了奇迹。你猜是什么？你一定猜不出来。告诉你吧，我们殷主任的病意外地康复了！这个消息是老李告诉我们的。老李说，昨天，医生们对殷主任又进行了一次更为全面的检查，结果，医生们奇怪地发现，肝中原来的癌细胞不见啦。医生们说，这在医疗史上是一个奇迹。殷主任又可以回来主持工作了。

我们单位对殷主任的康复有各种各样的说法。有人说殷主任的康复同最近市里的人事调动有关，据可靠消息，殷主任过去的老部下当选为新一任组织部长。部长昨天去医院看望过殷主任了，同殷主任进行了长谈。殷主任顿时感到气也顺了，精神也爽了。由此可见精神的力量是无比巨大的。老汪不这么认为。老汪听到殷主任回来了，很不开心。要说老汪想殷主任死，天地良心，没有的事。但殷主任回来了，老汪又很失望。老汪想起自己同殷主任交心的事，感到恼火，觉得自己受到了殷主任的愚弄。老汪跳出来说，无耻，真他妈的无耻，姓殷的他是假病啊，他愚弄了大家的感情啊。

大家听老汪这么一说，也觉得有点道理。

老李宣布后的第二天，殷主任真的来单位上班了。殷主任到单位的第一件事就是传达上级文件。听了文件我们才如梦方醒，原来，我们的单位真的像传说的那样要撤销了！文件说，由殷主任负责分配我们的工作。

这时，大家才紧张起来。大家意识到自己原来是单位里游来游去的小鱼啊，殷主任才是一张大网。我们的未来都落在殷主任的网中。于是大家越发紧张起来。大家都陷入深长的回忆之中，尽力回忆看望殷主任时自己说过的话，看看自己露了哪些马脚。大家都觉得那时给殷主任提意见真是十分愚蠢，想，这下好啦，殷主任是一逮一个准。我也很担心，我第二次去看殷主任时也露了尾巴。我自作聪明地向殷主任提意见，我们向殷主任汇报工作时他老让我们站着，我们很难受。当时殷主任愉快地接受了我的批评，现在我才知道他恐怕是愉快地抓到了我的尾巴。

你知道，我们都是国家的人，我们不怕没工作，工作问题，国家会给我们解决的，但工作好坏就比较难说了，分配的好与坏意味着你今后的生活质量的好与坏。比方说，把你分到银行和分到硫酸厂肯定有本质的区别，照外面流行的话说，在银行工作是白领，但在硫酸厂工作就只能像码头工人一样被称作蓝领。毫无疑问，我们都梦想做白领。这个殷主任说了算，我们自己做不了主。

因为等待分配，大家上班也早了，都希望尽早得到关于自己命运的消息。消息封锁得很严。我们看到除了老李以外，几乎所有的人都惶惶不可终日，像一群囚犯等待着法院的判决书。

老李这几天在看一套范文澜的《中国通史》，看得很有倾诉欲，逮到谁都想讲讲书里面的历史故事。都这个时候了谁愿意听啊，弄得大家哭笑不得，想起老李同殷主任铁，得罪不起，只好忍受。我这几天不敢碰到老李，像老鼠害怕遇见猫一样避开他。可是一不小心还是会让老李逮到，老李见到我就说，来来来，小艾，我同你说，这套书很了不起，你应该好好看看。我是越看越有心得，我给你讲讲明朝武宗皇帝和太监刘瑾的故事吧。我哪有心思听这些鸟事，就说，老李，你饶了我吧，我心烦着呢，我不知道殷主任把我打发到哪里呢。老李愣了片刻，也没生我的气，很同情地看了看我，说，小艾啊，你想去什么单位？我说，这由得了我选择吗？老李一笑，说，你别烦，来来来，继续听我的故事，改天我替你同殷主任说一说。我听了这话呆呆地看老李，说，老李你别逗我了。老李温和地拍了拍我的肩。

我们的生活出了问题，这种时候，免不了会想想从前的事。我们想起了过去在我们单位工作的一位诗人小郁。我们想起他的另一个原因是这几天电视台正播放《西游记》，大家心里烦，就谈谈孙悟空。我们都非常喜欢大闹天宫时的孙悟空，认为这时的孙悟空很像一个诗人。于是我们就想起了诗人小郁。这位老兄在单位里时老是捅娄子，不把组织放在眼里。这位老兄还比较好色。这一点同孙悟空不一样。结果，老兄在女人方面出了大问题，以流氓罪判了几年刑。这一点同孙悟空被压在五行山下相似。后来，诗人老兄从大墙里出来，成了总经理，后面还常有戴着墨镜的人保驾。这一点和孙悟空一点也不像了。孙悟空从岩石里蹦出来，套了个金箍，专为别人保驾护航，就不怎么可爱了。我们看电视时老为他放不开手脚干着急。

大家说，还是小郁好呀，他算是闯出来了，据说他的资产都几千万了呢。我们干脆到他那里打工去算啦。

我们单位还有一个人对单位解散一事无动于衷，或许还有点开心。这个人是胡沛。胡沛是我们单位里唯一的临时工，过去在单位里，胡沛常说的一句话是，你们都是国家的人，而我是什么人呢？我算是自己的人吧。胡沛对我们很羡慕。现在胡沛嫁了人，成了名誉总经理，就不一样了，再说，现在我们算什么，国家都快把我们忘记了，胡沛因此心情特别舒坦。她见谁就发名片，要我们以后去她的舞厅玩。老实说，我已经得到六张胡沛的名片了。

分配工作正在十分神秘地展开。大家都预感到我们单位进入了极富
戏剧性的阶段，大幕已经拉开，高潮就要来了。殷主任又给我们开了一
个会，他号召我们要充分估量自己的水平和能力，填好自己的志愿，接
受国家的挑选。但殷主任不让我们知道都有哪些单位在挑选我们。

在进入高潮前还有一个小插曲。正当我们在填志愿时，我们又得到
一张表格。你肯定猜到了，这张表格是诗人小郁发给我们的。一定是有
人告诉小郁关于我们单位的事，否则他怎么会在我们开会时来呢。我们
都知道殷主任不喜欢小郁，见小郁来殷主任就走了。走之前，他说，请
大家好好填，填好后交给老李。殷主任一走，群众顿时活跃。大家从座
位上站起来围到小郁身边。过去大家对小郁是看不惯的，大家背后都说
他吊儿郎当，现在人家发了大财，大家就比较服他。人家就是有本事
嘛。大家见到小郁像见到亲人，都说，小郁，还是你好啊，你看我们现
在多落魄啊。又说，小郁，新华书店有一只书架专门卖你的诗集呀。还
说，小郁你富贵了就把我们忘了吧？陈琪站在一边，她在向小郁傻笑。
小郁马上从我们这堆人中发现了美人，他说，这是陈琪吧？你一点也没
变，还那么漂亮。听了这话，陈琪的声音都变了，尖声说，是吗？我们
对小郁喜欢女人的爱好起哄，说，小郁，你的老毛病还是没改。这时，
小郁发给了我们一张表格。原来，小郁听到我们待分配，挖人才来了。

接着，小郁做了一个诗意盎然的演讲。小郁说，你们这里是一座富
矿 / 人才济济 / 才华横溢 / 正在等待开发的人 / 我来了 / 让我们高兴地玩
它一把 / 让大家有点钱 / 生活变天堂 / 跟我走吧 / 填表格吧 / 我需要你们
的才华 / 月薪不低 / 一定让你们满意 / 让我们有点钱吧 / 自己做老板吧。

我们一时被他讲得很激动。还是小王比较理性。小王说，听着倒是
动人，可太虚，小郁那里福利怎样？医药费怎么报销？养老保险怎么解

决？他光说给我们高工资，让我们做老板，小郁难道不是资本家？大家都觉得小王的见解很精辟，于是被小郁鼓动起来的热情消了大半。没有人填小郁的表格，一些人上厕所时把小郁的表格当擦屁股纸给擦了。

终于，我们等到了分配的那一天。第一幕的主角是老汪。我们都认为殷主任在对待老汪的分配问题上很有水平。你老汪不是喜欢妇女吗？不是老闹出作风问题吗？那好，把你分到计生办去吧，发挥你的特长去吧。我们都认为老汪是咎由自取，罪有应得。我们还认为老汪肯定不愿去那种地方，猜测老汪临走会大闹一把。我们都错了，老汪没闹，而是高兴地去计生办报到啦。没有热闹看，我们很失望。

第二幕是关于老李的。当我们听到殷主任对老李的安排后我们才知道老李这个人是太乐观了。老李今年五十五，再过三年就要退休，这样的同志现在没单位要。殷主任决定让老李提前退休。老李一听到这个消息就气晕了，他瞪着双眼，张着嘴，半天说不出一句话，吓得殷主任拼命喊老李。殷主任说，老李，你不要这个样子。老李这才反应过来。老李涌上心头的第一个念头是感到自己被抛弃了。这么多年来，老李对殷主任可谓忠心耿耿啊，可殷主任就这样一脚把他蹬了。天理不容啊。老李心里涌出了一种悲壮的正义感与空虚感。老李不想再同殷主任说什么了，他带着一脸的决绝与委屈走出了殷主任的办公室。

这天，老李回到家闷闷不乐。老李是有点惧内的。老李的女人工资不高但嗓门很高很尖锐，常常能穿透墙壁飞向邻居的耳朵里去。老李好面子就只好忍让。老李的工资比较高，单位福利也比老婆好，面对老婆就有种大人不计小人过的优越感。现在是组织把他抛弃了，也就是说，老李以后只能拿点退休金了，福利也没了，他以后就没那么好的自我感觉面对老婆的嘲笑了。一个男人的价值不在于内心的坚定而在于他拥有多少东西讨老婆欢心啊。想起老婆那副嘲弄蔑视的嘴脸，老李的心中涌出一种深刻的无助感。

第二天，我们单位非常热闹，老李的老婆闹到殷主任那里来啦。我们是第一次见到老李的老婆。老李的老婆叉着腰，站在殷主任的办公室里一把眼泪一把鼻涕地开骂。姓殷的，你不是个东西啊，你怎能这样对待我们老李，我们老李一辈子跟着你，做牛做马，没有功劳也有苦劳啊。你不能这样对待我们老李，殷主任，你要给老李想想办法啊。我们家全靠老李呀，没老李在组织里怎么办啊。我们儿子不争气，在大学里不读书，弹什么大琵琶，大吉他，弹得留级啊。殷主任，我们儿子今年要分配了啊，没老李在组织里我儿子怎么办啊，哪里会要他这样的人啊。殷主任啊，求求你啦。

老李的老婆这么哭叫的时候，殷主任一声未吭。等那女人哭得差不多了，殷主任"砰"地拍了一下桌子，骂道，你哭什么，有什么事叫老李来说。不就是你们儿子的事吗，你儿子分配时来找我不就完了，老李在不在组织里有什么关系。

老李的老婆被殷主任这么一拍就拍愣掉了，干瞪着眼，再也说不出一句话。一会儿，她讪讪地从殷主任办公室退了出来。我们见事情结束了也都回到自己的办公室。

我的心很烦。我已见到二幕戏了，殷主任导演得都很不错很过硬，并且很毒。想起自己有尾巴留在殷主任那儿，我直叹气。

自从和陈琪去了几次咖啡馆，我也染上了去咖啡馆的时髦病。每次我心情不好了就会去那地方。心情是需要形式作注释的，当我手握咖啡时，我孤独而苦闷的心情有了盛放之处。我知道我不是在喝咖啡而是在凭吊我的心情。这天我想凭吊一下我留在殷主任那儿的尾巴。当我走进咖啡馆，我又发现了一个意外，我看到小王和陈琪坐在我们坐过的地方亲热地交谈。我一时不知如何是好，是进还是退。我觉得如果让他们看到我一个人来这地方怪不好意思的。

我对小王和陈琪坐在咖啡馆里也没多想，后来我才知道他们的关系已经不同一般了，他们在谈恋爱了。起初我听到这个消息怎么也不相信，几天以后，在大量事实面前我只好不情愿地认了。

据说小王和陈琪是在这次分配时才擦出火花的。起因是陈琪收到诗人小郁的一封信。小郁的信里诚恳邀请陈琪去他那里负责公关。那一年，公关是所有美丽女孩向往的工作，陈琪很想去。这事不知怎么的被小王知道了。小王就找到陈琪，十分冷静地对陈琪说了利害关系。小王说，公关是什么？公关就是陪男人喝酒，陪男人跳舞，陪男人唱歌。对，就是人们所说的三陪。你没去过南方吧，南方早已经在这么干了。公关不是如书上所说的是交往的艺术，也不像电视剧里演的那么浪漫，公关就是欲望。再说了，你去小郁那里有什么保障呢？在我们这里有党工团等组织，有事可找组织去说，至少还有个说理的地方，但小郁那儿什么也没有，小郁就是规矩，他如果不喜欢你了就会把你赶跑。陈琪被小王这种高屋建瓴的分析镇住了，一时没了主意。陈琪突然觉得小王很有思想，很有内涵，见多识广，不由得对他刮目相看了。陈琪说，那怎么办呢？我不能保证殷主任会分配给我好单位，他生病时我都没去看过他呀，他肯定很生气。小王说，这你不用担心，我也没去看过他，我有办法。听说这次殷主任手上有不少好单位呢。陈琪说，什么办法呀？小王说，这样吧，我会帮你的，我保证你去你想去的地方。陈琪说，小王，我今天才了解你，原来你这么能干，这么会说话，还关心人。

这以后，陈琪和小王老是去喝咖啡，他们开始谈恋爱啦。小王有一天对陈琪说，我们应该去感谢殷主任，殷主任早就看出我们在谈恋爱了，他是最早向我们讨喜糖吃的人。小王就带陈琪去殷主任家。小王说，殷主任，你差不多是我们的媒人啊。

后来有人说他们是在奋斗中培育的爱情，比较牢固。

经过一段日子的酝酿讨论，殷主任终于把我们分配出去了。小王和陈琪如愿去了金融系统。胡沛本来被分到企协当临时工，胡沛不愿去，她说她打算好好经营她的舞厅。我的同事们对这次分配基本满意。我？对了，我忘了告诉你，我被分到环卫处。这没有什么不好，虽然环卫处听起来不怎么雅，但那单位比较实惠，也算是我们这个城市不可或缺的一个部门。

顺便说一件事，我们分配结束的那天，小郁又来我们单位了。小郁是来收他的表格的，他很失望，没有一个人愿到他那里去。于是他站在主席台上又作了一番激情演说。

让我给你们讲一个故事吧。唐僧西天取经回到长安，想，孙悟空功劳很大，应该有所表示。唐僧就对他说，悟空啊，师傅把你的金箍取下吧。悟空听了赶紧摇头，说，师傅使不得，如果没有金箍，我就没有人管了呀，我就成了社会闲散人员，免不了要旧病复发，耍点流氓，未来没有保障啊。于是唐僧就没取他的金箍。告诉你们吧，你们就是长安的悟空啊！你们就喜欢那个金套子啊。所以，孩猴们，再见了，我不同你们玩了！

我们见小郁胡说八道，就把他从主席台轰了下来。如果他老兄是唐僧，我们肯定把他吃了。

殷主任决定在大家分手前办一个聚会，我们叫它"最后的晚餐"。聚会是在胡沛的舞厅里进行的。那是周末的一个晚上，我们一早就来到舞厅。舞厅灯光迷离，一切若隐若现。大家好不容易认出彼此，都感到新奇，特别是那些从来没进过舞厅的中老年人更是激动，癫癫的仿佛回到了青春时光。那些年轻的父亲或母亲照例带了孩子来参加活动。孩子们被打扮得花枝招展，稚嫩而尖厉的童音在音乐里钻来钻去，给晚会平添了许多热闹。我们都感到从来没有过的轻松。

我们没想到老汪会来。老汪打扮得整整齐齐，显得春风满面。老汪一进门就嚷道，这个最后的晚餐谁是犹大？谁又要钉死在十字架上？我们对老汪的话不感兴趣，装作听不懂，没什么反应。老汪只好找个位置坐下。

老李还没来。我们猜想老李是不会来了。老李要是来的话，他准是埋头吃桌上的糖果瓜子，仿佛谁要抢他的似的。老李就是太贪小。

殷主任见人基本到齐，清了清嗓子，开始他早已准备好的讲话。殷主任说，同志们，首先我要向大家道歉，你们这几年来工作很辛苦，但你们的辛苦在外人眼里成了笑话。可是，我们不能这么想，我们不能自卑！这时，殷主任习惯性地扫视了一下全场，继续说，我们应该这么理解，我们并没有虚度光阴，我们本不认识，为了共同的目标走到了一起，相互学习，相互切磋，相互了解，共同提高。可以这么说，经过这样的磨炼你们成熟多了。我们这里就像黄埔军校，或者美国的西点军校，现在你们毕业了，你们一个个都是好样的。现在你们又要走上新的工作岗位，这个城市将到处都是我们的人。

殷主任的话七次被我们的掌声打断，演讲结束后我们全体起立，长时间地鼓掌。那一刻我们对未来充满了必胜的信念。

然后，殷主任号召大家自由活动，叙叙旧，展望展望将来。我们在舞厅震天动地的舞曲里交谈着，免不了别有一番滋味在心头。没人下舞池，小伙子和姑娘们在依依惜别。

只有那些孩子，刚刚学会走路便挣脱了父母的怀抱，跟跟跄跄来到舞池中，手挽手随着节奏摇摆起来，旋转起来，像一群天使。

杀人者王肯

　　王肯是在我的视线里消失十年后再次走进我们的生活的。他的到来让我很吃惊。这之前我几乎快把这个人忘记了。确实，这十年周围的变化实在太快。大家都生活得很亢奋，高楼大厦一夜之间像禾苗那样插在我们身边，那些气宇非凡的人在大楼里进进出出。虽然我至今面带菜色，游离于这样的火热生活之外，但外界的变化带给我的影响也不可小视，就像那些通俗电视剧培养了我恶俗的胃口（这些电视剧陪伴我度过了一个又一个长夜），我免不了伸出头去打量打量，让脸上挂上些失落或艳羡。这十年中，王肯的面目日渐模糊，就像那些被高楼取而代之的低矮的木结构房舍在时间的长河里消失无踪。

　　我的职业依旧是古籍整理员。这份职业同外面的世界构成强烈冲突的同时也让我变得日益懒散。一方面我无法克制自己对灯红酒绿场所的遐想；另一方面我也不指望在我身上出现什么奇迹使我在经济生活中发财。我成天待在家里（我的古籍整理员的差事使我可以坐在家里上班），我很少看书，除了睡觉我迷恋于玩电子游戏，在超现实世界中施展拳脚。

　　我很像一个与世隔绝的隐士，连我的电话也很少响起。有时候那蒙尘的电话突然响起也往往是某个冒失鬼拨错了号，所以很多时候即便电话响了我也懒得去接。王肯最先是在我的电话里出现的，那天，我在玩一部叫作《红色战机》的游戏，西方世界正把莫斯科团团包围，眼看苏联危在旦夕，这时我的电话不合时宜地响了。我当然不会理睬它，我杀红了眼，火炮和导弹在屏幕上飞来飞去，照亮了我脸上疯狂的嗜血劲儿。过不多久，我的电话又响了起来，我以为电话不会响太久，我低估了对方的耐心，电话一刻不停地响了足足有五分钟。我开始心烦意乱，我的枪法乱了，我指挥的大军损兵折将，我知道末日将临，游戏将要无情终结。我因此对这个电话非常反感，我气鼓鼓地站起来，拿起电话，吼道：

"谁？"

对方传来嘿嘿嘿的傻笑声，笑得有点气喘，有点神经质。他说：

"你猜我是谁？"

我听不出对方是谁，我没好气地说："鬼知道你是哪个婊子养的。"

对方说："我们有十年不见了吧。"

我确实听不出是谁，那声音很陌生，我想很可能又是谁打错了电话，正准备搁下的时候，我的耳边传来另一个声音。这声音我熟悉，它是周保政发出的：

"告诉你一个好消息，王肯回来了。"

我这才知道刚才那个神秘兮兮的人是王肯。

王肯的到来是我生活中一个小小的奇迹，我走出书斋人模狗样地去赴约。王肯和周保政在"新世纪"等我。我一路想着王肯，我实在想不起他的面孔，想起他不久就要请我喝酒，我感到有点不安，我不应该把他忘得一干二净的。

　　我知道喝酒的时候大家免不了会谈谈从前。我不清楚到时会不会突然想起一些场景，有时候回忆需要有人提个醒。我希望周保政会记得一些王肯的往事，好让我浑水摸鱼，不至于太尴尬。我对周保政是有些指望的，他的记忆力不像我那么坏，他的脑子里通常装着一些别人出过的洋相，比如他有时候见到我，就会笑我纯情，笑我和叶小勒吹了后，我的泪水可以把我自己淹死。他还笑我的一次冲动，我想辞职下海。他说，如果你叶小勒流的泪叫海的话那你就下。我想，周保政有残酷的本性，你哪儿痛他就往哪儿撒盐。

　　我虽然记不起王肯的面容，但他的苍白我还有模糊的印象。现实的王肯把我的印象砸得粉碎，王肯不但不苍白而且很黑，黑得像个黑人，他脸上粗狂的线条也与印象里相去甚远。这让我想起牛虻，他是由苍白的亚瑟变的，远离意大利多年，等到回来后，他已变得坚韧、神秘、残酷。王肯是否也想给我们这样的印象呢？我看到王肯的眼中确实有一丝残忍的光亮，脸上有一道伤疤，令他的笑容相当诡异。我对他的好奇心陡增。

　　王肯这次回来一定赚了点钱，这一点傻瓜也看得出来，因为他请我和周保政喝的是马爹利。当然一般来说成功者都想在过去的朋友面前摆阔，我见多了，比如我的一位同学发财后就拿出一笔钱把同学们接到母校叙旧，唯恐我们不知道。谁都不想锦衣夜行。

　　王肯自见到我起，一直保持着神秘的微笑。他不时拍我的肩，向我敬酒。我不能适应他这样拍我，大款一拍让我无所适从，我不知自己该向他摇尾巴还是保持穷人的尊严。

　　王肯亲切地对我说："你这只在三千年时光中钻来钻去的书虫，一点也没变。"

　　周保政不无调侃地说："钻出来的时候王肯却变了，变成了富翁。"

我说："所有的历史都是为了成为一本书。王肯，说说你这本书吧，你为什么在我们的视线里突然消失了呢？"

王肯的笑变得越来越遥远，眼睛却变得越来越明亮了，我注意到那亮光的深处是镇定和自信。他说：

"因为我杀了人。"

"他说他杀人了。他说他杀人了。"

周保政不以为然地大笑起来，他笑得眼泪都流了出来。我不知周保政为什么笑得这么疯，不过有一点我可以肯定，周保政根本不相信王肯杀了人。王肯在周保政狂笑时表情变得很阴郁。我感到这阴郁有很深的背景，似乎深不可测。

鉴于周保政事后对我的述说（他把王肯自述杀人之事当成又一个笑料收入记忆里），我当然也不相信王肯杀了人；另外根据常理，杀人者一般不会夫子自道说自己杀了人。我有理由认为这只不过是王肯在装神弄鬼，要填充十年时间莫过于说自己杀人让人印象深刻，如果细数逝水流年那往往令人生厌。

根据周保政的述说，我忆起了十年前的王肯，我看到王肯摇晃着细瘦的身子从时间深处向我走来。

十年前的王肯是个胆小鬼。这个结论可以从多个角度去描述。首先他的外表符合一个胆小鬼的形象，消瘦而苍白。另外他的一些品性也证明他的胆子不大，他怕蛇，王肯说他见到蛇身体的皮肤打皱，全身像是有无数虫子在爬。有一回我们吃蛇肉，我们没告诉王肯这是蛇肉，王肯吃得很香，他吃完了我们才告诉他，结果他呕吐不止。我们一边看他呕吐，一边嘲笑他胆小鬼。

王肯最不喜欢我们叫他胆小鬼。这是他的心病。见我们这样嘲笑他，借着呕得眼泪涟涟的疯劲，他拿起一把刀子朝我们比划。他说，你们再这样说我，我他妈的砍了你们。周保政的脸上布满了讥讽的神情，他把手放到桌上，他说，王肯，你如果不是胆小鬼，你就把刀子刺下来。我们见到王肯把刀子高高地举起来，很担心王肯万一失控真的刺下来，那样的话周保政的手会残疾。然而担心是多余的，我们看到王肯的手在不住地颤抖，脸上的表情变得十分苍白，一会儿他闭上眼睛，干号了一声，无力地垂下了举刀的手。

周保政说完反问我："你说这样的人会去杀人吗？"

王肯总是称自己是"杀人犯"，这个称谓频繁地出现在他和我们的对话当中。我说频繁有二层意思：其一，自从他突然在我们的生活中冒出来后，他总是做东请我们去那些高档娱乐场所玩（我无法拒绝他的好意，感觉自己很难再在书斋待着，事实证明这些地方有相当大的吸引力，我久而久之便有了瘾，如果哪一天王肯没有安排，我的心头便空荡荡的，王肯把我从书斋带入了火热的生活），因此我们总有机会频繁对话；其二，王肯在频繁对话中频繁使用这个让一般人感到触目惊心的词。

周保政说他每次听到"杀人犯"这个词心中就要冷笑。一次酒足饭饱后，周保政实在憋不住了，他说：

"王肯，你为什么要称自己是一个杀人犯？你这样自我标榜当心公安把你抓走。"

王肯说："都十年了，谁管。"

周保政说："我很愿意相信你杀了人，既然杀人这件事在你那里不以为耻反以为荣，不过老实说，王肯，我很难相信。我不相信你有胆量杀人。"

　　王肯的脸色变得十分阴沉，他说："信不信由你，但我杀人是真的。"

　　周保政说："那你说说看，你怎么杀了人。"

　　王肯的脸突然之间变得生动起来，那张黑脸上布满了遥远的笑容，脸上的伤疤和他的眼睛溢出光彩，好像不光是他的思想，他全身的每个部位都投入到往事之中。他说：

　　"你们永远不会知道杀人后的感觉，想想自己曾主宰过一个生命，心里面会涌出一种力量，感到自己拥有了某种权力。那是一种奇妙的感觉，人都杀了我还怕什么呢？"

　　十年前的街景在王肯的叙述里变得动荡起来。由于我的先入之见，我对王肯的叙述缺乏必要的信任，因此当王肯在杀人之夜向林庙走去时，我感到他渲染的那种动荡不安不无夸张的成分。

　　十年前，胆小鬼王肯有一把锋利的剑。每个夜晚，他都会拿着剑去林庙操练一番。林庙是一个城乡接合部，那儿有一棵古樟树，樟树下还有一堆稻草。那地方少有人烟，王肯拿着剑在月光下乱舞，剑光闪过，王肯的心中涌上了英雄豪气。

　　王肯说："剑在手，幻想无边。你们知道那时候我是个胆小如鼠的人，但在无人的林庙，我的脑子里满是假想的敌人，我杀人如麻，无人在话下。"

　　显然那堆稻草是王肯的假想敌之一，他的剑一次一次刺向那个草堆，就像我在十年后玩的电子游戏，千军万马纷纷斩于马下。

　　出事那天，王肯像往常那样一个箭步向草堆刺去。这一次他感到一股力量强烈地反弹到他的手上。他觉得有什么东西挡住了他的剑路，就在这时他听到"啊"的一声惨叫，紧接着一个光身女人从草堆里钻了出来，消失在夜色之中。他连忙拔出剑，发现剑刃上沾满了鲜血。他差点晕了过去，他几乎想也没有想，拔腿便跑。

第二天他从报纸上了解到那天他杀死了一个男人。报纸说林庙发现一具裸体男尸，在性交时被人用刀刺死，警方怀疑男人可能死于情杀。

就在这天，王肯在我们的视线中消失了。王肯说那时他还处在惊恐之中，但随着时间的流逝，他从这种恐惧中摆脱了出来。他意识到不会再有人找他的麻烦了，大惊之后他长吁一口气。他不敢相信他居然杀了人，他看看自己的双手，觉得自己的手无比巨大，可以握住整个世界。他挺直腰，大摇大摆地走在街上。他感到自己突然有了力量。

王肯说："我觉得我的生命被改变了，连我体内的血液也和过去不一样了，它那么丰富，那么有力，这样的血流过我的肌肤，我的肤色就变黑了。信不信由你，我杀了人，然后我的皮肤就变黑了。"

我问："那你这十年待在什么地方呢？"

王肯的脸上露出讳莫如深的微笑。

有那么片刻我倾向于相信王肯真的杀了人，我相信胆小鬼王肯杀人后有可能变成牛虻。在我整理的典籍中也记载着类似的故事，叙述者的态度通常是稀松平常，见怪不怪。一个走路都怜惜脚下蚂蚁的书生，无意失手，出了人命，被迫上梁山，最后成为杀人如麻的土匪或英雄。这样的故事贯穿于我国整部文明史。

周保政有自己的想法，他不相信这样的故事。他经过周密的推论后认为：所有的事情仅仅出于王肯的臆想，王肯生活在幻想当中，他的精神似乎有问题，存在着典型的妄想和分裂征兆。他甚至进一步推断：这十年王肯很可能住在精神病院里。

我知道周保政的品性，他尖刻的个性让他总把人放置到最坏的境地中。我已记起十年之前的王肯，也看到了现在的王肯，但十年之中的王肯在哪里我不知道。我眼前有两个王肯在那十年之中生活着。这就是历史，我不知该相信王肯所述还是周保政的解释。

我得承认周保政的想法不无道理。王肯的再次出现确实存在作秀的成分，他的一举一动似乎有所指涉，否则的话我也不会把他叫成牛虻了。

是的，王肯的行为存在着致命的模仿。他住在一个中档宾馆里，有一个性感的女人同他同居着，毫无疑问，王肯把这个女人当成伊壁鸠鲁式的女人。我到过他的房间，房间里到处都是这个女人的东西，各式各样的高跟鞋在门边排列着，吊着的衣服也很高档，体现着女人艳俗而奢华的品位。我想这十年中王肯的爱好变得有些复杂，看到他挂在柜子里那排精致的领带，觉得他目前的趣味浮华而空洞。

有时候王肯也会带这个女人一起去玩。她穿着一身华丽的琥珀色和绯红色相间的衣服，佩戴着珠光宝气的饰品，到了舞厅，就像一条色彩斑斓的热带鱼一样在人群中游来游去，供人们观赏。我想她喜欢有人观赏。

我们坐着观看王肯和那女人共舞，王肯的舞步相当猥琐，似乎故意在向我们展示下流动作，他不停地用他的小腹去触碰女人。我无法想象王肯竟把这种纯私人性的动作搬到公共场所来展示，更让我们惊讶的是王肯和那女人竟在舞池里模仿床上的动作，他们的行为引得别的舞客满堂喝彩。

王肯就在口哨和掌声中退下场来，坐在我们中间。他坐下，点上一支粗大的雪茄，脸上呈现自以为是的笑容。他靠在沙发上，目光从那些自我感觉良好的人的脸上掠过，眼里含着恶毒和洋洋得意。那个女人已被一些男人包围，正在高声说笑。

王肯用雪茄指了指那个女人，说：“你们瞧她像不像一个婊子？”

我说："既然你已和她同居，就不该这样侮辱她，你竟这样对待女人。"

王肯说："难道她就是你所说的女人？"

这时，周保政在我的耳边低语："瞧，连对话也是牛虻说过的。"

王肯以杀人犯自居以后似乎拥有一种睥睨众生的优越感，尤其令人难以容忍的是他在我们面前也表现出这种优越感，他对我们说话的口气就像十年前我们对他说的那样。他指了指坐在舞厅角落里一个看上去孤独的女人，对周保政说，我敢打赌，周保政，你如果去勾引她，她就会跟定你，随你怎么干都行。说着，王肯轻蔑一笑，说，不过我知道你没这个胆量，你们知识分子在这方面不行。

我觉得味道似乎越来越不对了。周保政说他从书斋里出来可不是来忍受侮辱的。周保政想给王肯致命一击。他一针见血地指出，要打击王肯这个妄想狂必须证明他没有杀人。周保政说，他绝对没有杀人，他是在吹牛，你认为他杀人了吗？我摇摇头。

周保政同我一样拥有大量无法打发的时间，周保政还有一颗极富逻辑的脑袋，这两个优势用于对付王肯虽有点浪费，但不用更是浪费。

我们向王肯发动总攻是在一家酒吧吃西餐，桌上放满了对付西餐的刀子和叉子。我和周保政已去林庙进行了实地勘察，我们轻而易举地找到了王肯的破绽。周保政说，我就知道他是个神经病、妄想狂。在我们胜券在握的眼中，王肯黑色的脸像一个高级面具，他口衔着的粗大的雪茄看起来也显得有点哗众取宠。我的心中甚至不合时宜地涌出对王肯的怜悯，我甚至想接下来我们对王肯要做的似乎太残忍。但周保政没有我这样的可笑的同情心，他居高临下地对王肯说：

"王肯，你是个疯子。"

王肯显然对我们的出击没有准备，他还以为周保政是在表扬他，他说：

"对，有时候我确实感到自己很疯。"

周保政指指自己的脑袋，说："我是说你这里似乎有问题，有幻觉。"

王肯警惕地说："你什么意思？"

周保政说："我们认为你有必要去检查一下你的脑子。"

王肯明白了我们不怀好意，他的脸上露出迎战的表情，说："你们认为我有病？你们才他妈的有病。"

周保政说："我们很替你担心，你总是说你杀了人，可事实上你没杀人，这就很成问题。"

王肯说："谁他妈的说我没杀人？信不信由你，是我杀死了那个男人。"

周保政说："你是在林庙杀死他的对吗？那个男人死在一棵老樟树下对吗？可事实是林庙根本没有他妈的樟树，连树的影子都没有，你的场景还真他妈的戏剧化，是不是话剧看多了？那地方有什么你知道吗？你一辈子也想不出来，因为你根本不熟悉那地方。"

王肯的脸上露出迷茫的神色，他说："这么多年了，那地方也许改变了不少。"

周保政说："没变，我们调查过了，那个地方十年前就是个垃圾场。那个地方没人愿意走近，到处都是苍蝇蚊子，几里之外就闻得到臭气，你总不至于在那样的地方练你的剑术做你的英雄梦吧？"

王肯低下了头，他黑色的脸变得苍白起来，目光游移，双手在身上摸索。一会儿，他说：

"结账吧，回宾馆我让你们看看当年的报纸。"

来到宾馆，他从箱子里找出那张报纸，递给我们。

他说："我真的杀了人，你们为什么不相信我？你们看这是当年关于杀人事件的报道。"

我从王肯手中接过那张报纸。上面确实是某个凶杀案的报道：

　　　本报讯　　昨天晚上，本市郊区林庙一带发生了一起恶性凶杀案，被害人为男性，约四十岁，赤身裸体地死在一草堆里，他的心脏被利器刺穿。据警方分析，此人死前有性活动，死者极可能死于情杀。

王肯见我读完，满怀期盼地对我说："这下你们信了吧，报纸上也登了。"

这是王肯最后一根救命稻草了，我感到他快要崩溃了，他拿出这份东西在做最后一搏。我感到这事十分荒唐，王肯为了证明自己的历史，竟拿出了别人写的文字。我又一次看到了文字的霸道，有时候它比生命的存在更为有力。

周保政不会放过王肯，在关键时刻，周保政善于痛打落水狗。他用毋庸置疑的口吻说：

"这能说明什么呢？也许你的故事正是来自这篇东西，只能说明它是你灵感的源泉，还说明你依然是个胆小鬼。"

王肯突然拿起桌子上的刀子，他的脸色像十年前那样苍白，他举刀的姿态也几乎和十年前一模一样，双手在不住地颤抖。看到这个和十年前出奇相似的场景，我在心里对自己说，王肯完全输了。

周保政脸上依旧是那份残酷的冷笑，他傲慢地把手放到桌子上，轻蔑地说：

"你有种的话你就刺下来。"

周保政的话还未说完，我就看到了王肯的眼中起了变化，他的眼睛突然聚起灼人的光亮，光亮的深处是残忍，王肯脸上的伤疤下意识地抖动了几下，也骤然发亮，他手中的刀子划过一段漂亮的弧线，落在周保政的手心上，周保政的手被牢牢地钉在桌子上面。

血液像喷泉一样洒向天空，一部分落在周保政的脸上，一部分落在他的衣服上。周保政木然地看着王肯。我知道周保政的手将会终身残疾。

家 园

1. 在电线杆下产生的幻想

古巴站在村头的电线杆下望天。天空除了几片车辙一样的细云，什么也没有，就像他此刻空荡荡的胃。他觉得他的胃一定成了天下最干净的东西。他感到胃里仿佛闪烁着天空那样的深蓝色光晕。而这光芒似乎会把他带到天上去。这让他产生了一丝惊慌，他的目光迅速地从电线杆顶部滑落下来，凝神定气，想把胃中的那缕光芒驱逐出去。他想，他得想想别的事情。

饥荒已经闹了一段日子了。村子里的人都开始吃树皮草根。古巴家断粮更早一些，当村子里还零星飘荡着熬粥散发的米香时，古巴早已吃上了树皮。树皮中好像藏着一股子气体，只要吃上一点点，胃就会像一个气球那样膨胀起来，走路的样子也变得轻飘飘。但饱胀的胃没有消除饥饿之感，这时，吃任何东西都没有感觉，就好像他可以不停地吃不停地吃，可以把天底下的植物都吃完。古巴感到吃了树皮草根之后，饥饿感更强烈了，他的胃成了一个巨大的黑洞，可以吞噬村子里那些巨石。

古巴想，为什么人要吃东西才能生存呢？人如果像那些树就好了，树用不着吃东西，它们只要把根部深入到泥土之中，就会茁壮成长。它们的根须越深入泥土，它们就会得到越多的养分，叶子就会变得像是刚漆了绿色油漆那样闪闪发亮。古巴幻想自己是一棵树，正从泥土中汲取养料，他感到他的身体舒展开来，头发像嫩芽一样向天空伸展。这个幻想给他无比幸福的感觉，他的双眼流出激动的泪花。

　　一排电线杆通向光秃秃的山岙。山岙里有一个水库，电线杆就是为这水库铺排的。村子里人原本指望这些电线杆能给他们带来光明，但水库的发电机组没发出一度电来，电线杆没派上什么用场。村里人拆除了电线，却让电线杆留着。因为电线杆是这个村子唯一同现代化这个词有点瓜葛的事物，他们觉得电线杆带着一些共产主义气息。电线杆排得非常整齐，立在田野上，像一支等待检阅的军队。古巴喜欢坐在电线杆下，他也像村里人一样喜欢电线杆，因为这些电线杆总把他带往遥远的地方。这些电线杆是水泥做的，它们没有生命，它们虽像树一样伸入泥土，可它们不会长出叶子来。它们充实、有力，永远体会不到饥饿的感觉。

　　不远处的电线杆下，聚集着一群孩子。他们对着电线杆在指指点点。古巴眯眼看了看，电线杆上面有一只像黑色风筝那样的东西，一会儿，他才认出那是一只乌鸦。大地上看来没有什么食物了，这些天，村子里不断有乌鸦不祥地盘旋着，让村子里的人很烦。乌鸦的盘旋让他们感到更加饥饿。乌鸦张一张嘴，叫一声，他们的肚子也跟着咕噜噜地叫一声，好像是乌鸦把他们的肚子掏空了一样。古巴想，那只落在电线杆上的乌鸦要么是死了，要么是飞不动了，不然见到这样一群眼里射着饥饿光芒的孩子，它一定会受惊吓，然后远走高飞的。

　　一个孩子想爬到电线杆上去抓这只乌鸦。但另外几个孩子却拉住了他的腿。他们显然都想得到那只死了的或垂死的乌鸦。一会儿，电线杆下面发生了一场混战。孩子们实在没有什么力气，没打多久，他们便软弱得像一只只蚯蚓那样蜷缩在地上，甚至连粗气都喘不动，而是像浮出水面的鱼那样，张着嘴巴。但他们的眼睛依旧贪婪地盯着电线杆上的乌鸦，好像这会儿他们的眼睛变成了嘴巴，正在吞噬那只黑色的东西。

如果是一棵树，那该有多么好。树一棵一棵立在那里，井水不犯河水，永远不可能为了一点点食物而扭打在一起。它们只需要把根深入泥土就可以了。泥土下面温暖而甜蜜，就像妈妈的乳房。古巴感到泥土下面似乎冒着热气，就像妈妈正在那里做一些粉嫩的白面包。古巴的鼻子上顿时充满了香气。这时，古巴真的觉得有一股热气从自己的腿上升了起来。他的目光落在脚上，他吃惊地发现他的脚这会儿正深陷在泥土里。他突然感到一阵惊慌。他努力地从泥土中拔出脚来。但他的脚好像真的生了根似的，不能动弹。他好不容易才把脚拔出来。古巴仔细研究了一下自己的脚。那双脚让他感到陌生，好像那脚突然有了自己的生命。古巴感到有点害怕，担心自己的脚会长出根须来，他会变成一棵真正的树。

2. 充满了图画和诗歌的村庄

光明村里已没有一棵树。村子里的树早些年都用来造水库了。那时，柯大雷支书发明了一种可以运送泥土的木头车子，于是叫村里人把树砍了做车子。现在整个村子光秃秃的，那些依旧埋在地里的树根在每年春天的时候会长出一些嫩芽，但没多久就被村子里随处可见的牲畜吃得精光。村子里的房舍高矮不一，有的考究一点，有的非常简陋。那考究一点的房子像城堡那样耸立着，而那些简陋的房子立在一边，像城堡的卫兵。如果从高处看，村子里的房舍也算是错落有致、乱中有序的。裸露着的光明村看上去白得十分耀眼。这是因为这一带的山上盛产白石灰矿，村里人只要拿着桶去山上捡几块，再加上水拌和，就制作成了可以粉刷墙壁的石灰浆。光明村总是十分洁白。

油漆匠柯大雷做了村支书后情况发生了一些变化，村子的墙不再洁白，而是画上了五颜六色的图画。油漆匠柯大雷革命成功后被派到城里学习了一段日子，回来后就开始改造光明村。从城里回来，柯大雷变得深沉无比。他的上衣胸袋上插着两支钢笔。村子里的人觉得这是十分了不得的事情，村子里的人从来没见过插两支钢笔的人，认为柯支书学问一定大得不行了，他们看柯支书的眼光就有点异样，就好像柯大雷支书是下凡的文曲星。柯支书到光明村后做的第一件事就是在墙上作画。

开始的时候村子里的人不知道柯支书攀援在墙上想干什么。开始，村子里的人以为柯支书是老毛病复发，又想干油漆活。柯支书从城里回来后不太喜欢说话，村子里的人也不敢多问什么。不久，柯支书在墙上画出了第一幅画，是朵无比巨大的向日葵。村子里的人对此不感到奇怪，因为柯大雷支书曾是个油漆匠，他以前也喜欢在家具上面画些花草鸟虫。后来村子里的每一面墙上都画上了图画。这些画主要内容是：冒着白烟隆隆作响的机器，建在半山上的水电厂，飞入云端的高楼大厦，还有宇宙飞船、火箭、卫星等等。柯大雷画好这些画后，满头满身都是油彩，他也没有擦洗就背着手在村子里转了一圈。显然，他对这些画十分满意。这些图画充满了工业气息，使小村子有了一种梦幻般的光晕。整个小村看上去像是一个巨大的舞台。

村子里的人走在画满图画的街巷上就有了一种异样的感觉。他们都觉得生活就像做梦一样。他们从这些画中嗅到了遥远的共产主义社会的气息。这让他们的心中涌出了无限幸福的感觉，他们觉得生活一下子变得不再平常，甚至有的人走路都有了舞台上的做派。有一个叫亚哥的小伙子，完全变成了一个戏子。亚哥今年还只有十九岁，从小迷戏，虽然不识一个字，却能把整出戏都唱下来。村子里的人认为亚哥喜欢演戏同他母亲有关，他母亲解放前是个巫婆，自称能和灵魂对话。亚哥的母亲能同时让十个鬼魂附在身上，然后她就学着鬼魂生前的样子说话，据说神态动作同鬼魂生前一模一样。村里的人都有点敬畏亚哥母亲，虽然亚哥母亲很久没再跳大神，但村子里的人见着她还是觉得她身上有鬼气。亚哥现在走在村子里，嘴里模仿着舞台上的鼓点，板着腰，端着架子，锵锵锵锵地就出来了。他的眼睛顾盼生辉，和平时判若两人。有时候，他还像花旦那样走路，跷着兰花指，口中咿咿呀呀，柔情似水。村子里的人都觉得亚哥有点女里女气。有人认为亚哥这个样子是搞封建，告到柯大雷支书那里。柯支书没理这个事。

　　村子里的人本来以为柯支书画好图画后不会再攀援在墙上了，但柯支书又开始在墙上干起另外一件事情。柯支书开始在那些图画边写字。字写得非常大，像人那样大，但看上去结构比人复杂多了，那些字像是有两三个人纠缠在一起打架。村子里只有五六个人识字，其余都是文盲。文盲们见到字就成了哑巴，这使那些识字的人很得意，他们高声地朗读起来。没多久，那些文盲也都会念了。那些原本在文盲们看来缠纠在一起的构造复杂的字，现在慢慢拆解开来，就好像这些字原来有一根绳子捆着，绳子解开后，发现就这么几撇几横。这样，过了几天，村子里的文盲们终于念出一个完整的句子，那是领袖的语录：我死了以后有我的儿子，儿子死了，又有孙子，子子孙孙是没有穷尽的。读出这样的句子，村里人都有点震惊，为自己发出的声音震惊。他们没想到他们的嗓子突然发出这种文绉绉的声音。其实他们也没去想内容，此刻声音是他们捕获到的唯一的内容。这声音通向天堂，虽然声音早已消失，但他们感到其余韵依旧在空气中缠绕。他们又读了几遍，那确实是一种节奏明快的声音。其实他们平时说话也是这样一种节奏，但他们说话时没有文字，他们说话时文字不会在他们眼前舞蹈，不像现在，他们读着那些字，那些字像是有生命一样跟他们挤眉弄眼。他们被自己的声音迷住了。他们读着墙上的字，突然感到自己和从前不一样了，仿佛有一个新人从他们的身体里钻了出来，他们的眼睛闪闪发光，腰板也比以前挺直了。柯支书写在图画边的字越来越多。后来他们又读到他们看不懂的莫名其妙的句子，如：思想制造的钢铁通向温暖的未来。村子里的人不知道这些话是什么意思，每个字都认识，但就是不懂。后来还是亚哥告诉他们的。亚哥说，这是诗歌，这是柯支书写的诗歌。

村里人对柯大雷会写诗也没有奇怪，他们知道领导干部不但能说会道，而且一般都善于写诗。领袖在柯大雷这样的年纪早已写出了大气磅礴的诗句。虽然柯大雷支书不能和领袖比，但村里人发现柯支书走路的样子和挥手的样子很像领袖。柯大雷挥手像领袖一样软绵绵的，很随意，就好像他面前的群众是一堆鹅毛，他如果用力挥，他们都会飞起来飘到天上去。柯大雷走路的样子无声无息，符合他沉默寡言的个性。并且，从城里回来后，柯支书不喜欢说话，但天天口中念念有词，村里人都听出来了，那是领袖的诗词，还有一些别人的诗。现在村子里的人都知道，能发出好听音节的但听了也不一定明白的话就叫诗词。

等到墙壁上每一幅画的旁边都写上字后，村子里的人都学会了识文断字。这实在是一个奇迹，可以说是扫盲工作的巨大成功。光明村曾经办过扫盲班，成效一般。那会儿，光明村的人一见到字就头痛，就好像那些字像虫子一样钻进他们的脑子，把他们的脑汁都吃掉了，使得他们一片茫然。现在，柯支书把字写得这么大，并且每个字都那么干净利落，就像解放军肩上的机枪大刀，那些字的光芒完全把他们震慑，然后他们就记住了，就好像不记住这些字，机枪大刀会变成枪林弹雨进入他们的胸膛。

亚哥学得比谁都快。如前所述，亚哥原是个喜欢演戏的文盲，现在他迷上了柯大雷支书的诗歌。开始的时候，亚哥并没显示出特别的天才，但后来亚哥对村里人说，那些字活了起来，有的向他招手，有的对他唱歌，把他的脑子和身体完全贯通了。他还说，每个字的后面都有一个美妙的舞台，而那些字是台上表演的演员。村里的人都知道亚哥喜欢演戏，以为他这样比喻是想让人们注意他的这个特长。后来，村里人渐渐明白亚哥真的是个天才，他无师自通认识每个字，只要柯大雷支书写出一个新字，亚哥都能猜出字的读音和意思，并且都对。亚哥还对柯大雷支书的诗有非凡的领悟力，有一天，亚哥指着"理想的圣水浇灌大地，到处都是金色的麦穗"这句诗，对村里人说：这句诗歌可以把大家带往天堂。他还说，金色的麦穗不是长在地里，而是长在我们的精神里。

谁都看出来了，亚哥崇拜柯大雷支书。亚哥不但能背出柯大雷写在墙上的领袖语录，而且记住了柯大雷所有的诗句。亚哥觉得柯大雷最伟大的一首诗歌就是光明村。光明村时时刻刻放射着诗歌的光芒，散发着既近在眼前又十分遥远的共产主义气息，散发着机器特有的柴油气息，还散发着高贵的色彩斑斓的精神气息。亚哥认为光明村原本并不存在，它是从柯大雷头脑中生长出来的，它是一棵精神之树。这样想着，亚哥眼前呈现这样一幅图画，在一望无际的原野上，光明村破壳而出，闪耀着金色的光芒。

光明村因为扫盲工作成绩显著而受到上级的表彰。光明村发生的事是旧社会无法想象的成就。光明村因此声名远播。虽然光明村十分偏僻，与外界的联系十分不便，可还是有不少村庄派干部不远万里前来参观学习。

光明村扫盲率也没有达到百分之一百，有一个人至今不能识字，他就是古巴。古巴是一个哑巴，他什么也听不见。没有人告诉柯大雷怎样让一个哑巴开口说话。柯大雷曾试图叫亚哥想点办法，但亚哥也不知道怎样让那些美妙的音节传到古巴的脑袋中去。亚哥喊破了嗓子，古巴还是一脸的茫然。对此，柯大雷支书十分遗憾。古巴不识字意味着古巴被排斥在诗歌之外，也就是被排斥在幸福生活之外了。

3. 万物可以重新命名

饥荒来临的时候，光明村的人并没有感到惊慌。他们认为油漆匠柯大雷支书有的是办法。天气非常炎热，已有一年没下雨了，秃山里面的水库都已见了底。光明村的人吃的水都要挖很深的井才能找到。村子里很快就没有一点粮食，柯大雷支书去城里向上级要粮，去了几次，都没有要到。柯大雷路过别的村子，别的村子也一样在吃树皮草根，吃了树皮草根后，就上床睡觉。他发现那些村子静悄悄的，安静异常，好像在等待死亡。柯大雷支书认为光明村不能这样坐以待毙。即使死了，也要轰轰烈烈。

柯大雷想，一个人待在一间屋子里就容易产生消极、绝望的情绪，人如果一绝望就是吃山珍海味都会不舒服。所以，柯大雷决定把村里的人集合到一块集体吃树皮草根。地点在队部广场，为此，柯大雷还在广场的墙上画了一些图画。他用十分夸张的笔触画上了已烧熟的肥猪、绵羊、牛犊、鱼、鸡、白鹅、狗等他能想得出的美味佳肴。这些佳肴看上去鲜嫩、可口，村里人见了，都感到浑身无力。画好这些后，柯大雷就把村子里的人召集到广场吃树皮。柯大雷自己不怎么会说话，但他知道亚哥能说会道，所以，吃树皮之前的仪式是亚哥主持的。

　　亚哥知道柯大雷的意思，甚至柯大雷还没向他交代有关情况他已猜到了。等到村子里的人都到齐，亚哥对柯大雷说："支书，我们开始吧。"柯大雷半闭着眼，点了点头。柯大雷这时嗅到眼前有一些气味在飘来飘去。这些飘来飘去的气味有时候会变成一群叽叽喳喳叫个不停的像麻雀那样大的小姑娘。就好像她们也在吵着肚子饿。这种想象让他的腹部感到温暖。就好像下面吵吵闹闹的村民都变成了这些小姑娘。柯支书已有好多天没吃东西了，这段日子他的眼前老是有一些幻觉。

　　亚哥的脸上露出神秘的笑容，他无限满足地说："今天，柯支书要给我们改善生活，我们已杀了一头肥猪，现在请大家来领猪肉。"

　　油漆匠柯大雷听到亚哥这么说有点吃惊。他集合大家来广场对着墙上的画填肚子，主要是想让大家的胃打开，把树皮草根当成墙上的美味佳肴。他没想到亚哥把那些树皮草根扎成了猪、狗、兔子的形状。亚哥这会儿还一本正经地用刀子杀那些东西，口中还模仿着猪的叫声，狗的叫声，绵羊的叫声。叫声还模仿得挺像。亚哥毕竟是一个戏子。柯支书依旧微闭着眼，用耳朵听着亚哥的表演。他娘的，听声音，好像这广场真的变成了一个屠宰场。想起丰收的年头，村子里杀猪过年的情景，柯支书的肚子痉挛了几下。他的肚子里已没有任何东西了。柯大雷想，他娘的，这个戏子，还挺有想法的，没看错他。

　　听了亚哥的话，村民们的头像破土而出的苗那样向上伸了一米。他们左看右看没有看到猪肉，只看到有一些树根被捆成猪、狗的模样，亚哥正一本正经地杀它们。一些看上去比较老的脸顿时委顿下来，他们像乌龟那样缩了回去。但还有一些小孩的头依旧努力保持到极限，他们看上去像森林那样矗立在人群中。他们没有看到猪肉。他们已长久没听到猪叫声了，他们一时有点搞不清亚哥发出的是什么动物的叫声。

　　亚哥已杀好了那些东西。现在一只大锅已经烧开了。亚哥像一个巫师一样，很有仪式感地把那些被他称为猪狗的东西放入大锅。他的母亲是一个巫婆，这一套他懂。他知道仪式有着非同寻常的力量，可以左右人们的意志。他的动作神秘、有力、充满表演感，好像上天正在注视着他。他的表演具有摄人魂魄的作用，很多人都感到自己的心中充满一种不想开动脑子就想沉溺下去的温暖的感觉。这种感觉有点儿像一个男人在女人丰腴的怀里，除了想把自己投入进去，就不再想别的了。他们的双眼一眨不眨地盯着亚哥，好像盯着这个人，他们真有什么盼头似的。村民们感到一些香气从远处飘来，缠绕着他们。那是些什么香味啊，他们都好像看到了这些香味的颜色，有点儿艳丽，就好像晚霞布满了天空。他们还觉得这些香味就像一只只温暖的手在抚摸着他们的身体。这时，他们听到亚哥神秘而愉快的声音：你们闻到了吗，多么香的猪肉啊，我们马上可以吃到猪肉了。听了这话，缠绕着他们的香气果真成了猪肉味。村民们都流下了口水。他们的脸上露出梦幻似的笑容。他们也不去控制自己的口水，此刻他们看上去就像一群白痴。

　　一会儿，亚哥说，猪肉烧好了。当他把大锅的盖揭开的时候，很多人真的看到锅里浮着一只肥大饱满的猪。村民们开始上来领吃的。每一个来到亚哥面前的人，都会听到亚哥说：啊，太香了，赶紧吃吧。那些人只会咧着嘴傻笑，那样子好像恨不得把眼前的东西一口吞下去。他们拿了树皮草根，大口大口地吃了起来。柯大雷依旧坐在那里，他看到村民们吃得这么香都有点儿奇怪。他叫亚哥搞一点给他吃。他吃了一口。那东西实在太苦，让他无法下咽。但他没有让痛苦表露在脸上。油漆匠柯大雷看着村民们脸上甜蜜的表情，有点纳闷。他不清楚他们是真的认为自己在吃猪肉呢，还是仅仅出于自我欺骗。当然自我欺骗也不是坏事，肚子空了，总得有东西填下去啊。

　　孩子们看着大人们脸上甜美的表情，都感到不可思议。大人们说，孩子，快吃猪肉吧，多香的猪肉啊，我们已经很久没有吃到了。孩子们不认为这些树皮草根是猪肉，他们也弄不清亚哥为什么把这些东西叫成猪肉，也不明白父母竟然真的认为这是猪肉。大人们态度严肃，不像是在开玩笑。看着父母们吃得一脸甜美，孩子们还以为这些树皮草根真的有猪肉的味道。他们就迫不及待地拿来吃。他们大嚼一口。树皮草根就是树皮草根，不会变成猪肉，他们一嚼就嚼出一口的苦水。孩子们忍不住把东西吐了出来。要是平常他们也不会吐出来，不吃这种东西还能吃什么呢。这次，大人们吃得太香，他们没心理准备，就吐了出来。父母们见孩子们浪费食物，就骂他们，啊呀，小祖宗，这么好的猪肉都不吃，你们还能吃什么呀。他们就把孩子们吐出来的东西捡起来，放到自己的嘴里，美美地嚼。孩子们更奇怪了，同样的东西，在他们的嘴巴里是苦的，大人们却吃得醉生梦死。看到大人们的样子，他们忍不住又嚼了一口，结果还是苦的。他们现在认为大人们在撒谎。他们说，什么猪肉呀，分明是树皮草根嘛。父母们就说，你们连猪肉都不想吃，你们的嘴啊，吃刁了啊。父母们叹了口气。大人们的口气，让孩子们觉得他们好像是一群只知享乐的资产阶级少爷。

柯支书发现，那个叫古巴的哑巴没和别的孩子一块闹，他一直待在一块石头上，动都没有动一下，就好像他在那块石头上生了根。他的母亲一度想把他从石块上拉下来，他一脸惊恐地看着地下，就好像那地下是火海，只要他跳下去，他就会被烧成灰烬。他的母亲没有办法，就把食物递到石块上。古巴毫无表情地吃了起来。他什么也听不见，他的表情与众不同，既没有大人们那样的甜蜜，也没有孩子们那样的失望和痛苦。他的心思显然不在吃上。看着古巴若有所思的样子，柯大雷觉得这个孩子似乎真的变成了一棵树，一些树枝正从他的手上、他的身体里、他的头发上长了出来，他还看到，那些时刻在他的眼前飞来飞去的麻雀那样大的小女孩，这会儿都叽叽喳喳地栖息到了这棵树上了。柯大雷闭上眼睛，用力地摇了摇头。他想，我他娘的幻觉越来越严重了。

那些孩子这会儿还在闹。他们在同父母们较真。他们说，明明是树皮草根为什么要叫成猪肉呢。油漆匠柯大雷想，这世上最好骗的就是成人了，成人们除了容易受骗还容易自我欺骗，往往是孩子们说出事情的真相。柯大雷觉得亚哥的这一招确实是抵抗饥饿的好办法。他想，既然树皮可以叫成猪肉，树根可以叫成狗肉，那么什么东西都可以重新命名。于是，他把那些从田里采来的充当粮食的东西重新统一了叫法，用山珍海味去命名它们。他把腥草命名为鱼，把山茶果命名为鹅，把野草莓命名为酒，把蚯蚓命名为兔肉。柯大雷还把这些东西画在墙上，旁边标着新命名的文字。如前所述，村里人除古巴外都识字了，很快他们都记熟了。

后来，光明村的人无师自通地把村子里所有的东西都命名了一遍。他们把电线杆叫做未来，把水库叫天空，把石头叫成花朵，把泥土叫成树木，把晴天叫成下雨，把刮风叫成跳舞，把饥饿叫成吃饱，把生病叫成健康。他们几乎已经戒了房事，但他们把房事叫成死亡。他们说，我的肚子饱饱的我哪里还能死亡。这话听上去有点怪，但村里人都懂。

4.　所有的事物都长出了翅膀

亚哥虽然把村子里的人带入吃肉时代，他自己却根本吃不下那些树根。在台上表演的时候，他也会带着幸福的表情吃上几口，但不多吃。他的肚子已空了四天了。他的肚子里都是水，他走路的时候，只听得里面叮当叮当作响，他感到自己的肚子似乎变成了大海，里面有十级巨浪在翻腾。他的肠子就像海岸线，已被巨浪冲击得没有一点油脂，只留下一层像岩石一样老的皮。他常常感到他的胃这会儿具有强大的消化功能，就是吃下一把刀子，胃照样可以把刀子研磨得粉碎。

亚哥不喜欢吃树根，他开始捕捉一些虫子吃。他什么虫子都吃，但他也害怕虫子有毒，所以，他在吃完虫子后，会吃一点酒精。酒精是工业酒精，是亚哥母亲的。亚哥母亲屋里常年点着一盏酒精灯，这盏灯是亚哥母亲通向另一个世界（在亚哥的感觉里是个鬼魂世界）的通道。这盏酒精灯是用玻璃做的，外表光滑透亮，在跳荡的火焰的伴奏下，透着另一个世界的气息。亚哥不知道这玩意儿是哪儿来的，总之，亚哥出生时它就在了，在亚哥的眼里，它就像这个世界那样古老。亚哥常常觉得，母亲的眼睛和这盏酒精灯极为相似，母亲的眼神里也跳着一些火焰和阴霾，好像这双眼睛总想洞穿些什么。有时候，亚哥想，这盏灯同母亲的生命联系在一起，如果这灯灭了，母亲恐怕也就没命了，或者眼睛会瞎了。所以，亚哥每次去偷吃母亲的酒精时，心里都有点不安。他真的怕自己这是在谋害母亲的命。但他吃了虫子后总是很恐惧，不吃一点酒精的话，他会把吃下去的虫子都吐掉的。

蚯蚓和蚂蚁是最好的食物。为了捉到一只蚂蚁或一只蚯蚓，亚哥想尽了办法。它们都藏在洞穴中，亚哥不知道怎样才能引诱它们出来。亚哥身上没有什么宝贵东西可以引诱它们上当。后来，亚哥想到了自己的唾液。小的时候，亚哥得过神经官能症，常常习惯性地吐唾沫，这时，母亲总是恶狠狠地骂他，你把身上最好的东西——你的精神吐掉了。亚哥想，我就在洞口吐一口唾沫吧，也许蚂蚁和蚯蚓就会出来了。现在闪闪发亮的唾沫就在洞口，亚哥耐心地在烈日下等待。在这之前，他的肚子在排山倒海，但在等待时，肚子突然安静下来。他好像已经体味到蚂蚁或蚯蚓在肚子里爬动的冰凉的感觉。他如果捉到一只蚂蚁或蚯蚓，他都不会嚼烂，而是活的咽下去，然后躺在阳光下体味它们在身体里爬动的痒痒的感觉，那感觉就像母亲温暖的手，给他无限的幸福和安宁。

这年头连蚂蚁都饿疯啦，亚哥把唾液吐到洞口的一刹那，一些蚂蚁就飞了出来。亚哥从来没见过蚂蚁会飞，可现在蚂蚁却真的在飞。亚哥捉住一只，仔细观察，他发现蚂蚁并没有翅膀。真奇怪，没有翅膀却能飞，也许是蚂蚁肚子太饿了，饿得身轻如尘，就飞起来了。亚哥想，也许人饿得太久了也会飞起来呢。如果人能像鸟儿一样在天上飞，倒是件不错的事。亚哥看到蚂蚁从洞里飞出来的时候，围着他的唾液转了几圈，然后没头没脑扎向唾沫。它们被唾沫粘住了。它们在唾液上贪婪地蠕动。亚哥抓了几只放进嘴里。他让它们爬到咽喉口，然后没嚼一下就咽了下去。让它们在肚子里爬吧，这样我的胃就会感到充实。洞里不断有蚂蚁飞出来，亚哥想，他的一口唾沫可以换来一个充实的胃，值得。亚哥发现飞出来的蚂蚁吃了他的唾液后就不会飞了，它们腆着大肚子，开始慢慢向洞里爬。亚哥已吃了不少蚂蚁，他不想把它们都吃完，所以放过那些小东西，让它们钻入洞穴。

这天晚上，亚哥做了个梦，他梦见自己身体里的蚂蚁正在吞噬他的肉体，慢慢地，他就被它们蛀空了。一会儿，他看到他的骨头上都是蚂蚁，他成了一具骷髅。他惊醒过来，感到身体里确实有点异样，很担心他吃的那些蚂蚁和蚯蚓还活着。这会儿，他想喝很多酒精。想喝酒精的念头就像那些虫子吞噬他的身体那样让他难受，让他心痒难耐。他恨不得冲到母亲的房间里去，把那盏灯中的酒精全喝了。

他扒着门缝往里面看。他希望母亲已经睡熟了。那盏灯还亮着。他很奇怪，那灯里的酒精好像永远烧不完似的。他记得每次他都差不多把酒精喝完了，但母亲的灯却总是亮着。好像那灯里的酒精会生长出新的酒精。亚哥认为这种可能性不大，酒精不可能生出新的酒精，他判断母亲应该在屋子里藏着一些酒精。这时候，他看到在灯光后面的阴影里，有一双亮晶晶的眼睛直视着他，那双眼睛好像已经明白屋外一个人正不怀好意地盯着她的灯。那是母亲的眼睛，看到这双眼睛他吓了一跳。母亲应该早睡了的呀，这么晚了，她在干什么呀，难道她已发现有人在偷喝她的酒精了吗？不过也有可能母亲是肚子饿得睡不着觉了。他没听母亲说过饥饿这回事，母亲也许有自己一套对付饥饿的办法，或者母亲也在靠喝酒精过日子。亚哥想，他今晚不可能得到母亲的酒精了。

他感到体内的虫子依旧在吞噬着他的身体。他在自己的屋子里团团转。他不能当着母亲的面把那些酒精喝完，那样的话母亲会杀了他。母亲可是什么事情都做得出来的。他想，他得找一些替代品，能把身体里的虫子杀死的替代品。这时，一股浓烈的芳香蹿入他的鼻腔，这香味甚至比酒精更纯粹。这香味把他全身的血液都激发了，他感到这会儿，血液都奔向他的鼻腔。被这股香味吸引，他来到猪栏。当然猪栏里早已没有猪了。猪栏的一个角落里安静地躺着一罐东西。香气就是从那罐东西里飘出来的。亚哥记得这罐东西是几年前发洪水时，从水上漂来的。亚哥从水中捞起来后就把它扔到了猪栏里，再没去动过它。亚哥以为它一直是没有气味的，至少过去从未闻到过香味。亚哥想，他今天闻到香气的原因也许是自己肚子里的虫子造成的。他太害怕它们把他蛀空了。亚哥小心地打开罐盖。他小心翼翼的样子就好像那东西里面躺着一个魔鬼，会随着一股气体蹿出来。当然魔鬼是不会有的，里面是一些液体，芳香逼人的液体。他又仔细嗅了嗅，这回他嗅出来了，那是汽油。他感到奇怪，汽油不应该这么香的呀。他想，这恐怕是饥饿造成的，人要是饿了，他娘的，什么东西闻着都是香的。他对自己找到的只不过是汽油感到失望。但他也舍不得把这东西扔在猪栏里，他把这罐东西搬到了自己的房间。

他躺在床上，那东西继续飘着香味。这香味让亚哥呼吸困难。他只好一次次对着罐子猛烈吸食。这样的吸食让他稍稍感到平静。这样重复了几次，亚哥突然生出把这汽油喝下去的欲望。这种欲望让他浑身发抖。他不知道喝了汽油会有什么后果，会不会死亡。他对这个念头感到恐惧。这念头太强烈了，他感到如果不实现这个念头，甚至比死更难受。最后，他终于把一碗汽油喝了下去。当那冰凉的液体从他的嗓子眼顺着食道下去时，他的身体一下子变得平静如水，他的全身都涌出一种畅快感。他流下了泪水。然后他躺在床上，体味这安静的幸福时刻。

后来，他感到这些液体流遍了全身的每一个细胞。他的整个身体成为一片汪洋大海。他躺在这汪洋之中，好像天底下只存在他一个人。就在这个时候，他听到了一些奇怪的声音。那是一些他从来没有听到过的声音。他不知道怎样说出它们，它们在他的经验之外，那些声音有某种光线，毛茸茸的，好像这声音本身并不存在，存在的只是寂静本身。这声音是所有一切，也是空洞无物。后来他才知道这种声音可以用一个词去描述：天籁之声。这天晚上，他就是沉醉在这天籁之声的甜蜜中睡去的。

第二天早上，亚哥起床后发现，一切完全不同了。首先，他感到他的身体似乎比以往任何时候都要有劲，好像那里面刚注入了无穷无尽的能量。他感到自己像是死去之后重又活了过来，整个身体清洁、饱满，体内还有一种想干点什么事情的跃跃欲试的激情。后来，他发现连他眼见的世界都呈现另外一种样子。那是什么样的世界呀。

那是什么样的世界呀。亚哥看到眼前的世界瑰丽无比，充满了幻象。他看到村庄里一些花朵在跳跃，它们看上去像一些小精灵，一会儿跳到岩石上，一会儿又跳到他的肩上，村庄里长满了树，树叶就像无数双手在向他鼓掌。他还看到所有的事物都长出了翅膀，它们都飞了起来。屋顶在飞来飞去，太阳在飞来飞去，地上的粪便在飞来飞去（村里人自从开始吃树皮草根以来，肚子里大便很多，但很难拉出来。地上的粪便是孩子们好不容易才拉出来的。粪便就像一条一条的树根），人群在飞来飞去，连柯支书画在墙上的画都在飞来飞去。看到这一切，亚哥非常快乐，他始终咧嘴傻笑，就是想不笑都控制不住。他向队部走去时，他看到村里人都扑扇着翅膀，像一只只大头蜻蜓那样睁着复眼，奇怪地看着他。看到这一切，他确实也有点惊奇，但想起昨天看到蚂蚁也飞了起来，就不再奇怪。他想，天地间的一切东西可能都饥饿了，一样东西只要饥饿了，大概都能飞起来。所以，他见到那些面黄肌瘦的村民飞起来，也不感到奇怪。

来到队部，亚哥就问大家："你们有没有见到人飞来飞去的？"

大家都摇头。有人说："我们没见人飞来飞去，只见到你气色很好，精神饱满，不像我们面如大便。亚哥，你摇摇晃晃的，好像喝醉了酒。你哪里来的酒？"

亚哥听了这话，神经质地笑起来。他说："我没吃什么好东西。但人飞来飞去是真的。我不但看到了人飞，我还看到这里所有的东西都在飞呢。"

有人说："亚哥，人怎么会飞呀，如果我会飞，我早已像一只鸟一样飞走了。我就不信找不到有粮食的地方。"

亚哥说："你有翅膀呀，真的，你为什么不飞走呢？"

那人说："亚哥你别装神弄鬼了，你怎么像你母亲一样跳起大神来了。"

亚哥说："我说的都是真的，我看到了，但我描述不出来。"

亚哥看到队部的墙角有一桶油漆。那是柯支书放在那儿的。好像有什么人驱使他似的，他来到油漆桶边，拿起刷子，在墙上涂了起来。开始的时候，村里人不知道亚哥想干什么，当一些图画出现在墙上时，村民们才知道亚哥原来在画他描述不出来的事物。亚哥手中的笔好像变成了一支神笔，它一笔划过，墙上马上就生动起来。开始，墙上的东西只是一条腿，或一双手，或别的什么，后来，亚哥把它们连了起来，成了各种各样的事物。树，河水，鱼，滚滚云层，闪电，雨丝，巨大的蚂蚁（蚂蚁的眼睛画得像酒瓶那么大），蚯蚓，蜻蜓，蝴蝶，女人，孩子，草，蝌蚪，等等，墙上出现一个新世界。村里人发现，墙上的每一样东西都有翅膀：树有翅膀，蚂蚁有翅膀，女人和孩子都有了翅膀，他们在树木、草地上飞来飞去，他们的头发像是浮在水中，有规则地晃荡着。

村子里的人觉得亚哥的画比油漆匠柯大雷的还要好。他们感到很奇怪，他们搞不清亚哥什么时候学会了绘图画。他们非常喜欢亚哥的画，那些有翅膀的东西非常可爱，像村里流传千年的神话中的角色。柯大雷的画虽然也很好看，有着钢铁般的严肃表情，但比不上亚哥的画让人兴高采烈。那个叫古巴的孩子也来到了队部。他的脚踏在两个轮子上面，是两个木头轮子。他是靠两个轮子的滑动才到达队部的。村子里的人不知道古巴为什么这样，饿得两眼都冒黑星了，他还有力气玩这种需要使劲的游戏。古巴来到了队部，看到亚哥画的一棵长着翅膀的树，发出呀呀呀的叫声，他的眼中有惊恐之色。但村里人不知道古巴想说什么。

亚哥还在忘我地作画。他作好自己的画后，开始修改油漆匠柯支书画的图画。他把柯支书画的猪、绵羊、兔子、狗等动物都画上了翅膀。就在这个时候，亚哥听到他的身体里出现一些音响。他知道那是天籁之声进入了他的身体。他禁不住高唱起来。人们发现亚哥唱的不是他过去唱的戏文，而是另外一些调子。亚哥发出像女人那样高亢、圆润的声音，这些声音像一只远去的天鹅那样幽远。村里人听到这样的歌声，都觉得亚哥变成了一个女人，他的声音就像女人那样温柔。那声音里有一种无比满足的宁静。他一边唱一边作画，那样子好像不是他在画，而是由另一个人在指挥他画。到了傍晚，队部屋内所有的墙面上都画上了他的画。

亚哥对画图画着了迷。第二天，他把他的创作从队部移到电线杆上。他边唱歌边画图。亚哥在电线杆上画上了饱满、妖艳的花朵，和那些张着翅膀的各式各样的事物。在村口的那根电线杆上，亚哥还写了一句诗：它们不是指向天空，而是指向希望。

写完这句诗，亚哥从电线杆上爬了下来。天空深邃高远，发出诱人的蓝色光芒，他感到那苍穹之上有着一种无比巨大的吸引力，而他画出的那些精灵鬼怪，写的诗句，唱出的尖厉的调子，都通向那个地方。亚哥的脸上露出孩子般的笑容。

5. 光明村到处都是饥饿的鬼魂

亚哥发现母亲已经很久没有吃东西了。母亲一直待在自己的屋子里，没去队部吃那些树皮草根。但母亲活得好好的，母亲的眼睛比谁都明亮（村民们的眼睛早已暗淡无光了）。亚哥不知道母亲是靠什么维持生命。同亚哥猜想的那样，后来，亚哥发现他的母亲也在吸食酒精。原来她的生命动力来自她那盏长明灯中的酒精。

村子里的虫子突然多了起来。虽然他们在吃树皮草根时吃到了猪肉狗肉的味道，但他们觉得老是吃树皮草根也没劲，他们就开始去捕捉虫子吃。就像亚哥原先见到的，这些虫子从洞里出来后就在空气中飘来飘去。村民们发现它们没有翅膀却飘来飘去，都感到不可思议。但他们也不去想这事，他们发现虫子的味道比那些树皮草根要好得多。

足不出户的亚哥的母亲，那个巫婆，突然从屋子里钻了出来。她的眼睛里像是有一盏明灯，闪烁着红色光芒。她站在队部前，对村民们说："干旱就要过去，但水灾将要来临。"村民们没理睬巫婆。解放前，巫婆跳大神，搞迷信，解放后已没人理她那一套。巫婆见村民们不理她，就冷笑起来。她说："你们不要抓那些虫子吃，那都是鬼魂。它们也饿了，它们就从洞里飞了出来。它们是饥饿的鬼魂，它们钻入你们的身体会把你们掏空。"

果然，这天晚上，吃了虫子的村民都没睡着。他们发现，一些鬼魂从他们的身体里钻了出来，在屋子里飞来飞去。鬼魂们的嘴角还滴着一些血迹。他们知道那是从他们身体里吸来的血。鬼魂嘴上的血滴在地上，地上就冒出一股青烟。他们再也不能待在屋子里了，他们逃到夜色之中。他们在村子里哭叫的样子，好像他们本身就是鬼魂。整个村子都不见光明，只有队部亮着一盏油灯。他们就往灯光的方向奔，就好像他们都变成了虫子。他们发现亚哥睡在队部里，队部并没有油灯，那灯光一样亮着的是亚哥作的图画。亚哥画的那些张着翅膀的东西这会儿发出金子般的光芒。这些受到鬼魂骚扰的村民站在这些图画前，突然感到那些鬼魂远离了自己，好像这些发光的图画把鬼魂吓跑了。他们站在画前，他们觉得那些图画就像一面镜子，让他们看清了自己。镜子中，他们干净、清爽，脸色红润。

村民们把亚哥画的图画都当作了守护神。他们纷纷邀请亚哥去家里作画，好让自己家里闪闪发光。亚哥现在每天都喝汽油，喝了汽油后他就能听到天籁之音，就能看到事物展开翅膀的样子，他就有了一种把它们画下来的冲动。村民们叫他去画，他求之不得。他就叫他们把墙刷白，然后他就画上各种各样的东西。他在墙上画了许多的植物和花朵。这些植物和花朵亚哥都没见过，但他把它们画得异常逼真。亚哥画完每一种植物和花朵，他们就会闻到香气。他们的屋子里常常飘散着大麦、莲花、紫花苜蓿、蜂蜜和橘树的香味。好像图画中那些会飞的植物和花朵真的来到了他们生存的空间里。事实上，光明村的人已有很久没有见到花朵了。在他们的记忆里，植物和花朵同远古的事物一样古老。村民们发现，亚哥给他们画了这些画后，他们的家不再是暗的了。那些鬼魂不再跟着他们。

寡妇也来叫亚哥作画。寡妇家的鬼魂比较多，因为寡妇家没有男人，没有男人阴气过重，容易滋生鬼魂。亚哥在作画的时候，寡妇一直站在身边。寡妇说，亚哥，那些鬼魂老是往我的怀里钻，他们钻入我的胸，钻我的腰，钻入我的腿，亚哥，我都没一点力气了，他们还要钻。亚哥，他们钻入我的身体以后，我不能动一下，就好像我要死了。亚哥说，姐，也许那些不是鬼，是人。亚哥的嘴很甜，他一般叫村里的妇女为姐。亚哥说完这句话，觉得很好玩，自个儿笑了。他想，寡妇的身体一定钻过很多男人。村里的女人都这么说。寡妇说，亚哥，你坏。亚哥继续在墙上作画。这时，寡妇闻到了一股香气。寡妇说，啊呀，怎么屋子里都是香气。亚哥说，是我画的图画散发出来的，他们都说我画的植物和花有香气。寡妇又努力嗅了嗅，摇摇头，说，不是从墙上来的，是你身上来的，你身上有股奇怪的香气。亚哥说，我又不是姑娘，怎么会有香气。寡妇的鼻子像大象那样伸展出来，在亚哥的头发上嗅了嗅。寡妇说，亚哥，你身上有汽油味，你身上怎么会有汽油味？亚哥的脸就红了。喝汽油是他的秘密，他可从来没同任何人讲过。寡妇见亚哥脸红，就说，亚哥，你是不是有什么事瞒着姐？亚哥知道寡妇的眼睛有时候比他巫婆母亲的还要亮，他的母亲只看得到鬼魂世界，看不到人心里的事，寡妇却能看到每个男人心里的念头。亚哥知道他瞒不过寡妇，就告诉她喝汽油的事。一说这内心的秘密，亚哥的眼睛就闪闪发亮。同人分享秘密是一件快乐的事。亚哥说，我以前不会画图画，我会画图画是因为我吃了一种东西。我吃了这东西后就听到了天籁之声，就能模仿这种声音。亚哥说着就唱了起来。亚哥继续说，我唱的，就是我听到的。我的周围满是这种好听的声音。我不知道怎样向你描述。这种声音就像你见过的最美的光芒。寡妇不知亚哥吃了什么仙药，打断他，问，快说，你究竟吃了什么？亚哥红着脸说，我喝了汽油。开始，寡妇不相信亚哥所述，汽油怎么可以喝，后来她听到自己的肚子咕咕叫，还想到晚上老是有鬼魂到她的床上来，她就想喝了。她叫亚哥赶紧给她弄点汽油来。亚哥就回家给她弄了一壶。

　　寡妇喝了汽油。亚哥一直在观察她的反应。他看到她的脸上出现了红晕，就好像早晨升起的太阳。亚哥问，你是不是有清凉的感觉？我喝了汽油全身都会变得清凉。寡妇说，我全身发热。说完，寡妇就要脱衣服。寡妇确实感到热，她感到喝了汽油后她一直备受饥饿折磨的身体突然有了活力，她的身体这会儿在急剧膨胀。寡妇有了一种在吃饱肚子的日子里身体内部激情澎湃的感觉。亚哥听到寡妇的胸脯从衬衫里跳出来的声音，就好像一只兔子从洞里钻了出来。那兔子在亚哥前面跳荡着，让亚哥看得目瞪口呆。寡妇笑道，怎么，傻啦。亚哥情不自禁地拿起油漆刷子去涂寡妇的胸脯。寡妇说，啊呀，亚哥，你也喜欢这么干呀。亚哥问，还有谁喜欢这么干？寡妇说，很多男人都喜欢这么干。亚哥，你在我的身上作画吧，你这样干我很舒服。亚哥说，好。寡妇把所有的衣服都脱光了。她洁白的身体让亚哥头晕目眩，那种轻飘飘的感觉就好像比喝了汽油还强烈。亚哥开始把画在墙上的会飞的事物搬到寡妇身上。寡妇的整个身体都闪闪发光。这时，亚哥发现，寡妇的下身，那个长着可爱的黑毛的地方，开出一朵鲜艳的花朵。真的像花朵，层次丰富的花朵。它的外围是粉嫩的红色，那花蕊却红得发黑。从粉红到红黑之间的过渡流畅而和谐。那花朵上面还有一些晶莹的水珠，一粒一粒的，透明，圆润，发着梦幻似的光芒。寡妇说，我这朵花同你画的哪一朵漂亮啊？亚哥艰难地咽了一口唾沫，他闻到汽油的味道正从那花朵上散发出来，就好像刚才她喝下去的汽油这会儿正从这个地方流出来。寡妇说，亚哥，我里面在燃烧啊，你瞧，花瓣上的露珠就是里面流出来的汗啊。亚哥，你如果进去，你就会烧成灰烬。亚哥，这朵花能把你带到天上去啊。

亚哥后来进入了寡妇的身体。那里真烫啊。同她比，亚哥觉得自己倒变成了一块冰。一会儿，亚哥觉得自己这块冰被融化了，成了一股水蒸气。他感到那些蒸汽像水中的气泡在往上冒，越往上，气泡就越大。那些气泡在哇啦哇啦尖叫。他觉得这些气泡这会儿都好像活了，像一条一条的娃娃鱼，头无比巨大，但尾巴很细小，它们摇头晃脑的样子，仿佛是它们主宰着这个世界的快乐。那些气泡越来越大，后来变成了一个一个气球升上了天空。后来，床消失了，村庄消失了，亚哥消失了，寡妇消失了，连那些气球也消失了。天地间一片空白。亚哥觉得自己死了。这世界只留下纷纷扬扬的尘埃。

我们疯了。我们饿着肚子还弄这玩意儿。这世界先是出现寡妇的声音，然后就看到了纷扬尘埃折射出来的光芒，有了光芒就有了阴影，那是尘埃凝结成的一些阴影，再然后，世界又有了形状，天地间有了生命。亚哥感到自己又活了过来。他感到自己好像是从世界的尽头回来的，好像是从一个寂静之所回来的。他回来的样子就像一束从茫茫天宇射来的光，光芒闪过，他就活过来了。活过来时他感到眼角淌着泪水，头发和身体都湿漉漉的，就好像这个干旱的世界刚下了一场雨。寡妇说，亚哥，你是第一次干这事吗？亚哥点点头。亚哥脸上是害羞的表情，他说，我老早听说有很多男人喜欢跑到你这里来。寡妇说，是呀，我这里是革命的加油站。

从寡妇家出来时，亚哥看到柯支书阴冷的眼睛。亚哥觉得那些鬼魂都已钻进了柯大雷的眼睛里。也许柯支书的家应该画上一些图画，但柯支书拒绝亚哥这样干。自从吃了汽油后，亚哥已不那么崇拜柯支书了。

　　亚哥一家一家给他们画图画。在亚哥的画笔下，那些张着翅膀的人的形象不断变化。那些人变得越来越高大，他们似乎在向天空伸展。有一天，亚哥把长翅膀的人画在了一根木头上面，他缠绕在木头上，眼睛绝望、惊恐、悲悯地看着画外的人。亚哥对这双眼睛感到满意。他感到这双眼睛里有着他听到的天籁之音。亚哥画好这画后感到非常满足。他走在村头，看到干旱在大地上留下的粗暴的痕迹。大地满目黄土，绿色不见，田野上零星有一堆一堆的枯草，它们被晒成火红色，看上去就像火焰在田野上舞蹈。这会儿，连天空也都变成了黄色，就好像大地本身正发射黄色的光芒，把天空照亮了。或者天空是一面镜子，它映照出大地的黄色。就在这个时候，亚哥抬头看了看村外的电线杆，看到的景象让他惊呆了。他发现古巴攀援在那电线杆上，黄色的天空完全罩住了他，使他身上呈现出一层金光。古巴攀援在电线杆上的样子，同他刚才画的图画一模一样。他的心中涌出一种异样的感觉。他觉得自从他喝了汽油后，这个世界真的改变了。他先是听到天籁之音，又看到万物都长出了翅膀，现在他又发现刚才想出来的图画真的出现在村头。他想起一些遥远的往事。他记得小的时候，母亲总是带着他走街串巷。母亲通常会在某个广场上停下来，给人们表演她的通灵绝技。人们都非常相信母亲，因为母亲总是能够召唤他们的祖先进入她的身体。这样这些人就可以通过母亲同亲人对话。每当母亲工作的时候，亚哥就会去附近玩一会儿。他记得总有一些神秘的房子，里面的墙上有一些壁画，壁画上的人总是张开着翅膀，这些画上，有些人会攀援在一根木头上。他那时候刚学会走路，这些记忆现在已经很模糊了，但那种神秘的感觉他还记得。他记得母亲曾对他说，你是巫婆的儿子，你的身体最终不是你的，就像我，我的身体人人都可以钻进来。不过亚哥从来听不懂母亲说的话。他不清楚为什么看到古巴会使他想起这些往事。他仰望天空，天空的光晕刺痛了他的眼。

"古巴，你怎么啦？你为什么要趴在电线杆上？"

古巴向他投来惊恐的眼神。

"古巴，发生了什么事吗？"

古巴哇啦哇啦地叫了几声。但亚哥不知道古巴想说什么。

这时候来了一群孩子。孩子们看到古巴攀援在电线杆上，非常羡慕。他们也很想爬到电线杆上去，他们都试过，但电线杆浇筑得十分光滑，他们根本爬不上去。如今他们的肚子没有一点东西，身子早已没了力气，他们更是爬不上去了。他们不知道古巴是怎么爬上去的。他们百思不得其解。他们对这个哑巴又很不服气。凭什么他趴在电线杆上？他们就用石块去砸古巴。可这些孩子实在没力气了，他们砸出去的石块像老年人撒出的尿，刚离开他们的手就落在地上。孩子们不认为自己没有力气，他们觉得那哑巴周围似乎存在一层看不见的阻挡物，把他们的石块都挡开了。

亚哥看见村里的孩子向古巴砸石块，觉得过分了。他呵斥孩子们。他骂道，你们怎么能这样，你们肚子饿成这个样子了，还要欺侮人，你们太不像话了。孩子们说，哑巴凭什么趴在电线杆上？亚哥说，这里电线杆多的是，你们也可以去爬呀。孩子们知道自己爬不上去，嘀咕了几句，就走了。

亚哥对古巴很好奇，他说："古巴，你看，太阳这么大，你这样下去就要晒干了，你瞧，你头上已不冒汗，而是在冒油了。你还是下来吧。"

古巴在电线杆上一动不动。亚哥想象了一下，人如果被晒干会是什么样子。他认为一定像一只剥了皮的青蛙，四肢僵直，惨不忍睹。他摇了摇头，向村里走去。

亚哥的母亲开始在村里跳大神。她的周围聚集了一大帮人。她闭着眼睛在自言自语。她说，你们不要挤，一个一个慢慢来。村里人知道她是在对鬼魂说话。村民们自己都感觉到了，村子里到处都是饥饿的鬼魂。巫婆定气凝神，鬼魂纷纷钻进她的身体。她一会儿做某某人的爷爷，一会儿做某某人早逝的母亲。她在一分钟内能发出十个人的声音，做出十个人的表情。人们从巫婆的表情中明白，飞舞在村子里的鬼魂都是他们曾经的亲人，他们之所以飞来飞去，是因为他们实在饿坏了。他们这才想起他们已很长时间没给死去的亲人烧纸钱了。哪里还有什么纸钱，村子里就是白纸也找不到了。前段日子，有人说纸是用木头做的，既然树皮可以吃，纸当然也可以吃。于是村里人都吃起纸来。纸比起树皮来要好吃得多。纸香香的，咸咸的，比树皮容易下咽。他们一边吃纸一边还讲故事。上年纪的人说，很久很久以前，就有人一辈子吃字纸为生。那人吃了太多字纸，后来这些吃下去的字纸都变成了学问。现在村里面没了纸张，也就是说没办法制作纸钱安慰祖宗了。他们就要求巫婆让他们的先人钻进身体，然后对着巫婆使劲地赔不是。他们说：祖宗啊，原谅我们吧，我们没有办法啊，自己都要饿死了呀，哪里还想得起你们。我们这就给你们送钱，没有纸我们就烧枯草当纸钱吧，你们回到坟墓里去吧。巫婆后面跟着的人越来越多。从巫婆的表情可以看出来，这些饥饿的鬼魂都不肯回到坟墓里去。村民们对着巫婆不停地说好话。巫婆的脸上始终是鬼魂的表情，一脸高傲，像一个债主，就好像村里人都欠着她银子似的。这段日子，整个村子里的人都在跟着巫婆跑。

柯大雷觉得局面似乎有点失控了。他没想到饿着肚子的村民有这么巨大的激情，他们跟随那个巫婆，像那个巫婆那样癫狂，脸上充满了梦幻似的光芒，每个人都像一团熊熊燃烧着的大火。不过柯大雷也想通了，只要他们能够活着，并且活得高兴，随他们去吧。这样总比静静地等待死亡要好。

不断有死亡的消息从远方传来。有人说，离这里九千九百九十九里的一个村庄，那里的人在一夜之间全都悄无声息地饿死了。

6. 柯大雷一枪打中了寡妇屋顶上的内裤

有人送给柯大雷支书几块面包。送的人是锡匠，过去他们同在一个手工业合作社做工。柯大雷革命成功后，就让锡匠做了民兵连长。加入民兵组织的人都是过去手工业合作社的人。他们分别是木匠、箍桶匠、篾匠等等。锡匠过去给人做锡器时，偷工减料，私藏下一些锡和银，现在肚子吃不饱，就拿着锡和银上了一趟城。他用锡和银换了一点儿面粉。本来，锡匠不打算孝敬柯大雷的，但目前他有一些令他困惑的事需要请教柯大雷，所以他带了几块面包来到柯大雷家。

柯大雷见到面包，眼睛都绿了。柯大雷问，这东西哪里来的？锡匠当然也不能实话实说，他说，我一直藏着呢，舍不得吃呢，肚子饿空的时候再让支书吃呢。柯大雷一把夺过面包，就往嘴里塞。由于吃得太快，噎着了，他用力干呕，呕得面红耳赤。锡匠见了，在一边乐。柯支书是饿了，他娘的，他吃面包的模样简直就像一只饿狼。他绿绿的眼睛的确像一只狼。锡匠因此心里涌出一种优越感。柯大雷见锡匠笑，就黑着脸说，怪不得你这家伙气色那么好，藏着面包一个人偷偷在吃。锡匠的脸马上露出哭相，道，啊呀，支书啊，你还不知道我的苦心吗？

锡匠这段日子确实感到无比困惑，他想问问柯大雷，究竟有没有鬼魂。近来关于鬼魂之事在光明村传得沸沸扬扬。他对柯大雷说："柯支书，你说奇怪不奇怪？我的爷爷真的钻进了那个巫婆的身体里。巫婆的表情同我爷爷的一模一样。巫婆根本没见过我爷爷呀。"

柯大雷说："你也没见过你爷爷呀，你怎么认出来的？"

锡匠说："我爹认出来了呀。我爹见了巫婆，就认出了他爹，我爷爷。我爷爷是上吊死的呀，他们说上吊的人升不了天，我爷爷的鬼魂出来的时候，没有脚，脸是黑的。我爹说我爷爷钻进巫婆的身体时，巫婆的脚就飘起来了呀。"

柯大雷说："你看见了吗？你没看见不要乱说。"

锡匠说："村子里的人都看见了，他们说村子里到处都是鬼魂。他们还碰见你的爹呢。柯支书，你的爹当年是采石死的，被炸药炸死的，炸得手脚都分了家。他们看见你爹的鬼魂走在前面，可你爹的手和脚在后面跳舞呢。他们说有时候看见你爹的手和脚，可你爹的声音在半空中学炸药的爆炸声呢。"

柯大雷说："都是胡说，我怎么没看见，也没听见。我爹饿了应该来找我的呀。"其实柯大雷心里有点儿虚，他虽没见到鬼魂，他的眼前老是有一些拇指一样大的小女孩在飞来飞去。不过他知道这是饥饿产生的幻觉。

锡匠说："柯支书，他们说只要让亚哥在家里画上图画，鬼魂就不会跟着你了。他们说亚哥的画会发光。"

柯大雷说："那都是幻觉。人只要填饱肚子那些东西就见不到了。你吃了面包再去看看，那些图画还发不发光。"

锡匠说："可兄弟们都说看到那些画发光了，他们都想请亚哥画呢。"

柯大雷说："我们是革命者。革命者不相信鬼魂。你告诉民兵们，不能让亚哥去他们家画图，否则就叫他们缴枪。"

　　柯大雷吃了几块面包后，感到身上的每个细胞都高兴得尖叫起来。他知道这些细胞原来都想睡觉，好像它们一个个成了瞌睡虫。他总是尽量不让自己睡过去，即使那些细胞要睡（那些细胞还想让他的心脏睡着），他也不让自己的思想睡，他身体的任何一个部位都可以睡着，他不能让自己的思想睡着。不睡着就是活着。自饥荒以来他从没睡过觉。他醒着，所以看到了一切。他看到了巫婆脸上先人们的表情，包括他那被炸死的父亲的表情。他的父亲钻入巫婆的身体时，巫婆的眼睛像子弹那样从眼眶中弹了出来，就好像那一刻巫婆也被炸药砸中了。他还见到亚哥画的图画发出光芒来。这一切让他非常困惑。他原以为已了解这个世界，现在他感到根本认识不清这世界，他因此感到恐惧。这让他的精神都有点垮掉了。现在，吃了面包后，他对这世界的困惑少了一点，精神也长了一点，特别是当他拿起那火药枪，他觉得自己又有力量了。他已经有一段日子没拿枪了。枪上都有了灰尘，他怀着爱护之心用手小心地擦拭，就好像这枪是他的另一个生命。他握着火药枪，突然有了另一种需要。他想起了寡妇。他已有一段日子没去寡妇那儿了。那都是因为肚子饿的。因此他认为，要想起寡妇必须有一些条件：第一，你肚里得有点东西（可奇怪的是亚哥肚里没东西却还能干这事）；第二，你还得有点精神，就像这根枪一样有精神。这样一想，他觉得身子发痒，他背上火药枪大步向寡妇家走去。

　　肚子里有点东西究竟不一样，走进寡妇家也不见亚哥涂的图画发光了。不过现在是白天，也许晚上会发光。寡妇一脸讥笑地看着他。他给了寡妇一个耳光，说你笑什么。寡妇说，你还记得我呀。他抱起寡妇，把寡妇放到床上。然后去剥寡妇的衣服。寡妇的身体呈现在眼前，纤毫毕见，真实不虚。他心慌了，他的下面没一点动静。女人面带讥讽看着他，那讥讽中带着一丝淫荡。他不甘心，就脱了衣服，同寡妇赤裸相对。他使劲摩擦下面的东西，但那东西没有生气。这时，女人用轻蔑的口吻说，算了吧，你还是陪我睡一会儿吧。他想，我先睡上去再说，说不定碰到女人的身体，我就有反应了。

女人的脸上出现回忆的神情，她说，记得从前的事吗？柯大雷还在努力，没吭声。女人接着说，那时，你在我家做油漆，你把油漆涂在我的身上，我说我的身体是革命者的加油站，你难道也想做一个革命者吗？后来，你真的不做油漆，干起了革命。你带着锡匠、木匠、篾匠，还拿着火药枪把老支书从我的床上拉了下来，他可是个游击队员啊！你们还不放过这个老家伙，朝他的胯下开枪，把他打残了。你就成了光明村的革命者。但现在，世事无常啊，你瞧，你下面的枪都不能使了，你在村里也没有什么分量了。有一个人分量比你更重。不说你也明白，他就是亚哥，他将是我们村一个新的革命者。油漆匠柯大雷听了这些，突然冷笑起来，他恶狠狠地说道，他斗不过我。他从床上爬起来，拿了火药枪，对着寡妇家屋顶上那条黄色的内裤，打了一枪。他说，让他折腾吧，枪杆子在我手上我怕什么。现在我下面虽然举不起来了，但这个村庄的革命者还是我。

寡妇家就在村头，从寡妇家出来，就可以看到村头的电线杆。柯大雷看到古巴的母亲在电线杆下烧着什么东西。后来他才明白，原来那个哑巴的母亲在烧枯草，她想用烟把古巴熏下来。他知道哑巴趴在电线杆上这件事，他原以为是小孩子闹着玩，没想到这孩子上去后不想下来了。这个哑巴，趴在电线杆上有两天了吧。这世道怪事越来越多了。枯草烧出来的烟很厚很浓，绕来绕去，像一只只扑向猎物的蛇。这些蛇围着那个哑巴，把哑巴吞噬了，但哑巴一动不动，攀援在电线杆上不肯下来。柯支书背着枪，向那女人走去。

"你在搞什么，当心你的火，天气这么干旱，把村子烧掉可不得了。"

女人见是柯大雷支书，就哭了。由于气候太干燥，她体内的水分早已被吸干了，女人并没有流出泪来。女人说，柯支书呀，我这个哑巴儿子不肯下来呀，他再这样下去要晒成一枚泥鳅干了呀。柯大雷就问，哑巴为什么不肯下来。女人边哭边说，几天前，古巴老是对着我哇啦哇啦的，手舞足蹈，我当时也没搞懂他什么个意思。他爬到电线杆上我才明白，原来古巴太饿了，一直羡慕山上的那些树，觉得那些树不吃东西就能活，他希望自己变成一棵树，那样他就不用为自己的肚子烦恼了。想得多了，他出现了幻觉，认为他的脚会长出树根来，他会变成一棵树。前几天他搬一块石头时，双脚陷在泥地里，他又哇啦啦地叫起来，就好像他落入一个陷阱里面。他还对我比划，意思是说，双脚陷入泥里时，脚长出根来了。这下子，他就害怕了，他担心自己真的变成一棵树。所以他只好爬到电线杆上，离了地，脚就不会生根了呀。柯大雷听了这话，又有点疑神疑鬼起来。女人说的简直就是一个神话，但你不能说没有一点道理。经过这段日子的折腾，他发现这个世界不光包括看得见的那部分，那些一成不变的那部分，比如这个村庄，这些房子，还包括看不见的部分，幻觉的那部分。你不能说幻觉里的事就一定不存在。他想，在这个世上，有时候光凭枪杆子也不能解决所有问题。

7. 雷电映照着电线杆上的古巴

先是听到雷声。轰隆隆的，仿佛天空发怒了。天空马上变得脸红脖子粗。原本只有阳光和一望无际的深蓝色的天空，没一会儿就变成暗红色。这些暗红色的血腥的云块，在大地上投下一些阴影。接着，村里人看到黑云滚滚而来，黑云压过头顶，天空一片黑暗。村庄不见了，人群不见了，连趴在电线杆上的古巴也不见了，所有一切都被黑暗吞没了。

由于这些变化太过迅捷，村里人没反应过来究竟发生了什么事，这些变化是好还是坏。一会儿，从天上飘来一些银丝，当这些银丝落在他们脸上时，他们才知道这些在黑暗中闪闪发亮的东西是雨。雨现在成了天地间唯一闪光的东西。由于干旱时间太久，那些发亮的雨落入土地时发出哧哧的声音，就像是水泼洒到火中。雨丝落地，地里冒出一些发光的白烟。村子里的人见下雨了，非常高兴，他们纷纷从屋里冲出来，头朝天，让雨落在他们喜悦的脸上。干旱时间太久了，上天终于开了眼，向村民们恩赐这些闪闪发光的像银子一样宝贵的水来。他们知道有了水，地上又会长出庄稼，草木又会重新复活，荒芜的大地又会生机勃勃。村里人都忘了饥饿，有人甚至欢呼高叫起来。

村子里的人兴高采烈的时候，巫婆却十分冷静，对着村里人冷笑道，我同你们说过的，旱灾过了后水灾就会来，你们不要高兴过头，你们等着吧，洪水就要来了。但这会儿村里人都没理睬巫婆，就是巫婆让十个鬼魂同时进入她的身体说话，他们也不相信还将吃更大的苦。

雨下了三天三夜，闪光的雨丝也变得日益粗密。这时，村里人开始相信巫婆的话了。他们想，看来，洪水的到来是不可避免的了。他们开始为逃难做准备。还是古巴的母亲最先见到洪水到来。她当时正在村头的电线杆下，劝古巴爬下来。她说，儿啊，这么大的雨，你再这么淋下去，你的身上就会长出鳞片来，你会变成一条鱼的呀，你快下来吧。这时，她看到在雨丝的背后，在天边，出现一片白光，就好像那里出现了一个灯火辉煌的海市蜃楼。那一片光芒把古巴母亲的眼睛刺痛了。她说，啊呀，儿呀，那是什么东西啊。她说完这句话，就明白那从天而降的光芒是洪水。洪水来了，它要把天和地之间的空间都填满，这个村庄就要被吞没了。她心里充满了恐惧，她一边跑一边叫，洪水来了，古巴呀，你快下来和娘一起跑吧。

村里人早已饿得没有力气，但在听到洪水到来后，他们突然有了精神，他们奔逃的速度就像风那样快。也没什么值钱的东西可带的，他们拿了一点日常所用的家什，向山上进发。没多少时间，整个村里的人都撤走了，村子静悄悄的，成了空城。古巴的母亲又回到电线杆下劝古巴。她背着一只洗澡桶，那是她唯一珍视的东西。有了这只桶，她就不怕洪水了，因为一旦洪水到达，她可以坐在这只桶里面，在水上漂。她相信，这只桶足以带着她漂向任何一个地方。一会儿，洪水就到了，洪水差点把她的桶冲走。她死死抓住桶，然后爬了进去。桶被冲离了电线杆。桶在水中打转。一会儿，她看到村庄淹没了。古巴还在，没被冲走。那排电线杆依然在洪水之上。她使尽全力，划向电线杆，希望再做一次努力，把古巴弄下来。古巴无动于衷。她没有办法，只好先回到村里人聚集的山头，再想办法。

这会儿，村里人正在山头上。他们对刚刚发生的一切目瞪口呆，余悸未定。村庄在顷刻之间，被光芒笼罩，就好像这些光是猎豹眼睛发出来的，什么东西只要被这种眼光捕获，就会被吞噬。一会儿，村庄消失不见，只有水在得意洋洋地晃荡。水面是白的，但水面之上漆黑一片。雷电是有的。雷电闪过，这个世界就被照彻。他们发现古巴还攀援在电线杆上。这时的古巴，在雷电的映照下，顶天立地，就像是天地间的主宰。

巫婆站在村民们中间，见此情景，就说，你们瞧，只有古巴早知道这里将发生水灾，你们瞧，古巴正在闪亮的雨中、闪亮的水中发光。他为什么会发光，是因为他的身上钻进了神，神就是刚才的霹雳，现在霹雳已钻入古巴的身体里面。你们瞧别的电线杆都看不见，是暗的，但古巴的那根电线杆在闪闪发光。

巫婆的话有着惊人的力量，巫婆的话音刚落，大家都看到了一个闪闪发光的古巴。在黑暗的天地之间，古巴像一盏明灯一样亮着，仿佛在给众生指引方向。大家都惊呆了，他们开始相信巫婆所说的了。见巫婆跪下来对着古巴在跪拜，村里人也都跪下来，向古巴磕头。这会儿，村民们愿意相信古巴是一尊神。

亚哥正和寡妇在一起。他们在山脚下一棵光秃秃的树下赤身裸体着。亚哥突然觉得身体里发出光芒，就好像他刚刚喝下去的汽油这会儿燃烧起来了。亚哥感到自己的魂儿快要没有了。他惊骇地睁开眼。他睁开眼后，发现自己的体内没有发光，发光的是古巴。在遥远的地方，在一根电线杆上，古巴在闪闪发光。见到这个情景，亚哥惊呆了。他连忙穿上裤子，向人群方向奔。他看到村里人正在向那发光的古巴跪拜。

就在这时，天籁之声又进入了亚哥的身体。他情不自禁地唱出一些缠绕在他心头的音调。他朦胧感到这些音调有点熟悉，在童年的时候，他的巫婆母亲带着他浪迹天涯，他在各种场合听到过这种调子。但对村民来说这是一种无中生有的音调。这种音调让村子里的人都产生了幻觉。到后来众人一起合唱。

　　　　天穹之上，
　　　　光明普照。
　　　　就要降临，
　　　　我们身上。
　　　　经历磨难，
　　　　实是考验。
　　　　先见之人，
　　　　必将永生。

8. 寡妇的身上散发着革命的气息

亚哥，你的声音太美妙了。亚哥，我一听到你的声音就想跑到你这里来喝汽油，因为我浑身发痒。亚哥，我没想到饥荒闹得这么厉害，我还可以搂着你，和你一起上天堂。亚哥，你的画笔在我身上游走，就好像有一万个男人在抚摸我。我下面又出汗了呀。就是你所说的露珠啊。我就是怕热啊，就是容易出汗啊。我的汗水多得像这满世界的洪水，可以淹死你们男人。亚哥啊，你一定也听说过这话，他们把我当成是革命的加油站。亚哥你就在我这里加足油，搞革命去吧。

亚哥啊，我的年纪很大了呀，大得都记不清究竟活了多少年。我的记忆久远得连我自己都吃惊。我经历了太多的事，我知道男人应该干什么。男人都应该游走四方，去干革命，这样女人才会喜欢。女人们喜欢男人身上散发着革命气息。

亚哥啊，给你讲讲从前的事吧。从前，光明村人很少，光明村只有女人和小孩，男人们都去山里打游击了。女人们的身体需要温暖，但男人不见了。妇女们只好相互温暖。但也不是没有男人，如果你站在村头，就会有男人经过。我老远就能闻到男人的气味。那是浓烈的革命气味啊。他们拿着枪杆子，他们杀一些彼此不认识的人。这世上男人越来越少就是因为革命。革命留下来的男人都是优秀的男人。

那些革命者到来时，有的事先会打几发子弹，有的静悄悄的。他们来到村庄后就会来找我。这些人说，有人告诉他们，他们可以去找那个屋顶上飘着黄色内裤的寡妇。他们说寡妇是革命的加油站。他们打掉我屋顶上晒着的内裤。我听到枪声就会迎出来。看到他们的身上背着枪，我就喜欢。有的革命者来的时候，还戴着脚镣手铐。啊镣铐，革命的镣铐，把我也铐上吧，把我和革命者铐在一起吧。革命者脸色苍白，在我这里休整几天后又投入战斗。

　　但有时候，很长时间不会有一个革命者经过。这种时候，我就站在村头，放眼村外的一切。我从早等到晚，看太阳升起又落下。有时候，我晚上都不睡，等待新的一天到来。所以我知道天光是怎样渐渐亮起来的。有些日子，天边会出现游击队的隆隆炮声，有时候飞机会像一只老鹰一样在村庄上空盘旋。我会对飞机招手，我渴望飞机一头扎下来，落在我的怀抱里。后来真的有一个空军从天而降，他是跳伞下来的。我在院子里，看到天上开了一朵无比巨大的花朵。那是多么漂亮的花朵呀，看着这个花朵，我激动得要命。

　　总之，很多时候，我站在村头，问路过的人是不是革命者。他们都说是。他们在我这里住下来，他们在我身上留下他们的气味。在院子里，他们的马会留下一堆马粪。我知道他们有的不是革命者，但我统统把他们当革命者。我就是喜欢革命者。

　　有一个革命者离去的时候，给我很多钱。我说，你为什么要给我钱呢？他说，从这里往东走，有一个地方，如果晚上到，你会看到华灯初上，码头上人来人往，邮轮里放着美妙的音乐；如果你是白天到，你会看到革命者乔装打扮，出入歌楼舞榭，他们躺在女人的怀抱里，研究着革命形势。那个人说，革命者离开女人的时候都会丢下一大把钱。他这么说，我就接收了。

　　亚哥啊，想起这些事我就会激动万分。亚哥啊，你就别在我身上作画了，你就进来吧。对，就这样，充实、饱满、激越，透着革命的气息。亚哥，革命的气息就像汽油的气味，让人动情啊。啊，我的身体。我的身体总是在寻找温暖，亚哥，男人的身体是暖和的，男人的身体不但让我下面暖和，也使我的心里暖和。亚哥，女人的身体同样是暖和的。亚哥，你躺着的这张床，不但男人喜欢爬上来，女人也喜欢爬上来。亚哥，说出来你不相信，女人的身体也同样能使我暖和。

亚哥，现在你成了光明村新的革命者。现在他们都信你，你应该干革命啊。只要你干革命，女人们就会爬到你的床上来。亚哥别犹豫了，狠狠干吧，就像现在你干我那样，有劲并且方向准确。亚哥啊，我希望看到所有的革命者革……命……成……功……啊……

9. 女人的下体犹如莲花，在天边绽放

女人们中间开始盛行喝汽油。这是寡妇教她们的。寡妇一直在女人的心目中有很高的地位。有的女人表面上对寡妇不以为然，但心里其实对寡妇很羡慕。寡妇是个大方的女人，她不想独个儿享受喝汽油的乐趣，她把这个秘密传了出去。

妇女们喝了汽油后纷纷来找亚哥。这群人癫狂的样子就好像亚哥身上正分泌出一种雄性激素，而她们都成了发情的虫子。亚哥在跟随母亲浪迹天涯时，听一个捉虫子的人讲过，虫子们相互吸引就是靠它们身上分泌出的性腺。当女人们像蝴蝶一样展翅而来时，他也不由得激动起来，因为女人身上散发的汽油气味给他一种阴暗的瑰丽之感。他好像沉入了海底或是进入一个深不可测的隧道。他有一种全身心投入这种阴暗的瑰丽之中的欲望。他感到自己正在沉入另一个世界。

在这些秃山的皱褶之中，亚哥发现了一个山洞。这是他的领地。女人们冒雨而来，她们的脸上布满红晕。她们一到这里，就脱去身上的衣服，就好像她们早已对这身外之物厌恶至极。在黑暗中，亚哥发现，她们的两腿之间早已像花朵一样绽放，那东西鲜艳夺目，长在这些病恹恹的身体上面，令人惊叹，就好像这些花朵与这些身体没有任何关系。花蕊在圆形的花瓣中间可爱地探头探脑，就好像它对这个世界充满了好

奇。亚哥忍不住就想闻它们的气味。当他的鼻尖和花蕾相触时，他听到女人的尖叫，然后把他的头牢牢地按在那里。于是，他的眼前一片红光。穿过这道鲜花之门，世界呈现出了另一番模样。亚哥觉得自己的身上涌动着纷繁复杂的图像：山峦、河流、湖泊、虫子、树木、草地、动物以及地下的矿藏。

在女人们离去后，亚哥会变得宁静如水。他的耳边是天籁，他的眼前是像蝴蝶那样纷繁的色彩。他开始在洞壁上画他穿越过的一个一个女人身体。他把女人画得像肥沃的土地，把长在土地上的秘密之花画得活灵活现。第一个女人让人想起玉米，她的身体上生长着像玉米那样柔软的须状物，她的屁股就像一粒玉米的形状，饱满而富有光泽。第二个女人就像水中那些壳类，在水中伸出它的触角，灵敏异常，只要碰到它，它就会密闭起来。第三个女人的下体就像一只洁白的老鼠，如果把耳朵放在它上面，会听到叽叽喳喳的叫声。第四个女人喜欢高高在上，她的花朵在头顶绽放，亚哥觉得那就像是他的天空。第五个……洞壁上的这些事物，就像一些美丽的昆虫，散发出惊人的垂死的气息。这气息就像汽油那样浓烈。看着这些图画，亚哥想起饥饿刚到来时，村子里的人重新命名世间万物的情形。现在，他发现女人的身体可以用这个世界上的任何事物来命名：月亮、雷电、雨水、风、河流、井、矿藏、沼泽、山峰、草莓、苹果、蝴蝶、麦地、陶罐、菖蒲、杨柳、湖泊、草地、树林、房舍、草垛、坟墓、时间、书本、二胡、唢呐、兔子、绵羊、狐狸、飞鸟、白云、管道、码头、船只、帆、电线杆、发电机等等。现在这些词在亚哥的感觉里跳荡着，像是有千万种色彩扑面而来。但所有这些词都不及花朵这个词。他觉得花朵是个高度抽象的词，可以概括整个世界，因为整个世界就是土地开出来的花朵。所以，世界只有一个词，这个词包容所有一切。

　　后来，亚哥有了更进一步的概括，他觉得花朵还不是这个世界的本质，花朵还是物质的，更抽象更本质的概括应该是莲花这个词。莲花这个词是从锡匠的女人身上得到的。锡匠的老婆是村子里最美的女人。她修长而洁白的双腿犹如电线杆那样挺拔，充满着现代化和工业化的气息。当亚哥攀援在她大腿上时，他觉得自己就像古巴，并且他愿意像古巴那样无论阴晴圆缺，无论刮风下雨或雷鸣电闪，都攀援在上。只有攀援在这样的女人身上，才能更真切地看清这个世界的秘密。他猜想古巴一定是洞悉了这世界的秘密。他看到女人的花朵是白色的。他非常惊奇，那张开的瓣儿比任何人都要来得肥厚、饱满，花瓣的颜色是白色的。她的花朵没有血色，就好像真的是一株植物。他感到女人正在带着他缓缓上升。莲花，上升的莲花。他就是这时想起这个词的。这个词有着更高的精神含义。这个词有着另一个世界的气息，它生长在尘世的尽头，是通向另一个世界的门。这个词是这个世界的秘密所在。要认识这个世界有时候就是这么简单。如果正在女人的身体里，或者正吸吮着女人的芬芳，就会知道这个世界是多么干净，就像女人的身体那样干净。在这样宁静的飞翔之中，亚哥情不自禁地说出世界如莲这句话。亚哥现在相信，在这个尘世之上还存在另一个世界，当人们的其中一部分钻出自己的身体时，人们就会感应到那个世界的存在。

　　锡匠发现自己的老婆和亚哥搞在一起。他感到非常愤怒，同时也非常恐慌。自从饥荒以来，发生的怪事实在太多了。他早已没了这份心思了，肚子空了，人不能动弹了，哪里还有劲头搞这玩意儿，但亚哥却行。更令人奇怪的是那些女人，当然也包括他的老婆，也应该是饥寒交迫了吧，但她们就是迷亚哥，一天到晚往他的山洞里面钻。难道亚哥真像寡妇和巫婆说的成了神与人之间的代言人？锡匠决定向柯大雷请教。他希望柯大雷带一些人把亚哥抓起来，然后毙了他。管他是神还是人。

　　锡匠见到柯大雷就眼泪汪汪的了。柯大雷躺在帐篷里，但他一直睁着眼，因为他害怕睡着，他怕睡着了醒不过来。他见锡匠哭，就问，什么事这么伤心？肚子饿又不是你一个人，你哭什么。锡匠说，支书啊，我戴绿帽子了。于是锡匠把事情的经过一五一十地说了一遍。柯大雷一直没有反应。锡匠继续说，我他娘的一枪毙了他，把他的鸡巴打烂。柯大雷还是没说一句话。他动了一下，从口袋里拿出一支笔（虽然是饥饿时期，但那两支钢笔一直佩在他的上衣口袋里），一张纸，然后在纸上写下一句话：不是不报，时候未到。锡匠发现这时柯大雷的眼睛散发着灼人的光亮。这种眼神锡匠非常熟悉。锡匠心里便有了底，他退了出去。

　　柯大雷的身上已经长出一些鲜艳的疮口。疮口有一股奇怪的气味，引来了无数只苍蝇。这些苍蝇都成了他充饥的食物。

10.　青苔、蹦蹦跳跳的娃娃鱼和大蟒蛇

　　大水一直没有退去。山上那些树现在都赤裸裸的了。没有树叶，没有树皮，只留下裸露的杆子。没东西可吃了。亚哥的汽油也都喝完了。亚哥和妇女们都感到死神正在逼近。绝望笼罩着山坡上的人们，比一望无际的洪水要广大，甚至比天空更广阔。村里人纷纷在岸边躺下，他们感到天堂或地狱正在向他们逼近、呈现。但妇女们还没有躺下，她们在躺下前还有一些小小的心愿没有了却。亚哥虽然很累了，但为了帮妇女们实现这些心愿，也没有躺下。妇女们的心愿因人而异。寡妇曾听那些革命者说，在那遥远的码头，美丽的女人都有胸罩、三角短裤和长筒丝袜，她希望在死前拥有它们。于是亚哥就用油漆在寡妇身上画了胸罩、三角短裤和长筒丝袜。有一个妇女，这辈子没涂过口红、戴过首饰，亚哥用红漆帮她涂上口红和首饰。还有一个女人，这辈子最大的遗憾是乳

房太小，于是亚哥就给她画了一双硕大无朋的乳房。锡匠老婆的要求更是可爱，锡匠曾带她去城里看过病，她发现医院里的护士和医生都穿着白大褂，戴着口罩，这身打扮让她十分向往，于是亚哥就把她的衣服染白，还在她的嘴上画了一只大大的口罩。还有一个女人，这辈子没生过小孩，要亚哥把她画成孕妇的模样。当亚哥完成这一切后，所有女人的脸上都呈现幸福的笑容。亚哥想，多么美丽、可爱、像风那样干净、像风筝一样多彩多姿的女人啊！干完这一切，亚哥已累得不能动弹，他让自己躺在女人们中间。亚哥觉得天堂的光芒开始照耀着他。

亮晶晶的水面轻轻拍击着岸的边沿，村里人伸展着四肢躺着，水面的波光晃荡着，把他们的身体照得像水晶似的。他们一动不动的样子，看上去像是随洪水漂来的尸体。亚哥闭着眼睛，静静地躺在那里，他看到身边的世界变成一粒晶莹的水珠，水珠里面有一些像细菌那样细小的人，有女人，有革命者，女人们都投入了革命者的怀抱。他突然发现这世界就像这水珠那样美丽而虚无。他就在这些景象中睡去了。后来，他们的身体上就长出了青苔。一个上了年纪的人突然叫起来，他说，我们有救了，我们有吃的东西了。躺着的人们都醒了过来，他们发现自己的身上都长出了青苔，并且整个岸边都长出了青苔。

上了年纪的人们说这青苔可以吃。他们说，很久很久以前，光明村发生过一次百年罕见的洪水，洪水泛滥了两年才退去。光明村的人就是靠吃青苔才生存下来的。于是村里的人都开始吃青苔。上了年纪的人又说，有一种娃娃鱼专门吃青苔。这种娃娃鱼肉质鲜美，但会分泌一种像鼻涕那样的东西，滑滑的，很让人恶心。上了年纪的人说，人吃多了青苔，身子也会长出这种滑腻腻的东西。果然，没多久，光明村的人不但全身分泌出鼻涕一样的东西，走路也像一条蹦蹦跳跳的娃娃鱼。

这时候，他们搞不清自己是人是鬼，他们不知身在何处。他们觉得自己在一个孤岛上，像是回到一万年之前，回到亘古就存在的他们一点也不感到陌生的那个世界，仿佛回到了老家一样。这世界非常安静，有的只有村子里的人像娃娃鱼那样的跳跃声。村里人发现巫婆走路也像一条娃娃鱼。村里人问巫婆，他们是不是鬼魂。巫婆坚定地说，这里的人不是鬼魂。巫婆又说，鬼魂在水面之上。

古巴的母亲吃了青苔后也像娃娃鱼那样跳着。她关心的不是自己是不是变成了鬼，她关心的是那已成为一片汪洋的村头的电线杆上，她的儿子是不是还在。她刚睁开眼时，世界是模糊不清的，没有光线，吃了青苔后，光线回来了，她的目光便投向古巴。古巴还在那里，在水的中央闪烁。她还以为古巴在动，一会儿她才清楚，不是古巴在动，而是水在动。古巴已经有很长时间没吃东西了呀，也许他已经饿死了。

古巴的母亲哭了起来。她分泌出的像鼻涕一样的泪水，粘在脸上，就好像脸上化了脓一样。古巴的母亲就想去电线杆下看一看。她坐到她的桶里，带上从岸边采来的青苔，向古巴所在的电线杆划去。水天一色，岸边的人们都不知道她是在天上还是在水中。

天还在下着雨。在人们的感觉里，这雨好像已下了几个世纪了。女人在雨中行进，天空是暗的，雨丝还像几天前一样发光。在雨丝的光亮中，古巴的头发在往天空疯长。这时，天上又闪过一个霹雳。女人抬头望向霹雳，发现那霹雳之下，离古巴不远的地方，有一只巨大的蟒蛇盘旋在电线杆上。女人差点吓得昏过去。她大叫了几声古巴，见古巴没有反应，就跑回了岸边。

在女人的指点下，村里人都见到远处的大蟒蛇。他们蹦跳着，脸上都有惊恐之色。他们越来越搞不清自己是死了还是活着。很可能是死了，并且没有上天堂，而是下了地狱，因为大蟒蛇更像是地狱里的动物，天国大概不会有这种毒蛇，神灵也不会容忍毒蛇在他身边。他们暂时没有搞清自己是人是鬼，但为了保险起见，他们暂时把对方当作鬼。村里人因为都变成了蹦蹦跳跳的娃娃鱼，所以觉得自己生前肯定做了很多坏事，才落得这个下场。不过他们还不能确定自己究竟在哪里。古巴还攀援在那里，古巴如果是神，说明神也并没有抛弃他们，他们还有进天堂的希望。或者，这既不是地狱也不是天堂，而是村子里的人都转了世，转世后都成了娃娃鱼。

还是当自己在地狱吧。既然在地狱，并且都变成了蹦蹦跳跳的娃娃鱼，在这个地方又有一只比他们庞大得多的蟒蛇，看来，这个地方归蟒蛇管，他们打算向蟒蛇磕头。因为蟒蛇的方向也是古巴的方向，所以，究竟在对谁磕头，村民们对此都很暧昧。他们自己都不愿意说清楚。他们磕头时，想唱一些颂词。亚哥因为没有了汽油，也没有了女人，他已听不到天籁之声，他唱不出一句曲调。村子里的人只好像娃娃鱼那样哇哇叫。

村子里的人对着大蟒蛇或古巴跪拜了几天。有一天，他们发现那条大蟒蛇动了起来。在雨丝的亮光中，他们看到那条大蟒蛇吐着舌头在慢慢退向水里。它退去的模样充满了先知的姿态。它是倒退着进入水面的。它的身子一寸一寸进入水中，就好像它对自己的退去心有不甘。后来它整个儿浸入水中，一晃就不见了。村民们还以为它会再次浮出水面，但它像是在水中溶化了一样，再也没有出现。

随着大蟒蛇的离去，没完没了的无边无际的大雨突然停了。天空还密布着乌云，刚才还有雨丝的闪亮，现在天地黑暗。村里人都安静下来，等待即将到来的变化。这时，乌云撕开一个口子，日光像探照灯那样直射而下，村里人被照得眼睛都睁不开来。一会儿，他们就适应了。他们看到，在光芒中，万物舞蹈：尘埃闪着金光；水面也闪着金光；水蒸气像云层一样迅速往天空蹿，它变幻出各种各样的形状。巫婆已经宣布，水面上的鬼魂正在散去，它们变成一缕烟，或钻入地下或升入天空。村里人开始明白，灾难就要过去了，只是他们还不清楚自己是死了还是活着。

洪水退去的速度比想象的要快得多。没几天，大地重现。村里人蹦蹦跳跳地冲向田野。土地吸饱了水分，正在孕育生机，就好像洪水已使土地受精。他们已经感受到一些从前只能在亚哥的图画中才能见到的植物将从这不毛之地上生长出来。只要有水，谁也抵挡不住这块肥沃的土地上结出丰硕的果实。这让他们感到世界重新开始了，他们重又踏上了创世之路。他们沿着熟悉的道路奔向村庄。

11.　洪水退去了，荒芜的大地上长出了蘑菇

果然，过了一夜，地里长出一些可爱的植物，见多识广的人说这是蘑菇。但光明村的人把它叫成生命。这种被叫成生命的东西有时候会让人送命，因为它们中有一些有毒。确实有几个村民吃了毒蘑菇后死了。村里人马上找出了规律，他们发现那些无比艳丽的有着蝴蝶那样斑斓色彩的"生命"有毒，而那些朴素的"生命"则营养丰富。光明村的人吃了蘑菇后，有了一点力气，所有原先见到的事物都消失了。他们再也没有看见村子里到处游荡的饥饿的鬼魂，也没有再看见发光的图画，更没有听到亚哥唱出那种所谓的天籁。古巴还在电线杆上面，古巴的母亲至今没想出办法把他弄下来。村子里的人因为觅食，也还来不及考虑古巴的事情。在田野里，洪水带来了一些鱼类，村里人常常能捉到几条，他们的生活比过去好多了。光明村不再为食物发愁了。

亚哥肚子是吃饱了，却又有了一些新的烦恼。那个发光的世界不再出现，天籁也消失不见了，这让他很心有不甘。他像过去那样喝了一

些汽油，试图找回过去的感觉。无济于事。汽油没带给他幻觉，反而让他恶心。他喝了汽油后没多久就呕吐起来，把他刚吃下去的蘑菇、小鱼都呕了出来，甚至把早先吃下去的青苔也呕了出来。亚哥后来发现那种感觉在女人身上还能勉强体味到。于是亚哥常常趁村里的男人到处觅食之机，从别人家的窗口爬进去和女人交媾。或者把女人约到田野深处，体验片刻降临的天籁和光芒。回村后，亚哥看上去像一只东蹿西蹿的猴子。

村子里多数人都在为食物忙碌，但油漆匠柯大雷重又拿起刷子，修补他曾画在墙上的画。由于洪水浸泡，画在室外墙上的画或多或少有点损坏，奇怪的是屋内亚哥的图画一点也没有褪色的迹象，还是像刚画上去一样新鲜。柯大雷感到有点奇怪，也相当不服气。他有信心让他的画重新发出鲜艳的色彩。没多久，墙上光彩重现，村里人又看到：冒着白烟隆隆作响的机器，建在半山上的水电厂，飞入云端的高楼大厦，还有宇宙飞船、火箭、卫星等等。光明村重新又充满了工业气息。这些图画使小村子有了一种梦幻般的光晕，整个小村看上去像一个巨大的舞台。那些闪闪发光的诗歌和标语也被粉刷一新，不过细心的村里人还是发现诗歌和标语都有改变，其中的战斗性更强了。其中有一句诗歌是这样的：金猴奋起千钧棒，玉宇澄清万里埃。看到这句诗，大家就会想起像猴子一样在女人堆里蹿来蹿去的亚哥。

油漆匠柯大雷修复了自己的画后，就动手把队部屋内亚哥画的长着翅膀的图画全用石灰刷白了。干完这一切，柯大雷对手下的民兵说，你们去把巫婆儿子画上去的图画都刷白吧。柯大雷现在又恢复了不紧不慢的说话语调，双眼深邃，像一个伟大人物。他接着下了个结论：那些画是牛鬼蛇神。民兵们就去各家各户抹掉图画。肚子饱了以后，这些图画不再发光，但村民们已爱上了这些画。他们想，现在那些饥饿的鬼魂不再来骚扰他们，但很难保证永远不来骚扰他们，为了解后顾之忧，村民们认为有必要保留这些画。再说，这些画也不难看，也算是家里的装饰品。村民们不同意民兵抹掉。双方因此经常发生冲突。抹掉图画的工作很难展开。

一天下午，村民们都在睡觉，村后不远处突然响起了一声枪响。寡妇还以为游击队员又来打她屋顶上的内裤，兴冲冲地从屋里出来，朝村头奔。但村里人奔走的方向同她相反，他们个个朝村尾赶。寡妇有点不明白，问村民们，你们都去干什么？难道这次游击队员是从村后进来的？有人告诉她，亚哥被一枪击中了，亚哥的睾丸被99把霰弹枪击中。说起枪，寡妇觉得自己闻到了革命的气息，她整个身子都软了，感到自己有点迈不开步子。她不知道谁在干革命。

干革命的是锡匠。他背着枪，口中咬着一根火柴。他的枪口上有一条花短裤。后来村里人纷纷猜测，花短裤可能是锡匠的老婆的，但也有可能是别的女人的。亚哥正赤身裸体躺在一堆草垛上面，他的双手护着他的家伙，他的指缝及大腿内侧流着鲜血。亚哥的眼中有一种温柔的神情，好像他此刻正对着心爱的女人。村里人已把亚哥围了起来，在一边议论纷纷。又来了几个民兵。锡匠命人把亚哥绑了起来，然后把他拖到古巴所在的电线杆旁。这些人把亚哥绑到了电线杆上面。锡匠说，你这个流氓，和哑巴在一起吧。亚哥的血沿着电线杆流入土地。

过了几天，村子里来了一辆侧三轮摩托车。侧三轮摩托车上坐着两个公安。两个公安来到电线杆下面，让民兵把亚哥放下来，然后就把亚哥抓走了。公安见到还有一个孩子攀援在一旁的电线杆上，问这是怎么回事。村里人说，这个人害怕脚上生根，变成一棵树，所以就趴在上面。两个公安一脸严肃地说，这个村庄，什么乱七八糟的事都有。

后来亚哥还被抓回来开了一次批斗会。批斗会上，当然需要有人揭发他的流氓行径，但没有女的愿意上去。后来还是寡妇到台上去揭发的。寡妇说，你们都知道我的身体是革命的加油站，这个人也想闹革命，所以来到我这里。他给我喝汽油，他说汽油的气息就是革命的气息，我于是就上了他的当。我喝了汽油，我的身子就暖和起来，我浑身是汗，一点办法也没有……批斗会结束后，柯支书大摇大摆地来到寡妇家，他走进院子，一枪把寡妇的内裤打了下来，然后大笑着叫寡妇的名字。

不久，村头就出现了一张告示，告示上说：亚哥搞封建迷信，并多次诱骗女青年与其搞不正当男女关系，犯流氓罪被判有期徒刑五年。村子里的人见到这个告示，不敢再违抗柯支书的命令，只好让民兵们把屋内的图画都抹了去。

12. 古巴生活在一张铁皮上面

古巴还在电线杆上。虽然不断有人半夜三更偷偷地去跪拜，但已不敢明目张胆地干了。柯大雷不喜欢有人攀援在村头，像一个吊死鬼。他命人把古巴从电线杆上弄下来。村里人在电线杆旁做了一个脚手架。古巴好像已与电线杆合二为一，两个民兵好不容易才把他拉下来。

柯大雷认为古巴的脑子有问题，他命人把古巴送到城里的医院。古巴的母亲同医生说了病情，医生们都不相信有这种事。他们只是笑着摇头。他们用仪器测量古巴，但仪器根本测不出古巴的病。医生说这个男孩除了是个哑巴，其他方面惊人地健康，不需要任何治疗。古巴的母亲只好带着古巴回了村。

古巴回村后还是像原来那样，不敢下地，他如果要去某地，就沿着墙边或地上的石块，攀援而去。后来，古巴的母亲向柯支书请求，希望村里能给古巴弄块铁皮来，这样，古巴晚上就可以睡到铁皮上，而不用攀到屋梁上睡觉了。柯大雷支书答应了这个要求。他叫人从城里买了一块铁皮。油漆匠柯大雷还亲自动手，把这块铁皮漆成了红色。这块铁皮看上去像一面国旗。

古巴生活在铁皮上后，他常常望着村头的电线杆发呆。电线杆上已有了一些新的标语。他过去攀援过的那根电线杆上，写上了这样的句子：抓革命，促生产。古巴抬头望天。天空除了几片车辙一样的细云，什么也没有，他想起他的胃曾经就像天空那样空空荡荡。他的胃曾经是天下最干净的东西。现在虽然他肚子里有了东西，但饥饿的感觉一直没有消退。饥饿成了他经验和感觉的一部分。他的胃里，那深蓝色的光晕还在，虽然他想把它驱逐出去，但这缕光芒好像已同他的记忆合二为一了。

古巴发现，在不远处的电线杆下，聚集着一群孩子。他们对着电线杆在指指点点。古巴眯眼看了看，电线杆上面有一只彩色的风筝。他不知道这风筝从哪里来，村里人是不会制作这么漂亮的风筝的。古巴想，这风筝也许是从流氓犯亚哥画的图画里飞出来的。一个孩子想爬到电线杆上去拿这只风筝，另外几个孩子却拉住了他的腿。他们显然都想得到它。一会儿，电线杆下面发生了一场混战。孩子们没打多久，便耗尽力气，他们软弱得像一只只蚯蚓蜷缩在地上，直喘粗气，他们喘息的样子就像浮出水面的鱼，张着嘴巴。他们的眼睛依旧贪婪地盯着电线杆上的风筝，好像这会儿他们的眼睛里伸出一双长长的手，已把那风筝揽在怀里。

我为什么要害怕呢，其实成为一棵树也没有什么不好呀。树一棵一棵立在那里，井水不犯河水，永远不可能为了某一样东西而扭打在一起。它们只需要把根深入泥土就可以了。一棵树可没有更多的愿望。这会儿，隔着铁皮，古巴还是感到泥土下面似乎冒着热气，就像妈妈正在那里做着一些粉嫩的白面包。古巴的鼻子上顿时充满了香气。这时，古巴真的觉得有一股热气从自己的腿上升了起来。他的双脚牢牢地扣在铁皮之上。

古巴明白，他将在这块铁皮之上一直生活下去。

小卖店

　　小蓝起床后，手就痒。她想摸麻将了。可今天，留在出租房里的只有三个小姐，她们的老板娘进城里办事了，她们一时找不到麻将对子。她们衣衫不整，懒洋洋地坐在门口，一边嗑着瓜子，一边茫然地看着街景。街头没有令人兴奋的东西。一个男人都没有。

　　街对面，那个女人一早就坐在小卖部里做生意。白天是发廊街的黑夜。街上几乎没有人影。很多人都在梦乡中。但那个女人总是早早地来这里做生意。什么生意也没有。女人坐在那里，兴致勃勃看着街景。她看上去像一个白痴。

　　"你觉得她成天坐在那里看什么？这破街有什么可看的？"小蓝说。

　　"不知道。"另两个姑娘非常冷漠。她们显然对那个女人不感兴趣。

　　小蓝对她很感兴趣。她注意那女人很久了。"其实她长得蛮不错的，你们认为呢？她的皮肤多白啊，她看上去不比我们差。"

　　"我没研究过她，我没兴趣。"其中一个姑娘说。

　　"是的，你眼里只有男人。"小蓝嘲笑道。

　　那个姑娘一脸冷漠。

"你们说，我去叫她打麻将，她会来吗？"小蓝问。

"小蓝，你算了吧，她要管店。"

"她的店又没生意。"

小蓝没过去请那女人入伙。她努力想着找一个打发时间的方法，还真不容易找到。

一个小姐打了个长长的哈欠，说："小蓝，麻将还打不打，我都困死了，想睡觉去了。"

"你昨晚又没有客人，都睡了十多个小时了，还睡。"小蓝说。

这阵子风声紧，生意不是太好。

"过去睡几个小时倒不困，现在多睡了反而困。"她又打了个哈欠，打得眼泪涟涟，然后眯着眼，拖着沉重的身子移到床上。

"你再这样睡下去当心成胖子。"

"我不怕胖，有人还嫌我瘦呢。"

有一阵子，小蓝给一个台湾人包了，住在一个小区里。但小区的那些女人见到她，眼神里充满了敌意。她们的眼中有刀子，小蓝经常觉得自己被她们剁成了肉糜。就是男人，看她的眼里除了有欲望外，也有一种令人不那么舒服的内容。她也说不清那是什么。小蓝就把头抬得老高，看上去比谁都趾高气扬。她不喜欢待在所谓的高档社区，她更喜欢待在发廊里，这里没有敌意。

小蓝继续观察对面那个女人。她看上去没有良家妇女那种自以为是的德性。她对这里的姑娘们非常亲切，有一种家里人的亲切。小蓝对那个女人有种莫名的好感。

小蓝对自己的感觉十分自信。她就是凭这种直感对付男人的。她碰到过一个拘谨的男人。发廊街的姑娘们说，这个人很难待候，姑娘们几乎都被这个男人拒绝过，不知道这个男人来发廊街干什么。小蓝接待这个男人时，没主动挑逗男人。她正襟危坐，装得比那男人更拘谨，结果到了后半夜，那男人终于伸手摸了她。后来这个男人总是找小蓝。

这时，小蓝的 BP 机响了。小蓝一看，是小马打来的。她站起来说："我去回个电话。"

小蓝向对面的小卖部奔去。小卖部的柜台上有一部红色的电话机。那电话机离小蓝不是最近的，但小蓝宁愿多走几步去那里打电话。打完电话小蓝总是顺便买点小东西吃。

那个女人脸上露出热情的笑容。那不是应付顾客的假笑，是由衷的。也许她的笑仅仅是因为终于有了一单生意。那女人早早地拿起电话机，准备递给她。

小蓝刚接过电话机，她的 BP 机又一次响了。小蓝自语道："急什么急。"她知道又是小马。

她对女人笑了笑，然后拨电话。她跷着兰花指，优雅而熟练地拨了一串数字。然后就接通了电话。她夸张而兴奋地说：

"喂，小马吗？我是小蓝。"

大约讲了二十分钟，小蓝终于把电话打完了。电话打得她一脸兴奋。她哼着曲儿，很灿烂地对女人笑了笑，然后付了电话费。

她离开小卖部时，不知从哪里蹿出一只小狗，在她的脚边转来转去。小蓝喜欢狗，即使眼前是一只很脏的普通的狗，她也忍不住抱住了它，和它亲了亲。她把小狗放下时，小狗蹦得更欢了，它在她的前后一跳一跳，尾巴摇得像小风车似的。小蓝把刚从小卖部买来的一包鱼丝干撒到地上，小狗一路撒着欢儿，寻觅地上的东西。

小蓝知道那女人一直在看着她。她站住，突然对那女人说：

"会打麻将吗？我们三缺一，一时找不到人。"

女人好像没听明白，她抬起头来，态度友好地对小蓝笑了笑。小蓝也对她笑了笑。

"同我们打麻将吗？"小蓝又问。

女人这回听清楚了。有一瞬间女人脸上有一种惊愕的表情。这表情令小蓝不快。但女人的眼睛一直十分善良。女人摇了摇头，抱歉地说：

"对不起，我不会打。"

晚上八点钟，苏敏娜就关了小店的门，回家。八点以后，小姐们要开工了，小店基本上没有生意。

丈夫等着她吃晚饭。她多次叫丈夫先吃，不要等她，但他说一个人吃饭没有意思。她也没有坚持。每次回家，看到桌子上热气腾腾的饭菜，她都感动得不行，有几次都差点掉下泪来。

吃饭的时候，她会说发廊街的事。这时，丈夫总是不声不响听着。女人不知道丈夫此刻在想什么。她只看到他的眼睛亮晶晶的。

不知为什么，她说起小姐们来总是很刻薄。有时候甚至还夸张地模仿小姐们的动作和表情。比如小姐们打电话时，经常和男人打情骂俏，那些语言，苏敏娜即使在同男人亲热时都说不出口，可这些小姐，随口而出。她们打电话时，一脸的轻浮。苏敏娜有一次正在模仿一个小姐打电话的样子，她的丈夫突然说，你干吗那么刻薄，如果不是说小姐们，我会怀疑你不是个善良的人。她正说到兴头上，丈夫这样一说，让她不快。她说，本来嘛，她们就是不要脸，是贱货嘛。

可是，她们贱不贱同她又有什么关系呢？那天晚上，她没睡着，想其中的原因。她想，是啊，她对人从来都是和善的，不会主动攻击谁，但她却乐意攻击这些小姐。说起小姐们，她不但刻薄，还很兴奋。干吗如此呢？她在小卖店时，她对她们的态度非常好，但有时候，她也感到心理的不平衡。这些烂货，她们好吃懒做，靠出卖自己的身体，却赚了那么多钱，穿得比她好，吃得比她好，这不公平。某些时候，她对她们还挺羡慕的。但每当她意识到这一点时，她赶紧回过神来，把自己调整到鄙视她们的态度上来。

她发现她这样刻薄地说小姐们还有一个隐秘的心理，她其实是在向丈夫表明自己的立场，她虽然在发廊街待着，但她并没有近朱者赤，她的思想还是像以前一样纯洁。

被男人说了后，有一阵子，苏敏娜不说发廊街的事了。但有天晚上，在他们上床后，男人突然说，你现在为什么不说了？苏敏娜看了男人一眼。男人的眼睛回避了她。她想，其实男人对发廊街的事是蛮感兴趣的。

发廊街的故事总是比别的地方多。这些事烂在肚子里让她觉得难受，闷得慌。这些事闷在肚子里，总令她感到某种说不清道不明的威胁，只有说出来，加上她的看法，她才能舒一口气。总之，议论这些小姐，她的心里就会有一种畅快感，同时还会有一种优越感和满足感。

吃过饭，他们一般早早上床。苏敏娜晚上不看电视。小卖店有一台黑白电视机，她白天看够了。男人不喜欢看电视。躺在床上时，苏敏娜突然想起小蓝邀她打麻将一事。她没想到小蓝会邀她打麻将。这些小姐，平时眼里只有男人的，在男人面前低三下四，但在女人面前头抬得老高，就好像她们做婊子是件伟大光荣的事。

苏敏娜对小蓝是早已注意了。她觉得这个姑娘有点傻乎乎的，不会保护自己。这个姑娘脸上有一丝天真烂漫的神情。苏敏娜想，如果不是在发廊街，谁会想得到这样的姑娘会是一个小姐呢？她看上去是多么单纯啊。她应该长些心眼才对，在欢场里，像她这样缺心眼的人，可能被人卖了都不知道。苏敏娜听说小蓝因此吃过苦头，她曾被一个台湾人包了，做了二奶，但后来还是被台湾人不明不白给抛弃了。

苏敏娜这样想着，想出同情心来。她想，像小蓝这样的姑娘真不应该做发廊妹。

苏敏娜没同丈夫讲打麻将的事，免得他担心她同流合污。她猜想丈夫如果听说这件事会不安。男人们倾向于认为女人喜欢操这种职业，似乎只要有机会都愿意堕落。她说起另一件事。她是在小蓝打电话时听到的。

她说："小马你知道吗？就是前年坐牢的小伙子。"

"知道啊。"

"他喜欢上了小蓝。他经常到发廊街来。"

"是吗？"

"小蓝好像也挺喜欢小马的。小蓝和小马在电话里谈得火热。"

丈夫若有所思地噢了一声。

"小马为什么坐牢？"苏敏娜对小马不是太了解。她问："听说小马脑子有病？"

丈夫瓮声瓮气地说："小马吗？这人脾气火暴，几年前，他爱上了一个有夫之妇，但那女人不爱他，结果，他差点杀了她丈夫。男人没死，但他坐了几年牢。"

苏敏娜吃惊不小，愣了一下，说："噢。"

这天，苏敏娜怎么也睡不着。她一直惦记着小蓝。她从来没惦记过一个小姐。这可能同小蓝邀她打麻将有关。

自从小蓝邀苏敏娜打麻将以后，每次小蓝到小卖店，小蓝和苏敏娜就会聊上几句。渐渐地，她们就熟稔了。

有一天，小蓝急急忙忙来到苏敏娜的店里，说："敏娜姐，我在你店里躲一躲。有一个老头，想吃我嫩草，他要包我，叫我做他的二奶。

他也不照照镜子。"

苏敏娜让小蓝进入小店的里间。里面堆放着一些货物，是小店的小仓库。苏敏娜把小屋收拾得很干净。

小蓝说："我躲一会儿。他走了再出去。"

苏敏娜说："没事，你躲多久都没事。"

从小屋里退出来，苏敏娜朝对面小蓝做的发廊看，有一个大约六十岁的老头坐在发廊里在和老板娘说着什么。大概就是这个男人要包小蓝。苏敏娜想，这么老了还这么好色，男人真是不可思议。

有一个小姐来打电话。打完电话后问苏敏娜，有没有见到小蓝，老板娘找她呢。苏敏娜说，没看见。

小姐走后，苏敏娜来到后屋，小蓝坐在一把椅子上，拆了一包瓜子在吃。见苏敏娜进去，小蓝说：

"我从那纸箱子里拿的，瓜子的钱我等会儿给你。"

苏敏娜说："没事，你吃吧。"

这时，小蓝嘻嘻一笑，说："敏娜姐，你其实挺漂亮的。比我漂亮多了。"

苏敏娜说："我都三十多了，老了，哪能同你们比。"

小蓝说："告诉你一件事，那些客人老是打听你，问你是什么人。他们很喜欢你噢。我说你们想干什么？想包人家？人家可是良家妇女。"

听了这话，苏敏娜心里有说不出来的高兴，原本端庄的脸露出一丝妩媚来。她说："小蓝，你别讲笑话了。"

聊着聊着，小蓝说起客人们的事。她嘲笑那些愚蠢的男人。苏敏娜听了，有点耳热心跳，可不知怎么的，她爱听，她对发廊里发生的事充满了好奇。

小蓝说："男人们都很迷我，因为我有办法。"小蓝这么说的时候，像在炫耀什么。接着小蓝讲起自己是如何和男人周旋的。"什么样的男人都有，有的喜欢你温柔一点，有的喜欢你粗野一点。有时候一个满脸胡子的大老爷们可能特别娘娘腔。我的直感好，我知道怎么对付他们。"

苏敏娜听了小蓝的话，很吃惊。小蓝看上去不像她讲的那么有办法。苏敏娜想，小蓝在吹牛，像她这样的姑娘，不被人欺骗就不错了。不过听听无妨。她对小姐们的事有很多疑问，但她只是听，不好意思提问。

小蓝说："我可不像别的姑娘，见到男的就像饿狼似的扑过去。她们以为在男人面前发发嗲就可以了。虽说都是男人，但性情差异大着哪。"

说了一会儿话，苏敏娜回到小卖店里，她拿出镜子反复照。虽然出没于发廊的男人都不怎么正经，但他们在赞美她，还是令人高兴的。当然苏敏娜平时也不是没有感觉，那些男人从发廊里出来总要来她店里买包香烟什么的。他们通常赤裸裸地注视着她，令她心慌。

那些来小店买东西或打电话的小姐说，那个老先生迷上了小蓝，别的姑娘他都看不上。"正眼都不瞧我们一下。"小姐们不以为然地说。从小姐们口中，苏敏娜弄清楚了，那老男人是上海人，很有钱。小姐们还说，这老先生一定要等到小蓝回来，不见到小蓝，他就不回上海了。苏敏娜没想到小蓝有这么大能耐，把这男人迷成这样。

果然，到了晚上，那老先生也没走。也许是因为今天高兴，关店的时候，苏敏娜觉得小蓝躲在这个地方不是个办法，她脱口说：

"你怎么办？这里不能睡觉啊。要不……去我家吧。"

说完这话，苏敏娜吓了一跳。她怎么可以这样，把一个发廊小姐带到家里去？

小蓝看了苏敏娜一眼。她有点怀疑苏敏娜的真诚。也许苏敏娜只不过是客套。但她发现苏敏娜的眼睛里没有杂质，清澈见底。她相信有这样眼神的人说出来的话是认真的。不知怎么地，小蓝的心头忽然热辣辣地涨了一下，小蓝的眼睛就红了，她赶紧低下了头。她知道这个女人喜欢她。她控制了自己的情感，想了想，说：

"好吧。这样也好。"

小蓝的回答令苏敏娜意外。她想，这确实是个单纯的姑娘，她应该知道像她这样的人是不应该到别人家里去的。但现在苏敏娜没有退路了，她只好硬着头皮把小蓝领回家了。她想，这事传出去可不怎么好。说不清楚。

苏敏娜没对丈夫讲，小蓝是干什么的。丈夫也没问，好像他早已知道了她的身份。

小蓝来到苏敏娜家发现苏敏娜家并不富裕，住着的房子也不是太大，小小的二室一厅。小蓝原以为苏敏娜这样的年纪应该有小孩了的，她显然还没有。苏敏娜的丈夫人高马大，看上去很老实。苏敏娜说，她丈夫在水产公司工作。小蓝想，苏敏娜长得这么好看，凭她的姿色，应该找一个更好的男人的，她真是可惜了。小蓝忽然有点"同情"苏敏娜。她心里和苏敏娜的距离似乎拉近了一些。

晚上，小蓝睡在另一个房间里。苏敏娜来到小蓝房间里聊天。外面的月亮很圆，大概是农历的月中了。小蓝关了灯。小蓝说，她喜欢坐在暗中。苏敏娜想，这大概是职业习惯。她工作的那种地方肯定黑灯瞎火的。

待在黑暗中聊天，感觉会不一样，很容易产生一些类似幻觉的东西，人也比较容易流露情感。小蓝说起自己的故事。小蓝说，她读高中时，同她的生物老师好上了。生物老师很懂得交配实验的，结果，他把实验做到她身上。他几乎可以说强暴了她。后来，她就和他一直保持这种关系。小蓝说，她还因此怀了孕，五个月后实在瞒不下去了，找了个医院流了产。小孩子已经成形了，连小鼻子都有了。这是医生告诉她的。小蓝说这些事时，非常冷静，好像在说另外一个人的事，但黑暗中的苏敏娜有一颗敏感的心，她听得眼泪涟涟。

苏敏娜确实是人们所说的善良的人，白天，她在小店里，看那些港台言情剧，经常看得眼睛通红。在那些言情剧里，像小蓝这样的姑娘一般来说都有令人同情的身世，她们干这一行是迫不得已。这天晚上，在苏敏娜的心中，小蓝是天下最不幸的姑娘。

某种情绪是要传染的，特别是在女性之间。苏敏娜的眼泪，让小蓝忽然有点心酸。她的眼泪也涌了出来。往事有了悲伤的气息。

小蓝说："敏娜姐，你是个好人。"

眼泪把两人拉得更近。此刻，苏敏娜已把小蓝当成了姐妹。也许是出于同情，也许是苏敏娜需要这种感觉，她决定今晚和小蓝睡在一起。

她们躺在床上，继续聊天。肌肤的接触令她们之间的亲密感更为浓烈，就好像她们真的是姐妹。苏敏娜开始讲自己的事。这世界总是有那么多的缺陷、遗憾，她是多么想要一个孩子，男孩女孩都行，可这个心愿她这辈子是再也实现不了啦。两年前，她的子宫长出一个瘤，医生把她的子宫割了去。她这辈子不可能成为一个母亲了。这对她来说是残忍的，她可是一个有着强烈的母性本能的人啊。

小蓝听着苏敏娜的故事，再一次相信自己的感觉是多么正确。她流着泪想，怪不得她刚进苏敏娜家时，这里有一种暗淡而恍惚的气息。小蓝替苏敏娜擦泪，说，其实没孩子也好，有孩子也是累赘。

眼泪让两个女人迅速地建立了信任。

那个上海老先生对小蓝特别痴心，这几天，他一直待在发廊里，等着小蓝的出现。这样，小蓝就不能回到发廊街去了。小蓝白天只好去逛街。其实也不是逛街，她偷偷跑到城南的一家发廊去做了。她是生人，老板娘免不了要欺侮她，比如不给她介绍客人等。因此她的生意并不好。她还是愿意回到原来的地方做。晚上如果没客人，她就早早回到苏敏娜家睡觉，有时，很晚回来。

苏敏娜白天在发廊街看店。没生意的时候，她会和小蓝通通电话，讲讲发廊街的情况。但有时候，小蓝并不在家里。苏敏娜不知道小蓝去了哪里。她想，小蓝真是闲不住的人。

这天，苏敏娜回家时，小蓝倒是早早在家了。小蓝正嗑着瓜子看电视。丈夫站在阳台上，无所适从的样子。

小蓝见到苏敏娜，嚷嚷道："敏娜姐，我肚子都饿死了。"然后涎着脸，表情夸张地说："敏娜姐，你老公待你这么好，你真是有福气耶。"

丈夫红着脸从阳台出来了。显然，他听到了小蓝的话。丈夫进了厨房，去盛饭。小蓝跟着去帮忙。小蓝进去时，还和苏敏娜的丈夫撞在了一起。小蓝尖叫了一声。苏敏娜还以为什么事。小蓝说：

"敏娜姐，你老公真高啊。"

他们坐下来吃饭。苏敏娜忽然想起小蓝曾邀她打麻将一事。她知道小蓝喜欢打麻将，她说：

"晚上我们搓麻将吧？"

小蓝听了很吃惊。苏敏娜曾对她说不会打麻将的呀！她看了苏敏娜一眼，但苏敏娜的脸上十分坦诚，好像她从来没有撒谎一样。小蓝心里有一丝隐约的不快，苏敏娜会打麻将，但她拒绝了她的邀请，苏敏娜看来也是势利的。但小蓝没有把不快表示出来。她一脸高兴地说：

"就我们三个？"

苏敏娜说:"我把邻居叫过来。"

邻居是个中年妇女,喜欢说话,一来就和小蓝聊天,问小蓝是哪里人,在哪里工作。苏敏娜介绍说,小蓝是她的表妹,在银行工作。小蓝听了,又有点不快。她感到苏敏娜这样介绍实质上是在贬她,其中还有点小瞧她的意思。她还觉得苏敏娜简直像个撒谎精,谎话随口来。看来苏敏娜比她那张善良的脸复杂多了。不过,小蓝马上想通了,苏敏娜总不能介绍说她是发廊妹吧。小蓝见多了,这些没人爱的家庭妇女,在男人那里抬不起头来,可在她们这些人面前,总是趾高气扬,不知哪里来这么好的自我感觉。

打麻将的时候,中年妇女不断问苏敏娜发廊街的事。

中年妇女说:"那些婊子,真是贱,为了一点点钱,给男人玩,一点人格都没有。"

听了这话,苏敏娜有点不安,把头低了下来。她说:

"不说这个,你快打牌。"

平时,中年妇女经常和苏敏娜攻击小姐们,说起这个话题她不容易刹车。她说:

"小苏,你说得对,婊子就是婊子。"

小蓝的脸色已经黑了。她从中年妇女的话中听出来,她和苏敏娜平时一定是这样议论她们的。她不满地看了一眼苏敏娜,苏敏娜脸上有一种因为愧疚而产生的某种暗影。这令她好受了一点,这说明苏敏娜还是比较善良,至少比眼前这个叽里哇啦的丑女人善良百倍。

小蓝是那女人的上家。小蓝想,今天就是自己不和也不会给她喂牌。掐死她。可也奇怪,这天,那女人的牌出奇地好。小蓝感到没劲透顶。

那女人又说起自己单位里的一个同事。她说:

"男人真是奇怪,见到那些婊子,魂都没有了。我们单位有一个家伙，都五十了，为了嫖，借了一屁股的债。他老婆都不知道他欠了那么多钱，知道了肯定上吊。这些婊子，害了多少人家呀。政府也不管管。"

说到这儿，她笑眯眯地讨好苏敏娜："还是你老公好，忠厚。"

苏敏娜用脚踢了一下那女人。

小蓝看到苏敏娜的动作。她反感苏敏娜这样鬼鬼祟祟的。这时，她突然开口了：

"政府哪里会管，没有小姐，那些当官的到哪里乐去。"

那女人像是找到知音了似的说："对对对对，小妹妹，你有水平呀，讲出这么深刻的话。"

小蓝不以为然地撇了撇嘴。她已经有点忍无可忍了。

女人开始声讨这个社会了，海阔天空地讨伐了一通。苏敏娜浑身难受，现在她已经后悔打这个麻将了。人生就是这么尴尬。苏敏娜老是出错牌。

这个女人的牌特别顺。苏敏娜打出一张牌，女人又和了。

见女人兴高采烈的样子，小蓝把牌一推，说：

"他妈没劲。不打了。"

这夜，苏敏娜没睡着。

邻居滔滔不绝地说话时，她一直在注意小蓝。小蓝还是一脸天真，好像没事一样。但小蓝突然发作了。小蓝把牌推倒时，邻居一脸惶恐，她大概想破脑袋都不会明白到底哪里得罪了小蓝。

上了床，苏敏娜终于同丈夫说了小蓝的身份。丈夫好像早已知道了似的，没什么表示。丈夫是个沉默的人，这会儿，在黑暗中，他一副若有所思的样子，双眼空洞，不知道他在想什么。

一会儿，丈夫的手伸了过来。苏敏娜倒是没什么兴趣，她被刚才的事搅得心神不宁。但这天，丈夫好像特别兴奋。她从来不会拒绝丈夫的要求，再说，丈夫这么兴奋，这个时候拒绝的话，那他可能半年都不会动她一下。他在这方面很脆弱很敏感。这天，丈夫像吃了春药，特别有激情，持续而猛烈，弄得她也有了感觉。后来，她和丈夫一起到达高潮。她已有很久没有高潮了，所以，这一次她感到特别幸福。刚才打麻将时的不快已消退了大半。

"你今天怎么这么能啊？"

男人诡秘地笑笑，没说话。

一会儿，丈夫满足地呼呼睡去。苏敏娜还是睡不着。但在相对宁静的心态下，她看问题有了新的角度。她想，这事也不能怪邻居，主要原因是小蓝在干这个事，如果小蓝不干这个事就不会被人看不起了。她认为小蓝在受苦，她因此对自己此刻的幸福感到害羞和不安。她不能眼见着小蓝干这种事，她得帮助她。

窗外的月色有一丝美好的气息。街上的市声早已沉寂下去了。苏敏娜在想如何帮助小蓝的办法。这让苏敏娜有一种满足和安详之感。

丈夫中途醒过来一次。也许是苏敏娜把他弄醒的。丈夫一副睡眼惺忪的样子，说：

"怎么还不睡？"

"你觉得小蓝怎么样？"苏敏娜问。

他吓了一跳，说："什么怎么样，你难道想把她介绍给我？"

苏敏娜打了他一下。她说：

"小蓝人不错是不是？小蓝这样的女孩做小姐太可惜了是不是？"

"你想干什么？"

"我们帮帮她，让她离开那个地方。"

丈夫闭上眼睛，说："你有没有发烧？睡吧，别瞎操这个心了。"

苏敏娜说:"我说的是正经事,我们想办法给她找个工作,让她过正常的生活。"

"睡吧睡吧,我都困死了,明天再说吧。"

那天打麻将,小蓝非常不快。其实她应该想得到的,这些小市民不会有什么好话,她已不习惯这样的环境了。这些家庭妇女往往充满了难以理喻的道德优势。她们不会照照镜子,见到年轻的姑娘就会从鼻孔里发出不屑的声音。她们总是有太多的不满需要发泄,就好像她们不这样恶毒,日子就会过得了无生趣。

这天,打完麻将,小蓝就回房间,把门扣死。她躺在床上,在心里骂娘。

苏敏娜来敲过门。小蓝说,她困死了,想早点睡。苏敏娜说,你没事吧?小蓝冷冷地说,没事。

小蓝躺在床上,开始只是骂那中年妇女,只是对中年妇女不满,但骂着骂着,她觉得苏敏娜也有问题,一样令她反感。她发现苏敏娜其实不像她的外表一样善良,苏敏娜同样势利,只不过苏敏娜善于掩饰罢了。

这段日子,苏敏娜经常同她睡在一起谈心。当时倒是没觉得什么,气氛也挺感人的,苏敏娜很容易流泪,小蓝觉得流泪也有快感,所以很好,很快乐。但现在仔细想来,苏敏娜的有些话其实是很伤人的,小蓝不是太爱听。

苏敏娜总是同情小蓝。其实小蓝被生物老师强暴,只不过是编出来的,小蓝没遭到强暴,是她喜欢生物老师,勾引了生物老师。生物老师是个有妇之夫,被她勾引了后,吓得不敢回家。可苏敏娜经常把它当成天大的事。有时候,小蓝对自己也有点不理解,比如她喜欢编派自己的经历。她在发廊里面经常对男人编派自己的经历，男人还真吃她这一套。她也没有什么目的，和苏敏娜聊天时，把大量的悲惨故事编到自己身上，弄得每个晚上这房间都充满悲情。

可现在，小蓝却从中看出了苏敏娜的险恶用心。苏敏娜平时总是带着一种莫名其妙的优越感，这种优越感就是建立在小蓝的悲惨故事之上的。她是多么蠢，固执地相信自己那一套无知的观点，认为要是姑娘在发廊做一定有什么原因，有什么挫折，或受了欺骗，她总是一厢情愿地解释这个解释那个，好像这世上没有她不了解的事。

同女人比，小蓝更喜欢男人。女人真是奇怪的动物，不像男人那么简单，比如有欲望，就会变得赤裸裸的，就会对你动手动脚，可女人，即使对你有各种各样的不满，有种种看法，但她照样待你很好，握着你的手，像姐妹一样。女人是多么虚伪。

小蓝心里慢慢涌出对苏敏娜的反感来。都是一路货，小蓝想。也许她本不该来苏敏娜家住，她做过二奶，她是有过教训的，她知道那些所谓良家妇女是怎么看待小姐的。苏敏娜如果是良家妇女，那一定同她们一样。都是一路货。

她想，她得早点离开这里。

苏敏娜觉得小蓝有点怪，这几天有点神出鬼没的。有时候很晚才回来。有一天回来的时候都夜里一点钟了，还满身酒气。苏敏娜还发现，小蓝最近对她有点爱理不理的。当然，客气还是挺客气的，但这客气中有一些令人不那么舒服的东西。

苏敏娜那天对丈夫说的话并不是心血来潮，她确实很想替小蓝找一个活儿，让小蓝能过正常生活。她在内心深处有一种拯救小蓝的愿望。苏敏娜这段日子就在操心这事。苏敏娜自己没有什么办法，但她的姐姐很有办法。她的姐姐也是一脸和善的人。她们家的人都热心肠。姐姐信天主教，她是天主堂的义工，她有一帮教友姐妹，也许姐姐会有点办法。她知道求这些教友，她们会高兴的。

姐姐很快就有回复，天主教堂卖《圣经》、辅导教材及工艺品的小店刚好缺一个人手，如果愿意可以去那儿工作，工资不高，七百元一个月。在苏敏娜看来，这简直是个美差，教堂环境好，来小店买东西的人都信教，很友善，她都有点嫉妒小蓝了，她甚至都想自己去干这个活儿了。她想，看来小蓝是个有福气的姑娘。照那些教友的话说就是：上帝眷顾她，赐福于她。

苏敏娜在说正事之前，做了很多铺垫。可问题是这些铺垫有一个前提，就是试图说明小蓝的工作是不可取的，没前途的，低贱的，不但害社会也害自己。这些小蓝当然不爱听。小蓝几乎就要发作了，就在这个时候，苏敏娜告诉小蓝，她替她找到一份很好的工作。令苏敏娜没想到的是，小蓝不但不感激，反而冷笑起来。小蓝说：

"你说什么？你叫我去哪里干？"

"教堂的小卖部。"苏敏娜说，"那里的人好，工作也很轻松。"

小蓝的脸上露出一副泼妇的表情，她讥讽道：

"你让一个婊子去教堂，合适吗？"

"你怎么这样说话？你不能这样自暴自弃。"

"谢谢你的好意。我不去，告诉你，我讨厌教堂。我最恨信教的人。"

说完，小蓝进了房间，拿了自己的用品，离开了苏敏娜的家。

当小蓝走出苏敏娜家时，眼泪夺眶而出。

她没想到苏敏娜竟如此看低她。她根本没把她当成朋友，她只把她当成一个需要拯救的对象。是的，苏敏娜从来没把自己当成朋友，她在苏敏娜眼里只不过是个婊子。她从来都是居高临下地在看自己，像一个救世主。

她这辈子最恨的就是那些看不起她的女人。她们以为自己是什么人？她们以为自己可以审判别人。可令她奇怪的是她总是碰到这样的人。

到处都是这样的人。那会儿，她在做那个台湾人的二奶。她住在一个高档社区里。但敌意无处不在，小区里的人都不同她打交道，甚至连招呼都不打一个。她们总是冷眼看她，可她一转身，她们就用无比丰富的眼神探究她。她们就用这种方式集体审判她。只有一个精干的女人，她是社区工作者，偶尔同她说说话。可就是这个社区工作者，有一天把台湾人的妻子带到她面前。台湾女人见到她，二话不说，就给了她两个耳光。那女人恶狠狠地对小蓝吼道，滚出去，这里不是你住的地方，婊子没权利待在我家。那台湾女人的脸上充满了正义感，就好像她就是道德的化身、上帝的使者。

小蓝曾对苏敏娜编了许多悲惨身世，但她唯独没有说这件事。她没同任何人讲过这件事。

现在，一切清楚了，苏敏娜和那个台湾女人、和那个社区工作者一样，她们是一路货。她们假模假样，自以为高尚，就好像高尚是她们的私有财产，她们天然拥有，神圣不可侵犯，其实她们没一个是好东西。也许苏敏娜比她们还要愚蠢，她以为教堂就是高尚的地方，以为那个地方可以拯救她，她可不这么认为，相反，她讨厌那个地方。是的，凡是她们喜欢的地方她都讨厌。

苏敏娜竟然还说，希望小蓝也一样有幸福的生活。苏敏娜感觉太好了，她的那种算得上贫穷的生活也叫幸福？如果苏敏娜过着的生活叫幸福，那幸福真是随处可见了。况且，况且……

别看苏敏娜的丈夫老实巴交，但他也是男人，是男人就没有不喜欢女人的。小蓝在这方面敏感，她凭本能就知道男人在想什么。那次不小心，她和男人迎面相撞，她注意到男人的脸红得有点幸福。她待在苏敏娜家那几天，男人显得特别温柔，表面上不太注视小蓝，可同她说话时，小蓝听出来，他的声音里有欲望。那几天，男人都不爱出门，喜欢待在家里。小蓝有时和他说几句话，稍稍挑逗他几句，他就会高兴得两眼放光。天底下的男人都是这德性，小蓝不反感这德性，如果男人不是这样，在小蓝的意识里，那就不是一个男人了。小蓝认为，要摧毁苏敏娜所谓的幸福生活是很容易的。

小蓝越想越感到愤怒和不平。小蓝想，她不会再理睬苏敏娜了。苏敏娜的自我感觉怎么能如此好？对此，她耿耿于怀。

小蓝搬出去后，又回到了原来的发廊。但小蓝不来苏敏娜的小店了。如果小蓝接到传呼，她就去另一家小店打电话。苏敏娜不知道这是怎么回事，有几次她甚至想问小蓝，为什么不给她一个回话，教堂那边还等着呢。

苏敏娜觉得小蓝真的有点古怪。小蓝有时候和她迎面走过时，也是一脸冷漠，好像并不认识苏敏娜。苏敏娜非常疑惑，她想一定是自己得罪了她，但究竟是哪里得罪了她，不知道。她想，她真的是想帮助小蓝的呀。苏敏娜很失落，她终于没有帮成小蓝。

苏敏娜很想找小蓝谈一谈，但小蓝似乎在回避她，一直没有给她机会。她因此伤心了好一阵子。过了一些日子，苏敏娜就不再想这事了。但苏敏娜还是会不自觉地观察小蓝。因为关心，她经常听到一些小蓝的事情。

那个上海老先生没有再出现。但现在小马经常来发廊街。小马来的时候，小蓝就挽着小马的胳膊招摇过市，他们亲热的样子，就像电影里面的一对恋人。也许他们真的以为自己在演电影。小蓝这个人有时候是有幻觉的。

有人告诉苏敏娜，那个上海老先生是小马把他吓走的。那人还说，小蓝找到小马，要小马出面让那老先生走人。小蓝对小马说，那老头不走你就废了他。小马拿着刀子在老头前面一晃，老头吓得差一点小便失禁，跑了。苏敏娜听说，小马现在加入了黑社会，很有点势力，小蓝跟着他，就不会被人欺侮了。小蓝好像对此很骄傲。苏敏娜想，她对小蓝其实一点都不了解，丈夫说得对，她是瞎操这个心。

发廊街每天有很多故事，但苏敏娜没什么故事，日子过得很平静。至少她一直是这么认为的。可有一天，姐姐打了个电话给她。姐姐说，注意一下你的老公，他有情况。苏敏娜没有相信，她以为自己了解丈夫，她的男人不至于做出这种事。

可有一天下午，苏敏娜接到一个匿名电话，叫苏敏娜赶快回家里去看看，家里正上演一出好戏呢。

苏敏娜对这个电话非常反感。她不能相信电话暗示的内容。但这一天，她还是关了店门，回了一趟家。

姐姐说的是对的，那个匿名电话暗示的也是对的。这天，当苏敏娜开门进去时，她的双眼被刺痛了。在她睡的那张床上，她的丈夫赤身裸体地和另一个赤身裸体的女人纠缠在一起。有那么一刻，她的眼前一片虚像，只看到那耀眼的白色。她还以为是自己的幻觉。她定了定神，才看清楚这一切是真的。丈夫身边的那个女人就是小蓝。丈夫正慌乱地穿着衣服，但小蓝却满不在乎地躺在那里，她的脸上露出骄傲和嘲笑。

小蓝依旧在发廊街做，但苏敏娜再也没有出现。她的小卖店已关了一段日子了。不知怎么地，小蓝一直非常关心那小卖店，每天都会不自觉地往那张望。她心里稍稍有点不安。她很想知道苏敏娜现在在干什么。那天，当苏敏娜出现在她面前时，她确实有潮水一般的快感，但过后，她却有点后悔。她回忆了自己和苏敏娜相处的日子，她发现也许苏敏娜并没有她想象的那么瞧不起人。苏敏娜所作所为也许完全出于好心。她想，她是过分了。她有时候就是有点任性。她甚至想去看看苏敏娜，但她想，她如果去，苏敏娜一定会把她赶出来，也许会像那个台湾女人一样给她两个耳光。

过了半个月，来了一队施工人员，开始装修那小店。他们爬上爬下，敲敲钉钉的，没多久，原来相对破旧的小店，便焕然一新了。第二天，小蓝发现，小店的门框上有了几个妖媚的字：湘妹子发廊。

看到这几个字，小蓝愣了一下。在没见到那几个字以前，她的想法是复杂的，因为那小店存在着多种可能，比如，苏敏娜的生意扩大了。如果是这样，那说明她没有胜利，苏敏娜依旧强大地出现在她的面前。那样的话，她会嫉妒苏敏娜的。现在，小蓝看到这几个字，她已确信苏敏娜再也不会出现在发廊街了。苏敏娜可不会开一家发廊。不知怎么地，她突然变得非常软弱，非常无助，此刻她强烈地想念苏敏娜，心里都是关于苏敏娜的好。因为软弱，泪水夺眶而出。她想她真是过分了，她竟如此残忍地对待苏敏娜。

过了一会儿，她擦掉眼泪，然后在心里安慰自己：

"这怪不得我，谁叫她自我感觉那么好呢！"

最后一天和另外的某一天

窗子很高，几乎直接抵在厂房屋檐下。窗外的天空飞过一群麻雀，发出叽叽喳喳的声音。天空寂静，鸟声惊心。这儿地处城郊，四周都是农田。窗子太高，厂子里的人没法看到农田和庄稼，只能看得见天空。麻雀成群结队出没。

早上六点钟，起床铃准时响起。屋子里有十二个人，有六张上下铺的床。她们起床，穿衣服，然后开始折叠被子。被子折叠成部队那样方正，棱角分明。一阵忙乱后，十二个人都整理好了。房间寂寂无声。晨曦从窗外透入，房舍整洁，一尘不染。半个小时后，门打开了。有一个小时可以洗漱。洗漱的工具放在走道尽头的卫生间里。每个人的洗漱用具都放在那儿。俞佩华洗脸。卫生间东西各有一面镜子。一些人排队在照镜子。俞佩华难得站到镜子前面去。今天她有些想去镜子前看看自己，又害怕看到自己的脸。

方敏正在大门处等着她。方敏脸上没有表情，用惯常的不容商量的口吻说，今天你可以不去厂里。俞佩华低下头，没看方敏，她回答，还是去吧，最后一天了。

厂房生产一种模仿芭比娃娃的玩偶。她们不知道这些产品在商店出售时会贴上什么牌子。洋娃娃有三十厘米和四十厘米两种。三十厘米那种供幼童玩，服装艳丽，服装的领子和衣袖上夸张地镶着蕾丝边。四十厘米那种是给成熟一点的女孩玩的，橡胶身体有精致的乳房，穿上衣服后，俨然是个性感女郎了。工作台上摆满了手臂、腿、头部、身体、各种颜色的头发、眼睛和服装等。她们要把它们组装起来，成为一只成品的洋娃娃。

除了干活发出的声响，厂房里没人说话。工作是定量的，有数量及成品率的要求。她们要把一天的任务完成了才能上床休息。工作量大，要按时完成不太容易。那些新来的，手脚笨，更得抓紧时间。吃中饭也是狼吞虎咽，吃完就抓紧干活。俞佩华完成定额没任何问题，她在这里待了十七年了。

黄童童来了一年或者更长。俞佩华感觉她来很久了，好像一直在她身边。在这里，时间变得特别漫长。时间又特别清晰，每一天她们算得清清楚楚，像用刀子在心里面刻了一道做记号。黄童童在俞佩华左边干活。黄童童长得很漂亮，有点像她们在制作的四十厘米那种洋娃娃。她以前的头发应该染成棕色，刚来时，她发端头发的颜色还是棕色的。黄童童有点傻，并且是个哑巴。不过不奇怪。到这里来的人要么特别聪明，要么特别傻。

眼睛是最后一道工具。洋娃娃没放上眼睛时，会呈现出骇人的表情。俞佩华想起黄童童刚来那会儿也是这个样子，目光里的恐惧深不见底，就像一只没装上眼睛的洋娃娃。

三十厘米的洋娃娃会说话，需要在身体里安装一个电池盒。黄童童正在把电池盒的接线焊接上去。这是最见功夫的一道工序。黄童童拿着焊枪，双手老是抖，焊了几次都失败。如果再焊接不上要成为废品了。

黄童童以往不是这样的，她能准确地把接线焊接好。一年训练下来，黄童童已是个熟练工。这不奇怪，只要安装超过一万只，任何人都可以闭着眼睛把电池盒子安装好。

黄童童终于安装好了。俞佩华松了一口气。

今天黄童童有些恍惚，做工时老是控制不住双手。她生病了吗？黄童童正在找她的镊子，可镊子刚才还在她的右手上，这会儿不知跑到哪儿去了。这是黄童童的老毛病。她老是丢三落四，找不到工具。俞佩华告诉过她，工具一定要固定摆好，熟练到"盲取"的程度。黄童童向俞佩华要镊子。俞佩华没把自己的镊子递给她，让黄童童自己把工具放整齐了，再干活。黄童童突然问，你要走了吗？这一年俞佩华学会了手语。她吃了一惊，她没告诉黄童童明天要离开这里。同宿舍的人是知道的，但她们都没有说起这事。一个人离去，她们的心会空一阵子。大家都懂这种心情，这种时候会绝望。不说出来就好多了。在这儿情绪越少波动越好，否则会麻烦。俞佩华没有主动提这事。一切像什么也没发生一样。

俞佩华没回答，看着黄童童，黄童童的目光凶巴巴的。或者不是凶，是恐惧。俞佩华一把从黄童童手里抢过那只玩偶，做起来。她看到黄童童盛玩具娃娃的盒子里没几只成品，这样下去，她将完不成今天的额度。难道她今晚不想睡了吗？俞佩华用手语告诉黄童童，让她把俞佩华装满洋娃娃的盒子堆放到号子处，并要她冷静一些。一百二十九号是俞佩华的号子。黄童童是一百三十号。中间的皮带上放着收纳成品的盒子。等到中午，皮带会转动起来，运转到另一个厂房质检。

我会来看你的。俞佩华用手语说。她刚做好一只四十厘米的娃娃。有一天，黄童童完成一只性感娃娃，对俞佩华说，我好喜欢，真想带一个回去。这是不可能的。俞佩华说，千万别偷偷拿回去，这不是闹着玩的。我以后会送你一只。

你不相信我会来看你？俞佩华说。黄童童没看她。黄童童的目光这会儿投向东边的高窗，天空上的白云一动不动。

窗外的太阳照在工厂的水泥地面上，缓慢地从西向东移动，快到中午的时候，太阳光束立在东边的墙边，好像白色的墙面拉了一层光幕。

厂子里有八十多人。从监视器里看，场面相当壮观。她们坐在工作台前，穿着同样的衣服，年龄各不相同，动作也有差异，但还是能找到一致性。她们面部没有表情，专注让她们显得更为机械。她们手上的洋娃娃，有的正在装配身体，有的正在穿上衣服，有的在固定头发。她们做好的玩具整齐地躺在工作台上。即便厂外的阳光很好，工厂的大灯依旧是亮着的。现在是夏天，大灯散发出灼人的热力，厂内的温度更高了。一些人脊背处渗出细密的汗珠。

陈和平一直观察着俞佩华和黄童童的一举一动。方敏忙于手头的一份档案。明天俞佩华要走了，俞佩华的相关文件需要归档封存。她寄存的物品不多，方敏已让人把物品放到一只简易的旅行包里。方敏复印了各种表彰的官方证明，方敏觉得俞佩华不一定在乎，但这些证明在她以后的生活中是用得着的。十七年里，俞佩华几乎年年都被评为优等。也就是说，她在这儿没出过一次差错，没扣过一分。方敏查过并且熟知俞佩华的档案内容。在做化学老师时，她也是年年先进。可就是这样的人干出了那种事。

有一个年轻的女警进来，告诉方敏，她通知了俞佩华的儿子，她儿子说不来接。方敏点了点头，这在她预料中。来到这里后，俞佩华几乎谁也不见，儿子和母亲来看过她，她拒见。她的案子太骇人听闻。她难以面对亲人。她只见过丈夫一面，是为了和丈夫离婚。她没多说话，只说把她忘掉，因为她会在这儿待上一辈子，这对他们来说更好。没想到她能减到十七年。十七年在这里一成不变，外面发生了多少事啊。俞佩华的母亲这期间过世了。方敏记得，把母亲亡故的消息告诉俞佩华时，俞佩华并没有停止手中的活，好长时间没有抬头。电焊条冒着青烟，方敏担心俞佩华把焊枪刺入她的手心。

陈和平朝方敏这边望了望，继续看着监控，好像发现了什么秘密。陈和平问，俞佩华来这儿时儿子多大？方敏说，九岁吧。

方敏看了陈和平一眼。方敏偶尔会感慨，职业真是有着自己的生命方向，会带着人往某个方向长。陈和平虽然是方敏的同学，但他现在成了一位艺术家，这个年龄了，身上竟还带着一些少年气质。而她长久在这儿待着，整天板着个脸，大概这张脸已经面目可憎了。

方敏来到监控器前，看到黄童童一脸不悦地在搬东西，俞佩华也是怒气冲冲的样子。方敏说，我本来想安排你和俞佩华见上一面的。你来一趟这里不容易。

陈和平说，进你们这里确实麻烦，我手机交了，介绍信和身份证也押了，到这里过了三道大铁门，每次到你们这儿都有一种进了中央情报局的感觉。我看不出她们有什么危险。

方敏说，可不能小瞧她们，要是由着她们的性子，不少人可是致命武器。当然大多数人与外面的人相差没想象的那么大。

俞佩华今天拒绝休息，方敏有点意外，也有点不高兴。俞佩华违拗了她的指令。这是俞佩华第一次表现出同平常不一样的意志。不过方敏没往心里去，猜想这同黄童童有关。

这儿表面上有严格的秩序，一切井井有条，但只要有人的地方，都是复杂的。这儿暗地里比哪里都遵循丛林法则。方敏当然知道犯人们之间的勾当，既然无法根除这种人与生俱来的恶习，只要不露出水面，谁也不会去管。黄童童刚进来时是这丛林里的小白兔，很多猎枪对着她。她又是个哑巴，被欺负不会开口说话。她动手能力弱，完不成任务，好不容易做好几只玩具娃娃，在她上厕所时还被别人占为己有（上厕所是要申请的，并且只能上下午各一次，她们不能喝太多的水）。黄童童回来后大吵大闹。这很幼稚，也很危险，监控记录得一清二楚，事闹大会被罚处。俞佩华把黄童童叫到一边，让她从自己那儿拿走做好的成品。

黄童童心智极不成熟。在食堂做伙食的欺生（这女人是从她们中抽调在伙食班的），给黄童童打的饭和菜很少，黄童童一直处在饥饿之中。食堂的饭菜并不好，仅能维持生存以及劳动所需要的营养。荤菜比如猪肉不是每餐都有，有也只有那么一点点。黄童童终于失去控制，发泄了压抑已久的不满，把刚打的汤泼到那女人的脸上，烫伤了那女人的脸。这是露出水面了，看得见的错全在黄童童。黄童童因此关了一周的禁闭。

黄童童一周后放出来已不成人样。那地方谁忍受得了。她都有些疯疯癫癫了。俞佩华向方敏要求黄童童在自己工号边做工。方敏意识到俞佩华想帮黄童童。在这里，难得有人对另外一个人表现出同情心，光凭这一点，俞佩华就值得称赞。她同意了。这是俞佩华这么多年向方敏提的唯一请求。

陈和平一直盯着监视器，好像他今天有什么意外的发现。上次陈和平带来一位演员。应该有些年纪了，不过保养得很好，一举一动带着某种受过舞台训练的仪态，既自然，又优雅。陈和平说让演员来体验一下，深入生活对演出有帮助。

你剧本已在排练了？方敏问。

是的，效果意想不到地好。陈和平说。只要说起他的剧作，他就一点不谦虚了。不过倒也不讨厌，他灿烂的孩子般的微笑把"无耻"完全消解了。

什么时候首演？我想看看。方敏说。

陈和平拉住方敏，指了指监视器上的俞佩华和黄童童，说，她们看上去像一对母女。你瞧见了吧，这就是母爱。女人母爱泛滥是极其可怕的。要是主演看到这一幕就好了，她会受到启发。

你可以手把手教给她啊。方敏讥讽道。

方敏听陈和平讲起过他的一次艳遇。女方把他当孩子，源源不断的母爱让陈和平窒息。

她们聚在一起吃饭。打饭的时候，俞佩华已经知道昨天晚上黄童童哭了一夜，同宿舍的人都被她烦死了。"你自己耳聋，我们听得见。""是你亲娘死了还是相好死了？哭丧啊。"同宿舍的人毫不客气。俞佩华这才知道今天黄童童做不好工的原因。俞佩华打好饭坐到黄童童对面。黄童童这会儿看上去蛮高兴的，她用手语问，你出去打算干吗？

俞佩华没想过这个问题。她想了好久不知怎么回答。她想起出事那天，她和儿子在看一场电影。要不是看那场电影，要是当时她在家里，母亲发现阁楼里的秘密时，就不会去报警，那就不会有后来的事，她还在过正常的日子呢。

想去看一场电影。俞佩华比划着。她的手语没黄童童打得漂亮，黄童童的手语带着表情，有情绪的时候，手语会变得快而有力，像飞快地做着某个决断。

黄童童的目光又转向窗外，好像有谁在召唤着她。她说，我恐怕这辈子不能在电影院看一场电影了。

这里很明亮，很干净。劳动成为她们生活的所有。她们会被集中在一起唱歌，唱歌时脑子一片空白。她们不让自己想事。每个人背后都挂着一个长长的暗影。在这里，谁都不谈自己是怎么进来的，奇怪的是过不了多久人人都知道谁干了什么事。黄童童杀死了自己的继父。继父欺负她母亲还欺负她。

如果活儿干得好，你可以像我一样，十七年后就可以去电影院了。俞佩华说。我到时候陪你一起看。她又说。活儿干得好不难，你只要照我说的做，一定能干好。她的手势停在 OK 的位置。

我不可能十七年就能出去。黄童童说。

熄灯铃响了。大家上床。俞佩华没脱衣服，好像脱掉衣服睡觉的话，她会永远留在这儿。她没睡着，时间仿佛停止了。在这儿十七年，她从来没像今天晚上这样感到时间凝滞不动。好像不会再有黎明，长夜将永远留在今晚。这也是她愿意今天继续干活的原因。当然黄童童也是一个重要的原因。她很难想象这个女孩能够承受得了这里的一切，待上漫长的一生。想到黄童童吃饭时高兴的样子，她有些不安。

窗子没有窗帘。月光从窗子射入。月光像一把刀子，插入这间小屋。这个地方没有植物。这个地方不允许有任何遮挡物。有时候俞佩华会认为这个地方也是从地上生长出来的，是这片空旷田野里的另类植物。她们都睡了。在睡梦中，人就落入黑暗之中。如果她们还有意识，应该也是暗的。凭俞佩华的经验，在这里必须修炼到彻底的暗、彻底的无意识，才能熬过漫长的时光。黄童童做不到。在这不足二十平方米的宿舍里，俞佩华住了十七年，每一个角落她都了然于胸。门边上，她们每人有一个小小的格子，存放个人用品。那个地方存放的东西千篇一律。凡是明处的东西都千篇一律。人与人总是不同的。每个人都有自己小小的标记。在这十七年中，去了几个，也来了几个。新来的那人发现床板上刻满了字，是一句诗词：哲人日已远，典刑在夙昔。曾为教师的俞佩华记得那是文天祥的诗，一句很励志的诗。不知道是走的那个妇女留下的还是这之前的人留下的，这次走的女人七十六岁了，她把漫长的岁月留在了这里，她竟在这个地方追慕圣人。俞佩华是上铺，她能看到斜对面那个女人。她已沉沉睡去。俞佩华知道她的床头贴着一幅幼稚的儿童画。不过平时用一块布蒙着。

走道上出现混乱的脚步声。在这里，每个人都是警觉的。她们虽然一动不动，俞佩华相信她们醒了。她们的耳朵一定竖了起来，辨析着走道上的每一个细节。如果能够，她们会让耳朵像手臂那样伸出去，以便听得更清楚。这里出事可不是好事，会殃及每一个人。俞佩华的心揪了一下。

黎明究竟还是会到来的，也只有她这个彻夜不眠的人才会有那种不必要的念头。俞佩华看着月光在窗外的远处消失，看着晨光在窗外的远处一点点升上来。早晨的空气从窗外透进来，是夏天清冷的空气，有点儿庄稼的香味。俞佩华听说离这儿不远处有一片柑橘林。每年柑橘花开的时候，能闻到柑橘皮剥开时那种清香。终于，她听到了起床的铃声。

她洗漱完毕。方敏来了，面色浮肿，一脸憔悴。也许昨晚真的发生了什么。

她跟着方敏来到一间更衣室。她要在这里把身上的这套衣服换掉，换上自己的衬衣。这是一件十七年前穿过的衬衣，她怕不合身了。还可以穿。这十七年，她的身材竟没走样。幸好是夏天，可以穿衬衫。这些十七年前的外套根本无法穿了。

俞佩华看出方敏心情不好。她不敢问。她没资格问一位管教任何问题。她跟着方敏，向大门走去。她第一次看见那扇铁门。来的时候她坐囚车。现在，她得走着出去。方敏走得很快，到了铁门，她回头看了看俞佩华，神情严肃。俞佩华的心悬了起来，好像只要方敏改变主意，她就得回到那个地方。

昨晚出了不好的事，黄童童自杀了。方敏说。她偷藏了厂里的那把镊子，用镊子刺破了血管，幸好发现得早，没生命危险。要是死人的话，是大事件，监区会被究责。

俞佩华愣在那里，好像她的思维停止了运转。这感觉很像她出事那一天。

俞佩华收到一张话剧的票子。票子做得相当考究，比普通票子要细长，上面印着一个不知道谁画的尖顶房子，一半黑一半红。边上印着剧名：《带阁楼的房子》；座号：六排十三号。她猜想应该是方敏寄给她的。她不吃惊。在那儿，方敏告诉过她，有人准备以她的故事写一出戏。在方敏的安排下，她和作家见面。她没办法拒绝，在那儿，她没有任何拒绝的权利，她必须配合。只是她什么也不想说。那人戴着一副精致的黑框眼镜，笑起来依旧带着奇怪的孩子气，表情和善，至少没把她当怪物。她怀疑这么一个天真的人能写一出戏。作家在她心目中是鲁迅那样的形象，警觉、严厉、深刻，一眼可以把人看穿。眼前这个人，他的目光单纯，好像在他眼里，她是位天使。她不是。她是个罪人，法庭也是这么判的。这一点必须清楚。那天她没说什么，全是作家在自说自话，但方敏后来对她说，作家觉得很有收获，因为他握她的手时，她的手很暖和，比一般女性要暖和。这是一个重要的细节。作家是这么告诉方敏的。

现在住的房子是租的。刑期快到前的一个月，方敏问起她出狱后的打算。她不可能回老家。她让自己的亲人都抬不起头来，她不能再出现在他们面前，让他们平复的伤口再次被揭开。她想找一个地方度过余生。方敏主动提出帮她租房子。房子在北部城郊，房租便宜，合她心意。在里面劳作每月有五百元补助（前些年没那么多），十七年下来积下五万多块钱。汶川地震时她捐了两千元。其他的钱她没用过。在那儿她没任何消费，生活降到最低程度。

她很快找到了工作。她去了一家玩具厂。十七年的训练让她已是一位最优秀的工人。车间主任对她还算照顾，从来不问她的来历。民营小企业不关心你来自哪里。

有一天她突然思念起自己的儿子。她回了一趟老家。她不敢让人看见她。他们一定以为她将在牢里待上一辈子，人们见到她会吓坏吗？把她当成鬼吗？也许他们根本认不出她来了。她躲在家对面公园的一棵大树后面观察。儿子和她想象的完全不一样，她差不多认不出他来了，他面色苍白，看上去一副落魄的样子，脸上带着长期熬夜后产生的混乱气息。她后悔来看他。这应该早已料得到的。出了那样的事，同她有关的人都不会好过。她把他们的生活毁掉了。某一刻，她有冲动想站到儿子面前，告诉他，妈妈出来了。她忍住了。她不能这样做。那天她在大树后独自掉泪，待到天黑，然后安静地离开。最好装作是一个不在世上的人，这对儿子是最好的。不过儿子也许早已把她当成不存在的人了。

她不再想儿子。她更多想黄童童。她听说黄童童治愈后又关了禁闭。她写过信。黄童童没回。她相当忧心。她曾许诺过会去看她。当时黄童童不相信是对的。她没有勇气。那里的人都认识她，在她们眼里她或许不配以自由人身份到那里探监。她想，也许黄童童过段日子会回她信的。

这天是一个星期天，是话剧首演的日子。她收到票子时心里一直在争斗，是不是要去看。那是个噩梦，为什么要去面对它呢？她自己都快忘掉了那档子事了。她起床，叠好被子，像在那里一样，她把被子叠得有棱有角。她有几次想改掉这个习惯，发现很难。另外她怕一旦改掉，她的生活和精神会垮掉，变得不可收拾。她最终决定去看戏。也许能见到方敏，可以问问黄童童的近况。

出门前她收拾了一下自己。她需要坐一个半小时的公交车才能到市中心。她坐在六公园的长椅上，看到西湖边游客摩肩接踵。一个中年男人走过时一直看着她，目光毫无遮拦。中年男人走了一段路，脚步慢下来，然后停住，往回转，在她坐着的那把长椅上坐下来。那男人说，给一百元，可不可以同他开房。她吃了一惊。这个男人怎么会往这边想？她吓坏了，马上站起来，几乎是逃跑的，样子十分狼狈。直到走远，她才回想刚才那一幕，有点无来由的兴奋。她竟有那么一点点后悔没跟他去。那人看上去不讨厌。她很久没有了。没碰过男人的身体。她几乎也感觉不到自己的身体。她努力把脑子里浮现的画面抹去，星星之火得尽早熄灭。她无法向另外一个人敞开。很多时候她更希望自己成为空气，别人看不到她。

在南山路的一个角落有一家不起眼的玩具店，很窄的一个门，店里很冷清。老板娘说她们卖的是高档玩具，不是地摊货。进去后，里面空间倒是挺大的，布置得很考究，每一个玩具都有固定的龛子，好像它们是供奉在那里的神祇。她看到绿皮火车、金色五子棋、红色的奥特曼、定量版金刚、微型恐龙骨架……在墙壁的空白处，挂着一些抽象油画，绚烂的光点和线条天真而随性。这时候，她看到在转角处有一只洋娃娃。她吓了一跳，那玩具同她做的几乎一模一样，四十厘米那种，棕红的头发，蓝眼睛，向上翘着的嘴唇，还有穿着的裙子，全都是她记忆中的模样。她最初本能地缩了缩身子，好像重回那个幽闭的监所。一会儿，她慢慢恢复了体力，伸出手去，把那只性感的娃娃从龛子里取了出来。这款产品，从她手中生产了成千上万只。她仔细辨别，是不是自己做的。

她拿起玩具娃娃闻了一下，好像那儿真的留存着她的气味或黄童童的气味。老板娘是个时髦的女人，奇怪地看着她的举动。我要这个。她说。她没看老板娘一眼。价格不便宜，一千二百元。她有点不敢相信。不管是不是那个厂子的产品，她没想到她做的娃娃值这么多钱。那她一年创造了多少价值啊。老板娘夸她有眼光，说这款娃娃是店里最畅销的，许多人都喜欢。老板娘开始替她打包。她说，不用，只要娃娃。老板娘说，这盒子多漂亮啊，免费的，为什么不要呢。她不再反对。盒子确实漂亮，也许洋娃娃放在这样的盒子里才这么值钱。她对老板娘说，我是做洋娃娃的，这种娃娃我做了无数个，数都数不清了。老板娘的脸突然沉了下来，说，我这儿的东西都是进口的，同国产是两回事。

从玩具店出来，俞佩华很高兴。她伸手摸了一下口袋，那张戏票在的。今晚她一定要想办法见到方敏，托方敏把洋娃娃送给黄童童。盒子必须掷掉，那个地方每样东西她们都要开包检查个透。她喜欢把一个没有包装的洋娃娃交给方敏，那感觉像是她刚刚从车间里生产出来一样。她答应过黄童童，会送她一个。她想黄童童会高兴的。她虽然不能把洋娃娃带进宿舍，不能抱着洋娃娃睡觉，因为洋娃娃里面有金属，会有安全隐患，但某些特殊的日子（比如联欢会），管教会允许她和洋娃娃待一段时光。

俞佩华抱着洋娃娃，盼着夜晚的降临。

方敏和陈和平早早坐在胜利剧院。观众陆陆续续地到来。方敏看出陈和平有些紧张，他应该在担心剧场能否坐满。要是空出一大块是很难看的。观众比方敏想象的要多，在开场前十分钟几乎满座了。陈和平又得意起来，对方敏说，现在看话剧是时尚，你应该多看戏才对。看戏的大多数是年轻人。方敏在前排寻找俞佩华的影子。俞佩华在第六排十三号。她在十排。她不确定俞佩华会不会来。在三分钟之前，那个位置是空着的。这会儿，那里已坐着一个人。她很快认出来了，就是她，端正地坐在那里，腰板挺直，好像在那里听一堂思罪课。方敏不知道她是什么时候进来的，她真的像影子一样无声无息。不过那地方的人都有点像影子。她想过去打个招呼，转念放弃了。这样或许会让俞佩华不能安心看戏。等演出结束再说吧。

对俞佩华，方敏怀着同陈和平一样的好奇心。方敏作为俞佩华的管教，和俞佩华相处了十七年，她在那里的行为堪称楷模，没有一个人能像她那样如此严酷对待自己，不允自己出一丝一毫的差错，这种意志力无人能及。方敏相信，这样的人干什么都能成事。另一方面，她一点也不了解俞佩华。她杀了自己的叔叔。九年后，案子意外暴露。那时候她已结婚生子。她承认犯案，在法庭上详述了杀死叔叔的整个过程，并坦承当时神志清醒，但法官问她动机，她要么回答不知道要么沉默。在每一次的思过教育时，她发言全是判决书上的判词，只是加深了程度，并且表现出真诚和悔恨，从不涉及当年为何要这么干。陈和平采访她，也是这种态度。有时候方敏觉得俞佩华依旧是一个陌生人，是一个谜。这也是陈和平试图用戏剧的形式探索她内心的原因吧。方敏想看看陈和平怎么理解俞佩华。

七点半，演出正式开始了。俞佩华怀着好奇心看着女主角声嘶力竭地一唱三叹。她好久才认出她来，她见过她一面。一年前她跟着作家来过那里。她提的问题毫无逻辑，无法回答。看了一会儿，俞佩华断定这戏虽然有她的影子，但已同她没有太多关系，那演员演的不是她。她打了一个长长的哈欠。边上一个年轻女孩恶狠狠地瞪了她一眼。她打起精神装作专注地看戏。

方敏也很快得出结论，这出戏对俞佩华的故事作了全新的想象和拓展。职业也改了。戏中女主角父亲被人谋财害命。女主角和母亲相依为命。一年后，远在广州工作的叔叔住进了这一家，叔叔充当起父亲的角色。女主角对叔叔和母亲结合非常反感，并怀疑父亲的死与此有关。有一天，女主角洗澡时，叔叔意外闯入，虽然叔叔看上去是无意的，但女主角认为叔叔居心不良。

女主角有一个邻家妹妹，是个哑巴，她喜欢在屋顶攀援，满脑子幻想。夜里，哑巴妹妹来到女主角房间。哑巴说（手语配字幕），我梦见你爸爸了，她同我说，他是被你叔叔杀害的。女主角相信这是父亲托梦给哑巴妹妹。看来她的怀疑并非无本之木。哑巴问，要真是这样，你打算怎么办？女主角说，我会杀了他。在舞台的暗处，叔叔听见女主角和哑巴说的话。女主角出门时，看见叔叔匆匆离去的背影。女主角感到不安。

女主角在硫酸厂工作。叔叔和母亲结合以及背后的阴谋开始在厂里流传。有同事拿此事当面嘲笑女主角。女主角像豹子一样扑过去，掐住那位同事的脖子。有人拖开了女主角。女主角告诫所有人，要是有人再敢造谣，再敢胡说八道，她会把硫酸泼到他脸上。话说得狠，但女主角看上去很无助，她蜷缩着抽泣起来，浑身打战。

方敏看出来，导演是用日常化的方式处理戏剧性，舞台平和沉静，某种悬疑氛围又让观众感觉到不安。演员显然完全没有做到导演想要的，表演略显夸张。音乐不错。她没把感受告诉陈和平，免得他笑话她这个外行。

女主角的疑心越来越重，变得疯疯癫癫。女主角发疯的戏演得好极了，每一句话都像胡言乱语，可句句都如利剑刺向叔叔。叔叔认为侄女得了疯症，在母亲的恳求下，叔叔把她送往精神病院治疗。

此时，整个剧场鸦雀无声。观众沉浸在某种悲剧氛围之中。六排十三号的俞佩华一如既往地挺直腰板，这个动作坐下后没有动过，仿佛她是一尊雕像。方敏想，如果剧场里每个人都如俞佩华这样，演员会崩溃。

演出继续。女主角从医院出来后回到硫酸厂工作。她变了一个人，沉默寡言，独来独往。她恨叔叔残忍地把她送进疯人院。他们用各种仪器对付她（她没病不肯吃药被电击过）。现在女主角坚信是叔叔杀死了父亲。叔叔不但占有了父亲的财产还占有了母亲。接着女主角又遭受了一次打击，她十分喜欢的哑巴妹妹，在一次攀援中意外从屋顶落下摔死了。对哑巴妹妹的死，女主角怀疑是叔叔所为。

一天，家中无人，叔叔喝醉了酒来到女主角的房间，叔叔酒气熏天，说侄女冤枉他，他为这个家操碎了心，可侄女从来不感谢他，还……叔叔悲伤地哭泣起来。女主角把早已准备好的二十颗安眠药放入开水中，递给叔叔。叔叔拿过杯子，仿佛得到巨大的安慰，悲伤地哭了，口中说，我的好侄女，谢谢，谢谢你接纳叔叔，然后一口喝掉开水。在安眠药的作用下，叔叔睡死过去。女主角用一根电话线勒死了叔叔。她把叔叔拖到卫生间浴缸里，把她从硫酸厂搞来的硫酸倒在叔叔的尸体上。在舞台上冒出一股白烟……

> 女主角：没流一滴血，他就死了。（她看了看上苍，好像爸爸和哑巴妹妹正看着她）看到了吗？这个魔鬼已化成了一股烟。不过，还有几根白骨，可是我的硫酸用完了。（突然失声痛哭）我杀人了，我做得对吗？为什么你们沉默不语？也许我真的生病了，我总是心神不宁，妈妈说我已疯了，邻居也说我神志不清……（慢慢平复，自语）我还得处理这几根残骨……等等，我想起来了，我房间有一只盒子，我把残骨放在盒子里吧……

方敏研读过俞佩华的案宗，剧中杀死叔叔的场景，除了对话，其中的细节和俞佩华在法庭上的陈述完全一致。从开场到现在过去了一小时，应该还有差不多一半的戏。叔叔已经死了，下面会发生什么？叔叔突然消失，母亲非常伤心，疑虑重重。邻居们倒是没感到任何奇怪，他们都带着嘲讽的口吻说男人抛弃这家子回广州了。

故事的转折来自父亲案子的破获。父亲是被另一个人杀的，警察抓到了那个人，那人也招供了。这件事震惊了女主角。这么说她无缘无故杀了一个人？难道是她错了？难道是因为她不能接受叔叔和母亲的行为，把想象当成了事实？难道当年自己真的因为失心而疯魔过？也许这就是她被送往医院的原因。

愧疚感开始折磨女主角。母亲又念叨起叔叔，对女主角说，我知道你不喜欢他，但你生病时，他每周来医院看你，只是你不肯见他，他很伤心。他如今在哪里？怎么把我们抛弃了呢？

戏开始向高潮推进。女主角在楼道口对着阁楼祭祀。这一场面震撼了方敏。舞台的灯光是红黑两色。黑的这一方是女人，红的是阁楼。舞台上只有女主角一人，她烧了很多纸钱，然后高举三支清香，说出大段台词，台词里面纠结着痛苦、悔过、悲伤和恐惧，她被抛入万劫不复的深渊里挣扎。那被灯光打成红色的阁楼里突然传来叔叔的声音：可怜的侄女，你把我放在阁楼，你在你的头上悬了一把剑啊……

方敏落泪了。陈和平转头看她。她有点不好意思。

终于到高潮阶段。左邻右舍都在传说这间带阁楼的房子是一间鬼屋。母亲变得疑神疑鬼，她决定请来道士，在屋子里作一场法事。

一帮道士穿着道服在舞台上跳着阴森的舞蹈，嘴中念着咒语。咒语伴着音乐，仿佛这咒语来自另一个世界，既神秘又悲悯。其中一个道士手中握着一把宝剑，剑刃闪出寒光。道士的剑突然向上一指，轰的一声，阁楼上掉下一只盒子。母亲打开盒子，昏厥了过去……

方敏看到六排十三号站了起来。俞佩华退场了。这一行为可以理解为她忍受不了内心被人窥探，也可以理解为她不喜欢这出戏。方敏很想跟她出去，问问她看戏的感受。戏还没结束，这样做显然不合适。她看着俞佩华穿过黑暗的剧场，消失在剧场的门口。

尾声。舞台的布景中间出现一块电影屏幕。女主角和儿子坐在舞台上，从舞台的环境可以看出两人在看一场电影，播放的是《东方快车谋杀案》。

剧终。剧场里响起热烈的掌声。接下来是演员谢幕的环节。舞台上大灯亮起。主持人开始一一介绍并感谢演员以及主创。首先演员们依次上台谢幕。有观众献花给主演。最后是导演登场。编剧原本是不用上台的，但主持人一定要陈和平说几句。陈和平客气了一下上台了，他没多说，只感谢了一个人，他没说出名字，大概只有方敏听出来他在感谢俞佩华。可惜俞佩华已经走了。在舞台光耀下，陈和平显出和平常不同的风度，举手投足很有艺术家风范，且不做作。方敏有点刮目相看了。在主持人的鼓动下，观众的手机成为一支一支的光棒，在黑暗的剧场内晃动，向主创致敬。方敏想，这一刻，这些演员无论演的是主角还是配角一定都很幸福，是人生的高光时刻。看戏的人久久不肯散去。

方敏等着陈和平从台上下来，然后一起向剧场外走去。

方敏没想到的是，在剧场的大厅，俞佩华正等她。她看不出俞佩华此时的心情，她的表情永远是那么平淡。俞佩华的手中捧着一只洋娃娃，方敏看出来了，洋娃娃和里面生产的几乎一模一样。

方敏说，怎么样，戏还好吗？

俞佩华没有回答。好像根本没看戏这回事。她把玩具娃娃递给方敏，拜托方敏，把它带给黄童童。

俞佩华说，我答应过她的，我会送她一只洋娃娃。

方敏愣住了。她没接玩具娃娃。好一会儿，方敏长长地舒了一口气，艰难地说，黄童童已不在女子监区了。

俞佩华吃了一惊，问，黄童童去哪里了？方敏转过头，回避了俞佩华的目光，没有回答她。俞佩华面色突然变得狰狞，她几乎是喊出了声，告诉我，她在哪里？方敏吃了一惊。十七年来，她第一次感受到俞佩华不被驯服的力量，她似乎理解了十七年，不对，应该是二十六年前俞佩华的行为。

方敏和陈和平对视了一下，陈和平看上去像白痴一样不明所以，同刚才在台上谢幕时判若两人。

过　往

　　蓝山咖啡馆晚上十点半后生意好了起来。它在永城大剧院北侧的一个小巷子里。有演出的晚上，一些观众（大都是年轻人）会来这儿喝一杯咖啡，吃一碟点心，讨论一会儿剧情，然后回家。演出结束后，演员们喜欢去永江边的大排档庆祝，平常他们更多在中午或排练的间隙来这儿讨论，顺便填饱肚子。广济巷曲折幽深，道边的香樟树树冠彼此交叉，快把天空遮蔽了，巷子里的中式旧建筑在这个城市里可算是硕果仅存，让这条巷子显出古雅之意。蓝山咖啡馆闹中取静，生意不错。

　　黄德高和另外一个人在咖啡馆已待了一阵子。黄德高胃口惊人，每次来这儿他都会点一份商务套餐，外加一只汉堡，一杯咖啡。小小的咖啡杯子和汉堡放在一起显得相当突兀。他是个喜欢说话的人，一直在和对面的人滔滔不绝。对面的那个男人大约三十多岁，寡言沉静，一刻不停地注视着黄德高。他的左眼混浊，看人的时候仿佛对不准焦距。不过另一只眼睛倒是特别明亮。

　　"你的左眼瞎了吗？"黄德高问。

　　"模模糊糊看得见。"对方说。

"你看我时，左边那只眼睛好像在看另一个地方。"黄德高说。

一个时髦的女人正从左边过来，衣着鲜艳，超出她年龄，脸上还留有演出彩妆的痕迹。黄德高猜想她应该是一个演员。这年龄的演员大概过气了。

今天黄德高心情有些复杂。这是他最后一单生意。早些年他在省城接单，生意越来越不好做，他已被挤到永城这地界了。干完这单他想金盆洗手，从此远走他乡，隐姓埋名，过另一种生活。他的另一个身份是诗人。以往每次他把单子放出去之前，都会和对方谈诗，不管对方听得懂听不懂，他会把自己写的诗念给对方听。他经常重复的诗句是：我可怜的身体，如此消瘦，像这块土地一样贫瘠，一如我的出身，饥饿是我的灵魂。忍受匮乏，罪孽深重。亲爱的，你是我渴望的甘泉，让我清洁……是一句情诗，不过他早已把这句诗当成他的《心经》，他的大明咒。他相信这句话从他口中念出来后，一切便可以完美达成。今天，他没念。这是最后一单生意，他不准备念，以此表明他诀别江湖的决心。

他已把桌子上的食物吃完了。他心满意足地看了一眼杯盘狼藉的桌子，点上一支雪茄，深深吸了一口，吐出浓重的烟雾，然后把手伸进夹克胸口，拿出一只信封，交到对方手中。虽然已是夏天，黄德高办事时喜欢穿这件黑色夹克，这是他办事的行头，他固执地相信这黑夹克会给他带来好运。

"所有的资料都在里面，包括定金，另一半完事后再付。"黄德高说。

对面的人打开信封，先把一张银行卡取出来，对着窗口看了一眼，好像借此可以辨别真伪。他把银行卡放到自己的衬衫口袋里，然后抽出信封里的照片，看起来。有三张照片。一个板寸头男子，方脸，眉毛稀疏，此人戴着一副墨镜，有两只大号的招风耳朵，看上去气场逼人，有老大派头。第二张，此人穿着黑色T恤，表情严肃地看着某处。再一张，

在某个澡堂，他上身赤裸，下半身浸泡在池子里，偌大的池子里只有他
一个人，眼睛警觉地看着某处，好像他意识到有人正在偷拍他。

"仇家是谁？"对方问。

"这不是你该管的事。"黄德高说。

"我要知道他是不是命当该死。"对方很固执。

黄德高笑了。他觉得对方是个有原则的人。他喜欢有原则的人。有
原则的人靠谱。不过黄德高的原则是他不会把委托人的信息告诉任何
人。这是江湖规则。

"失子之恨。"黄德高胡乱编了一个。

对方似乎很满意，收起信封，站了起来，说："知道了，给我三天
时间。"

黄德高把抽了一半的雪茄按在咖啡杯子里，掐灭："事成后通知我，
下次见面还在这儿。"黄德高伸出手，那人犹豫了一下，也伸出手。两
人敷衍地握了一下。这一握让黄德高心里颇不踏实。他想，也许今天犯
了一个错误，他没念那句诗。一种毫无来由的不安让他一遍一遍默念起
那诗句。他希望为时不晚。

走出蓝山咖啡馆，黄德高回头往咖啡馆内望了一眼。那个服饰艳丽
的女人站起来看着他。他对她没兴趣。他的目光越过她的头顶，看到蓝
山咖啡馆那只超大电视机上满屏烟花，因为电视机静音，使烟花看起来
相当落寞，好像这个世界因此深不可测。

一

虽然每晚回家都已是凌晨，秋生还是每天早上九点钟准时到公司。
办公室在锦瑟年华娱乐城的顶楼。这是娱乐城最安静的时刻，要到下午

才会有一些客人来这儿唱歌或跳舞。当然高潮还是晚上，人们身体里的激情似乎到了晚上才蠢蠢欲动，好像夜晚对人们而言自带荷尔蒙，引导人们去追逐音乐、美酒或女人。有时候秋生想，要是没有夜晚，这世界该有多么单调。

即便在办公室里秋生也喜欢戴着墨镜。他穿着衬衣，衬衫领子雪白挺括，板寸头让那两只招风耳朵更为显眼。保镖进来说，夏生在楼下有事找他。秋生皱了皱眉头。已有好久没见到弟弟夏生了，一年或者更久？记不得了。他们兄弟之间不来往很久了。秋生让保镖去把夏生带上来。

夏生站在秋生面前，面容苍白，显得有点拘谨。夏生知道秋生讨厌他是一名戏子。夏生在永城越剧团做演员，扮小生，混迹在一堆女演员中，身上一点男子气魄都没有了。秋生有一次对他出言不逊，说他最恨的一件事就是男人娘娘腔。秋生感到奇了个怪了，同父同母所生，他们兄弟俩完全是两种人。

夏生热爱演戏，舞台让他快乐。夏生对秋生的看法不以为然。秋生总喜欢把自己那套人生逻辑强加到他身上。秋生是错的。人生哪里可以如此单一，秋生也不是人生模板（事实上他也不配成为模板）。夏生自有夏生的活法。每次秋生像一位父亲一样训斥夏生时，夏生都是一只耳朵进一只耳朵出。有一次，秋生甚至要夏生辞了剧团的公职，到他的公司来做艺术总监。"你在这儿随便混混都比演戏强，现在谁还看你们的戏？"秋生说。自那以后，夏生不再愿意见秋生。秋生偶尔会打电话给他，问他近况，夏生都说很好。夏生知道秋生关心他，只是夏生反感秋生的关心里暗藏着一个父亲（有时候甚至是上帝）的角色。

一个星期之前，夏生收到母亲的来信。母亲在信里说她得了重病。她没有详述自己得了什么病，只说自己弥留在世的时间不多，想在最后的时光同秋生和夏生生活在一起。母亲在信里没有提起冬好。这也算正常，以冬好的状况，在与不在没什么区别了。夏生收到信后心情复杂。母亲是她那一代最出色的戏曲演员。越剧演员无论小生旦角或是老生小丑，基本上清一色由女性出演，夏生作为一个男生成为这个剧种的一员，不能不说是受到母亲的影响。虽然夏生和母亲在同一个圈子里，见面的次数却不多。母亲晚年嫁了一个老干部，去了北京。据说老干部是她的戏迷。母亲定居北京后，夏生没去过她的家，母亲也不太和子女联络（不过没去北京前母亲也很少联系他们）。有几次夏生进京演出，请母亲看戏，母亲和秋生一个德性，看戏后没一句好话，挑的全是毛病。"你都演成什么样子！你的才华及不上秋生的小指头。"母亲说这话让夏生既生气又委屈。秋生五大三粗，对戏根本不感兴趣，母亲竟拿他同秋生比。夏生从来没见识过秋生有任何戏曲才华，没听秋生唱过一句戏。不过母亲一直偏爱秋生，偏爱到不讲常理。夏生也就见怪不怪了。后来夏生能不见母亲就不见。夏生偶尔会想起母亲，她在忙些什么呢？在北京过得好吗？不过也只是一个念头而已，转瞬即逝。那日突然收到母亲的信，夏生还是蛮吃惊的。

　　夏生坐在秋生大办公桌对面，低着头，一副丧气样。他能感受到墨镜背后秋生的目光。夏生不想先开口，等着秋生先说话。兄弟俩沉默了好长一阵子。秋生问："碰到麻烦了？"夏生摇了摇头。秋生松了一口气，说："那就好。"

　　秋生问起庄凌凌："还同那个姓庄的女人搞在一起？"夏生没回答。夏生怕出乱子。秋生几年前派人警告过庄凌凌，要庄凌凌放过夏生。秋生传话给庄凌凌，说庄凌凌都可以当夏生妈的人，难道要耽误夏生一辈子？夏生对秋生的做派一向不以为然，即便是对他的关心，也过于粗暴。秋生振振有词，说你得有自己的生活。

夏生不想同秋生多拉家常。每次都是这样，聊到后来都是一个结果——不欢而散。好像他们彼此有仇似的。从前不是这样的，小时候，秋生从母亲那里偷了钱，在街头买雪糕，总是不忘给夏生买一块最好的，然后到处找夏生，找到夏生时雪糕都融化了。秋生打他一记后脑勺，说，你快吃掉，否则我不给你吃了。说着自己咽一口口水。夏生乖巧地让秋生吃一口，秋生凶狠地白他一眼，不再理他。

夏生从口袋里掏出母亲的信，递给秋生。秋生很快扫了一眼母亲的信，轻蔑地说："你就为这事来的？她也给我写过信，我没理她，我警告你，你也别理她。"

夏生直视秋生。秋生的反应他是料得到的。"她快要死了呀。"夏生说。"鬼才信她，她嘴里没一句真话。"秋生说。似乎说得还不够强烈，秋生又说："她要死了才想起我们来？早先呢？早先她只知道一个人找乐子，这辈子像没见过男人似的。"夏生低下头，秋生的说法他无法反驳。母亲这辈子有几次婚姻？五次还是六次？多得让夏生记不过来了。

夏生今天是硬着头皮来找秋生的。这事拖了一周了。母亲信里写得很清楚，她现在一个人生活，感到很孤单。母亲难道又离开了那老干部？不管怎么样，她快死了，做儿子的不能不管她。他希望秋生能把母亲接来，秋生家大，又有保姆，可以照顾母亲。

秋生把那封信还给夏生。他转了话题，问："你那新戏排得怎样了？"夏生很吃惊。他没想到秋生关心起他的戏来。秋生一向以夏生是演员为耻的，他不知道秋生这是何意。

一个月前，庄凌凌弄来一个剧本，非常棒。夏生也没多想秋生何以知道此事，秋生总有办法知道他想知道的，他长着一双奇怪的耳朵，好像他的耳朵在整个永城飞，没有什么事瞒得了他。夏生说："还没排呢。钱还没找到。现在排戏就是把钱倒水里，本都收不回来，没人愿意赞助。"秋生讥讽道:"你们是把自己砸到了水里,你们一心想淹死,没人能救得了你们,早上岸早超生。"秋生还是老调调。

夏生再一次认定,和秋生谈戏就是鸡同鸭讲,自取其辱,千万不要涉及这个领域。夏生打算早些离开。他站起来准备告辞。秋生一动不动。他又打开抽屉,像在找什么。夏生本来打算走的,以为秋生改了主意,站着看秋生。秋生抬起头来说:"我警告你,你不要把她接来,你要是接来,我饶不了你。"

夏生刚升起的希望一下子破灭。他艰难地咽了一口唾沫,低下了头,转身往办公室外走。他明白所谓的"饶不了你"的意思,就是秋生会揍他一顿。夏生从小没少挨秋生的揍,对他好也揍,教训他也揍。夏生往外走时,听到背后传来秋生的声音:"如果你把她接回来,我也会把她赶走的。"夏生心里冷笑了一下,想,秋生管不了他,他完全可以自己做主。他决定把母亲接回来。

夏生走后,秋生一下子颓然倒在沙发上。一会儿,他站起来,突然唱起戏来,尖细的曲调轻柔地从他嘴中出来,和他的形象形成奇怪的反差。好像这会儿他穿上了水袖戏服,成了舞台上的花旦,兰花指跷着,身段妖娆。这些戏都是秋生小时候在黑暗的剧场看着演员们排练学的。不过秋生从来没在任何人前展示过他的"才艺"。那时候母亲到哪里都喜欢带着秋生。剧团排练时,秋生在黑暗的剧院里钻来钻去。有时候去化妆间,天热的时候,那些女人几乎袒胸露乳。她们喜欢把秋生叫成干儿子。母亲不愿意她们这么叫,她经常说的一句话就是,他差点要了我的命,生他时我难产,不许你们当他的干娘。母亲越是这么说,那些女人越要占秋生的便宜。

那时候他们一家还是团聚的。母亲的演戏事业是这个家庭的中心。父亲是永城文化馆的一位音乐老师,可他的心思都在母亲身上。他正在根据母亲的演艺特长编写一出新戏，希望此剧能挖掘母亲的所有优点。很多人认为父亲不谙世道，行为怪异。秋生也信不过父亲，不认为父亲能写出好看的戏来。只有母亲崇拜并相信父亲，他们很恩爱，甚至在兄妹三人前亲热。"他们是一对活宝。"秋生对妹妹冬好说。但冬好觉得很好，很浪漫。秋生说，浪漫个屁，是不要脸。母亲在永城声名大噪后，父亲建议母亲去省城发展。"永城对你来说太小了。"父亲对母亲说。父亲渴望母亲更大的成功，好像父亲这辈子的事业就是让母亲成名成家。母亲后来真的去了省城。父亲和母亲过起了两地分居的生活。一个男人愿意牺牲自己成全一个女人，虽然疯狂，也是一种美德。母亲去省城时，带走了秋生。

秋生唱完一段戏，屏住呼吸，稳定了一下情绪。他来到垃圾桶前，找一个星期前丢弃在那儿的母亲的来信。信居然还在。他拿了回来，摊开皱成一团的信，看起来。母亲给他的信，言辞和给夏生的完全不一样。在给夏生的信里，母亲对自己来永城显得理所当然，好像回到永城和他们生活是她应有的权利。不过在给秋生的信里，母亲是可怜巴巴的，几乎在乞求秋生收留她，母亲还表达了对秋生的想念。"你是我用命换来的。"一周以前，秋生看到这句话相当反感，这句话他听太多遍，在母亲那里就是一句顺口溜，他不相信里面有什么真情实感。秋生把信折好，放到写字台抽屉里。

保镖敲门后，悄然进来。保镖也是他工作中的助手。秋生想起来了，今天需要去处理一下娱乐城的事。不久前，消防突然来到锦瑟年华娱乐城，找出一堆问题，下面的人搞不掂。他起身，来到大楼下。坐到车上后，他改了主意，同司机说，去广济巷。司机不明所以，掉转车头，向广济巷开去。半个小时后，小车驶入那条著名的由香樟树冠交叉而成的绿色通道，蓝山咖啡馆深绿色的门面一闪而过，咖啡馆的橱窗里放着做好的糕点和一幅巨大的话剧海报。蓝山咖啡馆的主人特别小资，喜欢各种戏剧，是标准的文艺青年。秋生让司机在蓝山咖啡馆前停下。保镖先下车打开车门。秋生出来后，没像往常那样让保镖跟着。他让他们在原地等。

永城越剧团在剧院后庭的一个院子里。就是夏生的单位。秋生怕见到熟人，从院子右侧一小道拐入，那儿有一个窗子，可以进入剧院内。凭着童年的记忆，秋生顺利进入剧院。没有演出的剧院黑暗一片，因为空气不流通，秋生被一股浑浊的霉味呛到了，打了一个响亮的喷嚏。他习惯性地看了看二楼，看管剧院的老头总是在二楼出现。他熟悉这个剧场的每一个角落，舞台后演员的化妆间，更衣室，剧场一楼和二楼中间的小小的电影放映室，虽然几年前剧院做了大的改造，但整体格局没多少变化。

秋生在最后一排坐下。现在他的目光适应了黑暗，剧场内的椅子和走道在黑暗中浮现出来。他默然坐着。连他自己都不清楚为什么来到这儿。他问自己，假设夏生接母亲回来（他断定夏生会这么干），他见不见她？

舞台上突然出现一对男女。两人是从幕后钻出来的，迅速粘在一起。舞台空旷，这对男女看起来很小。秋生看到这一切，很厌恶。这引起了秋生不快的回忆。母亲带着秋生来到省城，先是寄居在母亲同门姐妹家，后来省越剧院分给她一间宿舍。母亲在那个时候，背着父亲和一个男人好上了。

秋生下定决心，如果母亲到来，他决不见她。他悄悄从剧院的前门退出去。在剧场的大厅，他找到电箱，把电闸合上。他知道这会儿，剧场里灯光闪亮，那对赤裸的男女一定惊慌失措。秋生穿过二楼的一个出口，这儿有一个铁梯，可以通往刚才进来的窗口。

　　秋生给孙少波打了个电话。孙少波是红酒商，娱乐城的红酒都是孙少波提供的。这阵子永城流行喝红酒。红酒生意利润高得惊人，秋生在方方面面帮过孙少波不少忙。秋生到蓝山咖啡馆门口，保镖就出来打开车门。秋生竖起食指，向他摇了摇，然后走进咖啡馆。保镖迅速关了车门，严肃地站在咖啡馆门前。蓝山咖啡馆的电视机正在播体育新闻，但只出画面，听不到声音。电视机是新装上去的，奥运会不久将开幕，到时候有很多年轻人会聚到这儿来看比赛。六月，奥运火炬在永城传递，秋生无意中看到了直播，夏生竟然是火炬手。秋生心里有所触动。一个人不管干哪一行要干到夏生这份上也算不容易了。成为一名奥运火炬手无疑代表着对夏生戏曲生涯的认可。不过秋生依旧认为演戏不是什么好职业，这个职业经常会毁掉正常的人生。他们家就是个现成的标本。

　　保镖看到孙总急匆匆朝这边走来。孙总老远向保镖打招呼。保镖问孙总怎么来的，孙总说，车停在剧场门口，这巷子不太好停车。保镖点点头，拉开咖啡馆的小门，让孙总进去。孙少波一眼看见坐在角落里的秋生。

　　孙少波在秋生对面坐下，脸上下意识露出谄媚之色。秋生替孙少波要了一扎啤酒，说："这里的黑啤不错，德国进口的，没掺水。"孙少波听了有点刺耳。有一次他被人告就是因为拉菲里掺水。其实不是掺水，是掺了同一个酒庄出产的红酒。秋生说："我小时就在这一带玩，现在这儿没人认得我了。"孙少波不知如何接口。他知道秋生不是和他来怀旧的。他喝了一大口啤酒。刚才跑得快，确实有点口渴了。

　　好一会儿，秋生终于说正事。秋生说："帮个忙可以吗？钱我会出的，你出个面就行。"孙少波很快就明白秋生的意思了。秋生想让孙少波出面赞助一笔钱给永城越剧团排一出新戏。孙少波没有理由不答应。秋生说："剧团就在那边，看见了吗？"孙少波说："原来这么有名的剧团在这个角落，我平时都没注意过。"秋生给了孙少波一张名片，说：
"你找他，是剧团团长。等会儿打电话给他吧。"秋生想了想又说："不
要装得像施舍的样子，就说你从小喜欢唱戏，特别崇拜演员，现在有了
点闲钱，想投资艺术，实现心愿。"说完，秋生把服务生招了过来，结
了账。孙少波要抢着结。秋生说："你少来，我拜托你办事，当然我来，
再说这能花几个钱。"

二

从秋生的公司出来，夏生往庄凌凌家走去。一路上，夏生心事重
重。对夏生来说，生命中有一件事他绕不过去，像一个巨大的阴影笼罩
着他，这件事就是父亲有一天失踪了。这个家的分崩离析是在父亲失
踪后。关于父亲失踪这件事，夏生最初不无怨恨。后来夏生进入了演艺
这一行，他听到各种各样来自戏曲界的传说，都是父亲所承受的种种
屈辱，每次夏生听到，有一种如鲠在喉之感，似乎稍稍理解了父亲。父
亲在写完《奔月》后去了省城和母亲会合，那时候母亲在省城还没混出
来，主角轮不到她。为了能把《奔月》搬上舞台，母亲求爷爷告奶奶，
动用了各种手段。父亲几乎没有世俗能力，除了艺术，在别的方面他帮
不上母亲。后来《奔月》一炮走红，还拍成了戏曲电影，母亲因此成了
全国人民熟知的明星，然而父亲神奇般地失踪了。如今二十六年过去
了，父亲依旧下落不明，活不见人，死不见尸，这事想起来就让夏生心
里发怵。那是一种空落落的感觉，夏生的内心生出一种辽阔的空旷感，
这人世间因为父亲的这一行为而变得更为不可捉摸。母亲在父亲失踪后
不断换男人和婚姻，他们兄妹仁则在永城自生自灭。母亲偶尔想起他们
来会寄一大笔钱过来（母亲在钱财方面一向大方），至于他们的生活从

此不闻不问了。庄凌凌算得上是母亲的学生，她经常感叹，你们兄妹三个就像是你爸和你妈拉下的三粒屎，而他们像鸟儿那样飞走了。不过庄凌凌也劝慰过夏生，说，你妈啊，这辈子只喜欢一件事，就是演戏，别的对她来说都不重要。这正是夏生耿耿于怀的地方，他认为母亲被名利迷了心窍，到了对亲情缺乏概念的程度。

庄凌凌住在法院巷的一幢小洋房的阁楼里。这小洋房原来是永城越剧院的团部，后来团部搬到了大剧院，这幢小楼变成了公寓。庄凌凌一直住在这儿。前段听说要拆迁，后来这事就没影了。庄凌凌倒是安于住在这儿，什么都方便，去剧团也近。

夏生进去的时候，庄凌凌穿着睡衣，正在煲汤。这是她的美容汤。当演员的，特别是女演员，别的可以不在意，容颜是最看重的。用庄凌凌的话说，除了一口嗓子、一副皮囊还有什么呢？这是她们的命。

"庄老师。"夏生叫了一声。见夏生来，庄凌凌非常高兴，说："你真有口福，煲了一小时了，野生的河鲫鱼。"

夏生没同庄凌凌说起过母亲来信的事。可能是夏生满脑子往事，脸上有些恍惚，庄凌凌警觉地问："有心事？"夏生没回话。庄凌凌又问："那本子团长不喜欢？"夏生意识到眼下庄凌凌最关心的就是那剧本的事。夏生说："现在团里的状况你也清楚，即便团长看中了，要排出来也不容易，得有钱才行。"

半个月前，庄凌凌拿到一个打印得整整齐齐的本子，让夏生给团长。意思是明确的，她想演女一号。她多次说，要和夏生合作一次。"我们都没合过一台像样的戏。"她强调。庄凌凌已有多年未上舞台了。演戏这件事就是这么残酷，过了四十合适的角色就不多了。庄凌凌和团长关系一直不好，这几年心情差，牢骚就多，谈起团里的事，总是用"乱七八糟"形容。"你们排的都是什么烂戏，只盯着专家、评奖，这样搞下去，会把所有的观众都赶跑。"庄凌凌公开这么说。

　　团里的人都知道夏生和庄凌凌的关系。这让夏生有些为难。他不知道怎么同团长开口。这年头，靠市场养不活剧团，演出的资金基本上是政府拨下来的。政府倡导主旋律，鼓励排反映现实的戏，这些年夏生一直在演当代楷模。早几年，戏曲界也排过不少现代戏，不过那时候是为了寻求越剧的可能性，引进了很多别的艺术手段，音乐和舞蹈都搞得很先锋，结果是传统戏迷看不懂，年轻人也不接受，观众变得越来越少。不管这样的实践是成功还是失败，总还是值得的，现在的状况和当时的探索完全不同，现在直白地同你讲，戏曲就是"高台教化"，所以要多排现代戏，否则政府没理由资助。庄凌凌说，现代戏尝试一下我不反对，但全是这玩意儿，实在难以忍受，把越剧所有的程式都毁掉了。庄凌凌说得不无道理，没了水袖，演出时夏生常常不知怎么走台步。

　　庄凌凌说："我明天找那土匪（庄凌凌私下叫团长为土匪）去。不是没钱吗？钱我去弄来，好不容易搞到这么好的本子，不排是瞎了眼。"夏生犹豫了一下，说："你还是别去了，我去问团长吧。"庄凌凌脸上露出妩媚的笑容，说："这就对了，你现在是团里的台柱子，你的话还是有分量的。"夏生说："现在演员就是个屁。"庄凌凌表示同意，说："戚老师在团里的时候，做演员才风光，演员是灵魂，导演、团长都捧着你妈。哪像现在，我们变得一钱不值了。"

　　庄凌凌突然提起母亲，夏生愣了一下。庄凌凌注意到夏生的表情，问："怎么啦？"夏生说没事。他们一起吃鱼汤。庄凌凌给夏生喂鱼汤。庄凌凌这样做不仅仅是亲昵，也是习惯。夏生算得上是庄凌凌带大的，庄凌凌在夏生这儿有时候更像一位母亲。夏生说自己来吧。庄凌凌说肯定有心事。夏生就让庄凌凌喂鱼汤。庄凌凌继续着话题："你妈妈这样的人，也就是在当年才过得好，要是现在，还不被踩得像蚂蚁一样。"

庄凌凌让夏生陪她睡一会儿。夏生没心情，不过还是上了床。天很热，一会儿两个人都汗津津的，庄凌凌整张脸都涨开了，双眼迷离。庄凌凌突然赤身裸体地在床上表演新剧本中的片段。床吱吱作响。夏生想象水袖在空中水波似的翻动。夏生觉得这时的庄凌凌特别美。

母亲来永城这件事一直压在夏生的心里。夏生的注意力涣散，眼前表演的庄凌凌成为模糊的一团。后来，庄凌凌揪着他的耳朵，他才醒过神来。

"你肯定有心事！是不是团长看了剧本不满意？"庄凌凌现在脑子里只有剧本，这会儿她的表情像是天要塌下来一样。夏生这次没办法，只好把母亲来信以及他早上找秋生商量的情况说给庄凌凌听。庄凌凌躺下来，难得温柔地问："戚老师真的快要死了？"夏生双眼茫然，说："不知道，她信里这么说。""秋生不同意你妈回来？"庄凌凌问。夏生仰躺着，看着天花板。

"看来你妈也老了，折腾了一辈子，到底还是想起你们来了。"庄凌凌说。

夏生坐起来，穿上衬衫。他不喜欢在床上讨论母亲，好像母亲这会儿正看着他。

三

下午两点半，夏生去剧团。一路上，脑子里依旧是早上见秋生的情形。夏生理解秋生的反应，秋生曾同他说过，他这辈子不会再原谅母亲。夏生想，他要是秋生，一样不会原谅母亲。

虽然他们兄妹仁就像庄凌凌所说的是父母拉下的三粒屎，但他们还是暗自成长。秋生担起家长的角色。冬好不服管，因此经常被秋生暴君般对待，动不动要惩罚冬好。夏生被秋生揍怕了，倒是很乖。冬好十六岁那年，不再上学。冬好唱着"乌溜溜的黑眼珠和你的笑脸"和永城一帮时髦青年混。冬好喜欢唱这首歌，因为冬好也有一对乌溜溜的黑眼珠。冬好学着香港明星烫了一个爆炸头，打扮前卫，还学会了霹雳舞。冬好经常戴着露着五指的黑手套，穿着当时流行的宽裆窄口裤，在永城的舞厅出没。秋生受不了冬好不学好，有一次到舞厅把正在跳舞的冬好扛在肩上带回家，并把冬好锁在屋子里好几天。冬好让夏生替她把锁打开。夏生不敢。冬好骂夏生是一个奴才，秋生的奴才。后来，冬好从窗口爬了出去，从此经常夜宿在外，偶尔才回家睡觉。

半年后冬好被人睡大了肚子。冬好开始还想隐瞒，最终还是让秋生看了出来。在秋生的逼问下，冬好承认了，说出了那个男人的名字。冬好那时候还没死心，一心一意爱着那个男人，等着那个男人来娶她。她对秋生说，哥，你不要为难他，是我自己愿意的，错都在我。秋生找过那家伙，是个有家庭的人，这个流氓根本不认是他让冬好怀了孕。那家伙说，冬好的男朋友多得很，鬼知道肚子里的孩子是谁的。秋生终于明白了冬好的处境，这个人不会为冬好做任何事，他不会负责。可悲的是冬好却依旧存着痴念，纠缠其中，不肯放手。

没有任何办法，秋生唯一能想得起来解决这个问题的人只有母亲。那一年秋生带着冬好去省城找母亲。那时候父亲失踪已有八年，母亲则已声名远播，演艺事业如日中天。秋生带着妹妹来到省城，希望母亲可以联系一个医生把胎打掉。母亲突然接到北京的通知，某首长想听她唱戏，她不管不顾，抛下秋生和冬好去了北京。母亲说，随便哪家医院都可以的，手术不复杂。那一年秋生只有十八岁，一点经验也没有，他走投无路，感觉天都要塌下来了。冬好怀孕后一直在崩溃中。

母亲在秋生少年时买给他的自行车还在车库里，那天晚上秋生决定带着冬好骑自行车回永城。省城和永城之间相隔一百多公里，他使尽全力踏着踏板，在黑夜中穿行。自行车后座上的冬好一直在哭个不停。自行车颠簸得太厉害了，那天晚上，冬好流产了。秋生并不知道，只听到冬好在喊叫。他厌烦冬好的叫声，都是她自找的。

秋生骑了整整一夜。第二天清晨到了永城，秋生才觉得不对头。那时冬好已经安静了，双手抱着他，脸贴在他的背上。前面是秋生所读的永城二中，二中的左侧有一条小河。秋生把自行车停在桥头，借着晨光，看到一大片血迹粘在冬好裤子上，也粘在自行车上。血迹已经干了，结成了黑色的块。愤怒就在那一刻彻底击垮了秋生的理智，好像是为了发泄愤怒，他把自行车抛入那条小河中。河水激起巨大的水花。

就是那天早晨，秋生带着几乎迈不动步子的冬好，找到那个男人，当着冬好的面，把那人打得半身不遂。可怜的冬好，还一心想着和那男人重拾旧好，满脑子都是自我欺骗带来的幻想，以为男人最终会来娶她。看到这个残忍的场景，冬好当场崩溃。秋生因此坐了六年的牢。

秋生坐牢那阵子，是夏生照顾冬好。后来冬好的精神状态越来越不好，几次自杀送医。夏生没有办法，只能把冬好送进精神病院。中间接出来几次，没多久旧病复发，只好再送进去。他们这个家就这样彻底毁掉了。

一会儿，夏生进入广济巷。走过蓝山咖啡馆时，他看到秋生从里面出来，一脸不高兴的样子。他怕秋生看到他，在一棵香樟树后面躲了一会儿，直到秋生的汽车开走。

剧团驻地就在广济巷垂直的那条巷子里，属于永城大剧院的附属建筑，办公条件局促。正南的两层小楼用于办公以及存放道具，小院子四周是宿舍，未婚的演员们大都住在宿舍里。一些演员不是本地人，或从艺校毕业，或从别的团调来。

　　团长办公室的门紧闭着。夏生敲了几下，里面没有动静。夏生朝对面的宿舍望了望，天气闷热，几个女演员的宿舍门敞开着，她们穿得很少，大大方方地在屋子里走来走去。剧院的女演员似乎从来不把男演员当男人，在化妆间换戏服时也不回避，在宿舍也一样。有一个女演员看到夏生，从屋子里出来，穿了一件男生的背心，连胸罩都没戴。她用手势暗示夏生，团长在里面。

　　夏生不好意思再敲门。夏生近半个月来隔三差五来团里找团长。团长的门总也敲不开，夏生想，团长这是躲着他。这时，夏生看到团长和王静从剧院那边走出来，团长穿着整齐，还系着一条红色领带，王静穿着一件咖啡色吊带衫，不施粉黛。两人样子有点鬼祟。夏生假装没看见，走进自己的办公室。

　　作为剧院的台柱子，团长是很照顾夏生的，特地在剧院的道具室替夏生隔了一间办公室。夏生穿过堆放得杂乱无章的道具间，进入里屋。夏生是个爱干净的人，道具室这么乱实在让人难以忍受。刚分到办公室时，他把道具好好整了一遍。结果管道具的大发雷霆，因为他什么都找不到了。管道具的说，我乱中有序，什么东西放哪儿一清二楚，被你一搞，这么多东西，哪里还找得着。此后，夏生只好忍受道具间的乱。

　　自己的办公室倒是弄得干干净净的。夏生烧了一壶水，替自己泡了一杯茶。团长在就好，今天无论如何要同团长谈谈。

　　响起了敲门声。夏生以为是团长，连忙站起身去开门。是王静。王静还是刚才的样子。夏生怀疑刚才团长和王静也看见了他。夏生看到王静脸上长出一颗痘痘，想开一句玩笑，还是憋了回去。夏生有时候蛮感叹的，这些女演员在舞台上风情万种，走在街上也是人见人爱。在生活中，一个个邋里邋遢，宿舍也臭得要死。和她们同台演出，夏生偶尔会走神想起她们生活中的样子，情感就一下子恍惚了。

　　王静坐在夏生的办公桌上，说："最近来得很勤嘛。"夏生说："你坐好一点，你看你都走光了。"王静看了看自己的吊带衫，她乳房小，她觉得自己的乳房就是露出来也没人要看。王静说："团里好久没排戏了，我都闷死了。"越剧从开始戏迷者众到如今无人追捧，演出的机会是越来越少了。很多演员闲着也是闲着，到处去文艺晚会客串。现在各级政府喜欢搞晚会。服装节。晚会。开渔节。晚会。每场晚会虽以流行歌曲或相声小品为主，也总归需要戏曲点缀一下的。也有些演员干脆去唱堂会，赚些外快，不然都生活不下去了。夏生说："你每天晚上去给有头有脸的人唱堂会，还闷？"王静说："都是些附庸风雅的人，现在饭局上流行唱昆曲，我学了几句。"说着，王静跷起兰花指，唱道，良辰美景奈何天，赏心乐事谁家院……夏生说："行了行了，你这腔调，唱的哪门子昆曲。"王静说："反正这些暴发户也听不出来，只会一个劲叫好。"夏生感到无语。自从白先勇的青春版昆曲《牡丹亭》走红以来，唱腔古雅悠长的昆曲一时成了时尚，有钱有势的人更是趋之若鹜，很多越剧女演员到了饭桌上常常放弃自己的行当，反串着唱几句。夏生庆幸自己是男的，不然大概也不能免俗，同她们一样到处赶饭局，唱堂会。

　　王静直愣愣地看着夏生。夏生问："你看什么？"王静说："听团长说，马上要排戏了，他手里拿到一个好剧本。"夏生愣了一下，问："什么剧本？"王静说："知道你会装傻，都在传剧本是你给团长的。"夏生欣喜，问："你从哪儿听说的？"王静不耐烦了，说："算了算了，当我没说，舞台上演得还不够吗？下了台还演戏，没劲。"夏生说："团长真的说剧本好？"王静说："这还能假，一个字，牛，团长都在找资金了。团长天天带着女演员请大小老板们吃饭呢。妈的，我乳房太小，团长不带我。喂，我就奇了怪了，男人怎么个个喜欢大乳房，你说我是不是去隆个胸啥的？"夏生见王静这么严肃，被她逗笑了，说："你算了，小胸挺好的，我就喜欢小胸。"王静说："吃我豆腐，谁信啊，庄老师的胸……"王静打住话头，靠过来，严肃地说："夏生哥，资金好像有眉目了，我听团长说有人愿意赞助这台戏了。"夏生不敢相信，问："真的？"王静岔开话题，问："听说庄老师想演主角？"夏生敷衍道："这个团长定。"王静说："晚上的饭局，团长让我去，听说那位孙老板，就是愿意投钱的那位冤大头，喜欢听昆曲。"说完，挺直腰板，转身出门了。夏生有些感慨，他曾听一个机关的朋友说，要是机关里一女同事突然霸道起来，一定是"上面"有人了。

夏生等不来团长，想回去了。团长好像在办公室装了监视器似的，从办公室出来，让夏生别走，晚上有饭局，一起去。夏生说："那些老板不是喜欢美女吗？再说我又不会喝酒。"团长说："你去就是。"

团长带着夏生、王静和另外几个女演员到了石浦大酒店。客人还没来，主位空着，团长坐在主位的左边，团长命王静坐在主位右边，并说："王静，你等会儿和孙总好好喝几杯啊。"王静说："怎么让我喝酒？不是唱戏来的嘛。"团长刚要说话，红酒商孙少波到了。孙总只带了一位手下，应是办公室主任之类。孙总的架子大到不行，但还是客气了一番，说："这是团长的位置，我怎么可以坐。"团长向王静使了个眼色，王静就拉着孙总入了主位。那办公室主任殷勤地打开热毛巾递给孙总。团长说："王静，你怎么搞的，不是让你照顾好孙总嘛。"王静嗲声嗲气说："孙总要么我替你擦脸？"

孙总首先打量今天饭局的美女们，最后把目光移到夏生这儿。夏生礼貌地对孙总笑了笑。孙总觉得夏生有点面熟，一时想不起来。他憋不住问："我们在哪儿见过吗？"夏生摇摇头。团长说："可能在海报上见过吧，他是名角。"孙总频频点头，说："对对，有可能。"饭局像往常一样热闹，酒精让所有人兴奋。只有夏生，酒喝得少，冷眼旁观着这狂欢的场景。因为失神，某一刻好像周遭的喧嚣突然消失，他只看到团长、孙总、王静和别的女演员夸张而扭曲的表情，仿佛一幅变形的抽象画在风中飘荡。王静的昆曲倒是唱得清丽脱俗，大出夏生意料。他第一次发现王静嗓音的潜质，如果朝苍凉的方向发展，一定会有独特的面貌。孙总也被王静迷住了，他的手已经不老实了。王静知道团长凶巴巴地盯着她，但她没有收敛，和孙总逢场作戏。团长一杯一杯敬酒，试图把孙总的注意力从王静那儿转到喝酒上。孙总喝高了，他晃晃悠悠站起来，作了两个宣布：一、这戏他来兜底，剧团尽快打个预算给他；二、他虽然没看过剧本，但女主角让王静来演，他喜欢她的嗓音。夏生心一沉，想，糟糕，这是要了庄凌凌的命啊，这可是庄凌凌最后的舞台心愿，她说，此剧后她不再演了，让年轻人折腾去吧。夏生看团长，团长回避了夏生的目光。团长端起酒杯，站起来，向孙总表示感谢。团长字正腔圆，念台词一般说："要是老板们都若孙总这样趣味高雅，我们戏曲就有救了。"到了此时，夏生才意识到团长找他赴饭局的目的。团长明摆着把球做给王静，然后通过夏生所见把情况传给庄凌凌，让庄凌凌有心理准备。

　　散席后又有了插曲，孙总要王静陪他去唱卡拉 OK。团长反应快，说："好啊，孙总，确实余兴未尽，我们一起唱歌去。"孙总却板下脸来，说："我就喜欢同女主角一起唱，你们回去吧。"气氛刹那僵了。王静求救的目光投向团长。团长纠结了好长时间，又担心煮熟的鸭子飞了，咬了咬牙，打起哈哈："孙总啊，你可不能欺负女主角啊。"然后搂住夏生，大着舌头说："林夏生，你叫辆车送我回去。"孙总油亮亮的笑脸突然冻住了，换了个人似的，一下子变得十分严肃。他拉住团长问："他叫什么？"团长说："夏生啊，我们团的台柱子，演男主角。"孙总问："姓林？"团长点头，不明所以。孙总拍了一下自己的脑门子，暗想，怪不得先前觉得面熟，这个叫林夏生的演员原来有点儿像林秋生，虽然长得一个南一个北，气质完全不同，但总归是同一个爹娘生的，神似。孙总问夏生："你是不是有个哥哥叫秋生？"夏生没回答。孙总打了个长长的哈欠，对团长说："你今天的酒劲儿挺大，我有点困了，这样吧，今天就到这儿，都散了吧。"团长终于松了口气，赔着笑说："孙总放心，女主角一定让王静来演。"孙总不言语。夏生想，不管从哪个方向看，庄凌凌离主演越来越远了。形势比人强，想起庄凌凌一心盼着这个角色，夏生感到难过。他决定，要是庄凌凌最后真的没法上舞台，他就和她同进退，辞演男一，也许只有这样才能让庄凌凌好受一点。

送走了孙总，团长把夏生叫到一边，说要同他谈谈。夏生说："明天不行吗？"团长一定要今晚谈。夏生跟着团长向剧团走去。

夜已经很深了，街上行人不多。街灯昏暗，好像因为无人欣赏而显得无精打采。十分钟后，夏生和团长来到剧团。没去参加饭局的女孩子们都已睡了。在没有演出的日子，她们打发无聊的办法就是在宿舍睡大觉。

团长没有进自己办公室，而是进了夏生那道具间，进门前还看了看走道上有没有人，好像团长和他之间有见不得人的勾当似的。团长在沙发上坐下。团长的额头上渗着亮晶晶的汗珠。天虽热，团长坚持着西装系领带，似乎他只有穿成这样，剧团才是体面的，才能让外界认为他们是国家正规单位，而不是野鸡部队。夏生办公室的空调不是很好，夏生怕团长中暑，从道具室搬了一把巨大的电扇（这把电扇是用来吹舞台上干冰蒸发的云雾的），对着团长。团长好像被吹出来的风爽到了，长长地舒出一口气。

"夏生啊，终于有人愿意赞助我们了，好事啊。"团长正了一下领带，说，"连续二十天啊，老子天天喝酒，喝得我汗里面都是茅台味，这话是王静说的，我说那你尝尝，她还来真的，我立马就尿了，奶奶的，我们团女人都不是省油的灯。”

夏生的手机响了起来。是庄凌凌打来的。夏生犹豫着要不要接。团长说："你先接。"夏生给团长看手机来电显示，团长沉默了。夏生掐掉了电话。

夏生不再说话。团长坐在那儿，汗更加多了，西装内的衬衫都湿透了，贴着胸口，能见到里面白皙的肌肤。团长停住话头，叹了一口气，说："夏生，今晚的场面你都看到了，你是不是劝劝庄老师？庄老师是好演员，可说实在的，演这个角色太老了，团里还是要多培养年轻演员。"夏生听了觉得刺耳，心想，借口而已，刘晓庆还演少女呢，还是电视剧呢，庄老师没那么老，戏服一穿，重彩一扮，谁又能看得出来？不过，夏生没有把这话说出来。团长看了一下夏生的脸色，知道自己说错话，连忙说："庄老师当然还很年轻，但我能有什么办法？这么同你说吧，今天的饭局是王静张罗的，孙总投钱完全是为了王静，不让王静演，钱不会到我们账上。没钱，再好的剧本有个屁用。"夏生有点疑惑，这说法似乎同王静说的不一样。庄凌凌说得没错，团长就是个"笑面虎"，城府深得很，没一句真话。

夏生伸出手，说："把剧本还我，我还给庄老师，这戏不演了。"团长一下子跳起来，说："夏生，你疯了！这么好的本子哪里去找？你怎么舍得放弃这样的角色？这么复杂的角色你一辈子都难得碰到。"团长这么说，夏生不是没有动心，他从看剧本那一刻起就被这个角色迷住了。但是有一点他明白，他和庄凌凌是捆在一起的，再有诱惑力，得放弃还是要放弃，他不能没有良心。

团长看夏生不再言语，站起来拍了拍夏生的背，安慰他："等资金到账，我们就开排。你可要好好演啊，这戏一定会既叫好又叫座，到时候全国巡演，进京演出都不成问题。"

回家路上，夏生又接到庄凌凌一个电话，他还是掐掉了。他想当面同她说，又想，见了面肯定也不开心，索性回家睡觉了。

第二天，夏生一早醒了过来。钻入脑中的就是怎么同庄凌凌说这件事。手机就在床边，不过，他关机了。他怕自己还没把事情想好，庄凌凌就打电话来。母亲的事也让他心烦意乱。唉，一团乱麻。有时候夏生觉得现实的戏码比戏里面精彩百倍。

后来夏生又迷迷糊糊地睡了过去。等他醒来已近中午。他心一惊，马上起床，打开手机。一下子蹿进来八个未接来电短信。庄凌凌打来五个，团长打来三个。夏生不知道出了什么事，正在思考先给谁打回去，团长的电话进来了。团长说："夏生你终于开机了，你快来，这边打起来了。"一会儿夏生才听明白庄凌凌在剧团闹，和王静厮打成了一团，团长让夏生赶快去劝架。团长说："你把庄老师带回家吧，王静的一缕头发都被庄老师揪下来了，再不来要出人命了。"

夏生没回一句，挂了电话。他也没给庄凌凌回电。他一个人坐在床边，脑子一片空白。他想，他赶去又有什么用？庄凌凌脾气大着呢，是他可以劝得动的？再说，虽然让王静演是孙总的意思，但总归对庄凌凌不公。庄凌凌作为剧团的名角几年没演新戏了，剧团的人都明白真正的原因是庄凌凌和团长不对路。

想起庄凌凌的处境，夏生不免心里有些苍凉感。他和她正式在一起十多年了，庄凌凌除了照顾他，对他几乎没任何要求。他们也没有婚姻，是庄凌凌不同意领证，说，这样很好，要那张纸干吗？夏生知道这是庄凌凌给他留了后路。夏生免不了心生愧疚。

在十年前，无论作为女人还是作为演员，庄凌凌处于一生最好的年华，至少在永城的舞台上她大放异彩，卓然独立。那时候也有很多达官显贵觊觎她的美貌，频频暗示她。庄凌凌心气高傲，抵抗住了诱惑，或者她认为凭自己的才华足以在永城舞台上立足。好时光一去不返，转眼庄凌凌就四十多了，新来的团长更看重年轻演员，每次庄凌凌和团长闹得不愉快，她都会咬牙切齿地说，也许我应该去睡一个官儿，这样你也可以解脱了。秋生知道庄凌凌这是气话，从前红的时候都没动过念，更不要说现在了。可是每次听到这句话，夏生心底百味杂陈，生出身为一名戏曲演员的苍凉感，庄凌凌说出这种狠话她得有多不甘啊。对演员来说，舞台就是生命，离开了舞台，等同于判他们死刑（尽管已没太多人在乎他们的演出）。庄凌凌对这部戏注入了太多的情感，她几乎对剧本的每个细节都了然于胸，如果不能登台，她因此遭受的打击恐怕要好长一段时间才能缓过气来。

夏生起床后，没有打开窗帘，室内依旧是昏暗的。一缕阳光从窗帘的缝隙射入，分外刺眼。小区的绿植在阳光的背后，好像它们是阳光的一部分。夏生看了一眼墙上的钟，十二点快要到了。他到现在还没吃过早饭，奇怪的是他没有一点饥饿感。他目光呆滞地看着钟，脑子好像随着秒钟在缓慢转动。夏生想起了孙总。昨晚孙总主动问起秋生，孙总应该是秋生的朋友。夏生从不和秋生的生意有任何瓜葛，也不纠缠到秋生的社交圈里，他和秋生就像两条平行线，无论想法还是行为都没有交叉点，唯一的交叉点就是他们还有一位共同的母亲。关于庄凌凌的事，他知道很难说得了团长。团长辩才无碍，两件不挨边的事情他可以迅速建立起强大的逻辑，让人无从辩驳。夏生决定找孙总商量一下，也许没有希望，就算是死马当活马医吧。

夏生拿出昨晚孙总给的名片。他本想先打个电话过去，想了想，还是直接去他办公地算了。

夏生没想到孙总见到他会这么客气。孙总的办公室很气派，比秋生的要气派得多。办公桌后面一排的书柜，都是精装本，有二十四史、《史记》《四库全书》等，还有各类西方学术名著和文学名著。夏生在孙总办公桌对面坐下，孙总一定要他坐到办公室右边的一对沙发上，并亲自泡了杯茶。"正宗龙井御树上采摘下来的明前茶。"孙总说。坐定后，孙总客气道："昨晚幸会，有什么事您说一声就行，不用大老远跑来。"很久没有人对夏生如此客气了。在一些场合，比如演出结束，谢幕时，他能感受到作为演员的光荣和尊贵，更多时候，哪怕在酒局上，他经常感到的是不被尊重，那些人喝醉了后总比划着要他唱上一曲。他知道很多演员享受这种点唱，没人让他们唱还难受，但他以此为耻。

　　孙总表面客气，实际上一直观察着夏生。他不知道夏生为何而来。赞助一事是秋生交代他办的，他必须办好。秋生虽然架子大，但秋生对他不薄，他有什么难处，秋生总能帮忙解决。不过他听说最近有人盯上了秋生，要秋生的人头。若秋生有什么意外，他得替自己找个后路。

　　夏生虽然不善言辞，不过孙总马上弄清楚了夏生的来意。同时他还判断出夏生的到来无关秋生，是夏生的个人行为。孙总松了一口气，爽快地说："你放心，我会同你们团长说的，就让庄老师演女一号。"

　　夏生不敢相信这事竟如此轻易地解决了。在回来的路上，夏生还觉得自己在做梦。

四

　　资金到位非常迅速，宴请后的第三天就到剧团账上。剧本的唱词还没有谱好曲，团长已等不及了，对导演说，先排练，需要演唱的地方，演员根据自己的流派唱腔自由发挥，到时候作曲完成了再照作曲的排，或者演员们自我发挥得好，就照演员们的发挥来。总之哪个效果好，用哪个。夏生觉得团长是真喜欢这出戏，他没见过团长如此投入。

庄凌凌今天显得特别高兴也特别得意。很久没有看到她这样满面春风和趾高气扬了。庄凌凌以为她出演主角是昨天她和王静打架的意外收获。昨天一整天她都认为自己与这部戏无缘了。她在团里和王静大打出手后，回到家里一个人放声大哭。她想过找夏生过来，倾诉自己的委屈。但她知道夏生的脾气，这样他会有压力，会放弃这次演出机会，和她共进退。这对夏生不公平。所以，她愿意一个人承受。没想到今天一早，团长就打来电话，让她去排戏。真是喜从天降。这"喜"来得过于突然，她一时不知如何反应，按掉了电话。团长第二次打电话来，她才多不愿意似的答应了，说："刚睡醒，收拾一下就到。"这回是团长按掉了电话。她连早饭也没吃就赶到剧团排练厅了。

昨天从孙总那儿回来，夏生本来想去见庄凌凌的，到了法院巷口，他站住了，想，虽然孙总答应了，可经验告诉他商人善变，哪知道最后会是一个什么结果。他在法院巷一个台阶上坐下来，看着对面的这幢小洋房。小楼红色砖墙因经年失修沾上很多青苔斑痕，二楼阳台白色罗马柱栏杆也几乎变成乌黑色。母亲没调到省城的时候，也曾在这小楼排练。如今那间小排练厅被隔成许多间，住进了不知从哪里搬来的居民。夏生看着这幢熟悉的建筑，觉得这座衰败的小楼像是对他这个行业一个隐喻——戏曲现如今已经没落了。

庄凌凌主演的是戏里的落难公主。戏开始的时候公主才知道自己的真实身份，他们家是皇族正脉，因为宫廷争斗只好隐姓埋名流落民间，几代之后这一族已变成了平民，连他们自己都不知道祖上曾经的光荣。然而突然有人找到这一家，说出了这个惊人秘密。剧情就此展开。夏生演的是新科状元，他慢慢知晓他效忠的皇上的血脉出于异姓，是多年前一次阴谋的产物，皇上的祖先劫掠了宫廷和江山，是一个窃国之贼。在戏里，夏生有过非常艰难的选择，和落难公主有很多对手戏，这些对手戏表明状元心理的转折。

王静出演的是当今皇上的公主，她喜欢上了状元。只是此剧给她的戏份并不多。夏生听说团长要王静演 B 角，庄凌凌生病或有别的事由时可以顶替演主角，王静当场拒绝，说，你当我是要饭的？想让我在心里面每天咒 A 角暴毙？因为有情绪，王静在排练时相当散漫，配戏敷衍。团长训斥王静。王静不服气，转身就出了排练厅。团长跟着出去了。不知道团长施了什么魔法，一会儿王静笑吟吟回来继续排练。

庄凌凌既然是人生赢家，所以也放下身段，在排练间隙主动和王静交流。仔细看王静的头，昨天被她揪下头发的部位似乎真有些稀疏。庄凌凌有点过意不去，道歉当然是没有的，她从自己包里拿出两瓶雅诗兰黛晚霜，是出国的朋友从机场免税商店里买来送给她的。"特别好用。"庄凌凌说。王静客气了一番，还是收下了。夏生看不懂女人之间的事，奇怪王静竟会收下。因为王静收下礼物时脸色并不好看，夏生觉得王静收下的像是两枚定时炸弹，随时会把这出戏炸烂。夏生心里祈祷千万别节外生枝，不然会要了庄凌凌的命。

这一天的排练很顺利，毕竟有一段时间没排新戏了。有戏排对剧团来说就像注入了兴奋剂，平时再怎么不团结，演戏时也只能相互依靠，彼此之间成了一个共同体。夏生喜欢这种共同体的感觉，至少将来开演的那一霎，每一个角色都是这部戏生命的一部分。

排练时演员们都不着戏服，不戴头饰，也没涂油彩。因为身段的需要，水袖还是要穿的，水袖就套在日常穿着的衣服袖子外。庄凌凌对本子研究过多遍，不用导演指导，她也知道这个落难公主的角色其实是小花旦慢慢转变成青衣。关键要演好这个转变过程，要不着痕迹，自然天成。戏鞋还是要穿的，为了使身材更显妖娆，庄凌凌在绣花鞋里面还特意加了增高垫，足足有五寸高，一上午排下来，鞋带把脚背都勒出淤青。夏生则穿着一件深蓝色 T 恤，水袖吊在手臂上，水袖和 T 恤之间露着一截胳膊。夏生这次的行当是官生，程式中少不了官步，也穿着黑丝绒白厚底高靴。戏曲演员的日常就是练功。用行话说：一天不练自己知道，三天不练同行知道，一月不练观众知道。所谓的台上一分钟，台下十年功。是一桩苦活，好在是自己选的，自己喜欢的，总归苦中有乐，乐在其中了。因为演员们穿着奇特，排练场散乱而滑稽，人人都像抽风似的。不过他们习惯了，一个个无比投入，面色庄重，完全入戏了。有些人因为太投入，反而演得过火，被导演叫停，训斥一顿。

排练结束，夏生同庄凌凌说，先回一趟家，去拿一瓶玛歌红酒，再到庄凌凌那儿。这瓶红酒是上次去法国演出时买的，平时舍不得喝，今晚要好好庆贺一下。庄凌凌先回家做菜。

夏生刚进入小区大门，听到有人叫他名字。

夏生心头一热，是母亲在叫他。母亲正在门卫室里，两个看管小区大门的小伙子显得相当亢奋，显然母亲把他俩逗得很开心。夏生有多年没见到母亲了，平常都想不起母亲的样子，不过一见到她，所有的记忆都回来了。母亲没有大变，穿着一件绣着白色细花的浅绿色旗袍，身材没走样。一辈子做演员，在人群中总是提着一股子气，即使老了，举手投足也总是透着一股子腔调。母亲看起来毫无病容，不像是得了不治之症的人。自接到母亲来信，夏生想起母亲，脑子里出现的是母亲卧床不起的画面。夏生松了一口气，母亲看来并无大碍。想起母亲信里的话，夏生觉得母亲可能撒谎了，只是为回来找借口罢了。演戏的人，以为靠表演就可以达成心愿，在旁人看来简直像小丑。

母亲从门卫室出来，一个门卫提着一只中号拉杆箱跟在后面。母亲这样的人，总是找得到愿意帮她的人。夏生把拉杆箱接了过来。拉杆箱不重，也许是夏季，母亲带的行头不多。

母亲说："西门街完全变了，一点也认不出了。当年，我回来，到了西门桥，到处都是我的戏迷，人山人海。现在都没一个人认得我了。"

夏生记得当时的场面。那时候母亲是真正的大明星，街道两边全是欢迎她的戏迷。母亲是个人来疯，她享受乡亲的夹道欢迎。穿过热情的人群，母亲把带来准备给孩子们的饼干、糖果都送给了街坊，见到年长者，母亲还施舍钞票。母亲足足花了两个小时才走完那条狭长的西门街。母亲回到家，精疲力竭，身无分文，连回省城买火车票的钱也没有了。母亲因此落下乐善好施的名声。

母亲跟在夏生后面，东张西望。前几年西门街旧城改造，老街坊都安置到了别的地方，夏生还是有点念旧的，虽然西门街的老屋拆掉了，但他有耐心等着新小区造好。三年等待期间，夏生住庄凌凌家里。

夏生心里想着应该对母亲说些什么。想了半天，说不出一句话。

到了家，母亲突然疲劳了，无力地坐在沙发上。母亲在外面精神，回家就松懈了。夏生想，今天去不了庄凌凌那儿了，一是要照顾母亲，二是母亲不知道他和庄凌凌的关系，他也不想让母亲知道。夏生躲在一边，给庄凌凌发了一个短信，表达歉意。庄凌凌一直没回短信。平常庄凌凌回短信很快的。夏生想庄凌凌大概生气了，感到有点对不住庄凌凌，难得她今天好兴致，特意做了一桌菜。她一定很扫兴。

夏生说："小时候，天气热，我经常给你打扇子，你记得吧？"母亲一脸茫然。夏生猜母亲不会记得这种小事。当年母亲的脑袋里都是戏，家里的三个孩子，除了秋生，她都叫不出名字，直接用老二老三替代了。

母亲指了指夏生的屋子："整得不错，多大？"夏生说："一百一十平。老屋拆掉，分了两套房，另有一套给了冬好。秋生不要。"母亲的眼睛红了，一会儿她说："秋生的公司做得怎样？他都好吧？可怜的秋生，白白坐了六年牢。"

夏生沉默了，他不知怎么同母亲说。兄妹三个，夏生算是最宽容母亲的，但心里面依旧对母亲有诸多不满。他们兄妹仨遭受的罪母亲的责任是逃不掉的。而母亲就是一只把头埋在沙子里的鸵鸟，从来不想了解事情的真相。冬好得病后，母亲去康宁医院探望过，回来大哭一场，难过得要死。之后却再也没去看过冬好，连提都不提起。这只有母亲才做得出来。比如这次，到目前为止，关于冬好，她没一句话。

母亲说："我这辈子就像做了一场梦。查出这个病，我才醒过来。"夏生将信将疑，几乎是机械地问："是什么病？"母亲不回答，眼泪大颗大颗地落下。母亲擦掉眼泪，说："我这不是为自己的病流泪，你们不会懂我的心思。"

夏生的手机响了一下，一看，是庄凌凌的短信，说她已在楼下，来看戚老师。一会儿庄凌凌敲门进来，手中拿着她刚做的几个菜，说，好久不见戚老师了，戚老师精神不错。又说，你们还没吃过饭吧？庄凌凌把菜放在桌上。母亲也不问庄凌凌是怎么知道她来永城的，母亲在这些事上迟钝到令人发指。母亲见到庄凌凌，一改先前的疲态，立马精神了。

第二天，夏生到了团里，刚坐下，团长就来到道具间。团长坐下来，对夏生特别客气，嘴上说："太好了，真是太好了，老天都帮我们忙，天时地利人和啊。"

夏生不知道团长在说什么。大概是遇到什么好事了。团长靠近夏生，问："戚老师回永城了？"

传得真快，大约是庄凌凌说的。夏生想不出母亲回永城，团长这么亢奋干吗。

团长说："夏生，我们这出戏得让戚老师当顾问，这是老天送我们礼物，戚老师的牌子一打，就不怕没观众，至少戚老师的老戏迷都会来捧场。"

　　原来兴奋点在这儿呢。夏生觉得团长是天真了，夏生对母亲现在还有那么强的号召力存疑。再说以母亲的脾气，要是让她掺和进来，少不得会矛盾四起，乱成一锅粥的。夏生刚要开口，团长打断他，好像怕夏生说出不吉利的话来。团长说："明天你在家等着，我来你家看望戚老师。聘书都备好了。你回去先同戚老师打个招呼，让她有个心理准备。"夏生这一点很佩服团长，要么不干，干起来雷厉风行。

　　晚上回家，母亲一个人坐在客厅，在生闷气。夏生以为是自己不替她问医、不关心她的缘故。但是她信中已经说了，她不就医，到时候死了拉倒。夏生误解了，不是为这个，白天母亲去秋生公司找过秋生，还带了特意为秋生买的礼物（一瓶男用香水）。秋生拒见，让手下的人把她赶走。母亲在大堂和保安对骂，说："我是他的娘，为什么不让我进去？"没有人相信母亲的话。有两个黑衣人抬着母亲，把母亲扔到大街上。母亲穿着旗袍倒在地上，双脚朝天的样子，很是狼狈。

　　母亲对夏生说："他这样对我，我真是白生了他。"

　　母亲对秋生有一种奇怪的偏爱。也许就像她说的因为难产。小时候夏生倒经常拍母亲马屁。没用。有年母亲急着回省城，需要买一张火车票的钱。母亲知道秋生有钱，她给孩子们的生活费都寄给秋生的。她可怜巴巴地向秋生要，秋生理都不理她。夏生知道秋生的钱藏在哪里，秋生房间的墙壁上有一个洞，洞口那块砖是活动的，钱藏在里面。母亲听夏生这么说高兴坏了，拿来凳子，踮着脚把手伸入洞里，取出一只盒子。里面除了有二十块钱，还藏着一块钻石牌手表。看到这块手表，母亲和夏生都吃了一惊。这表是失踪的父亲的啊，怎么会在秋生这儿？母亲因为赶火车，也没多想，带着夏生进了当铺，把手表换成了钱。后来又带着夏生进了商店，以最快的速度，给夏生买了一件红色 T 恤，给秋生买了一根金利来皮带，然后赶到火车站走了。夏生很嫉妒，觉得母亲就是偏心，好东西总是留给秋生，他也多么想要一根金利来皮带。夏生把金利来皮带交给秋生时，被秋生揍了一顿，下手从来没这么狠过。秋生还烧掉了皮带。烧掉皮带的那一刻，看着火光和浓烟，夏生是多么惋惜。

母亲一脸委屈地看着夏生。夏生不知怎样劝慰她。夏生想，看来秋生真的对母亲恩怨已绝。

母亲生气归生气，不过亲自上灶做了一桌菜。她说，从秋生那儿回来去菜场买了点海鲜。夏生看着母亲做菜的样子，竟有一些触动。他这辈子从来没有吃过母亲做的菜。这是太阳从西边出来了吗？母亲没有解释，做完菜后，坐下，让夏生吃，自己几乎不吃。母亲问，味道怎样？味道很一般，但夏生不想扫母亲的兴，点头说不错。母亲说，知道你骗我，我这辈子很少做饭，你要是不嫌弃，以后我做给你吃。夏生低着头，控制自己的情绪，虽然算不上可口，却是第一次吃母亲做的菜，他自己也弄不清楚，此时的情绪是多年来压抑着的委屈，还是一种突然被关心的软弱。

新小区很安静，窗外传来戏文声，伴着低沉的二胡演奏，大概是小区里的老年人在花园的亭子里娱乐。夏生有点吃惊听到这曲声，之前他从未听到过。他想，他可能对越剧这种曲调不敏感了。他因此想起团长要母亲做顾问一事，他考虑是不是要告诉母亲，他不确定母亲的身体是否可以胜任。

母亲默默看着夏生吃饭，双眼慢慢泛红，她说："秋生这么恨我吗？"夏生愣了一下，不知如何回答。母亲说："他坐牢时，我去看过他，他不肯见我。"夏生想，难道母亲指望秋生见她时和她相拥哭泣？

母亲说，她去探望秋生那天下着雨。母亲很早就去了，填了约见单，在特见室外排队等候（很多家属比母亲到得早）。管教喊到名字，家属才能进去会见。那天母亲等了一整天，直到走廊上的人散尽。管教告诉母亲，秋生一整天都在车间做工。母亲哭着问怎么秋生不见她。又问管教，秋生在里面缺什么，她带给他。管教没有回答她。母亲从那幢建筑的大门出去，一直在流泪。

"我这三个孩子，就数秋生最有艺术天分。"母亲把头转向窗外，好像她这会儿也听到了曲声。

夏生低头吃菜，没看母亲。他怕看到母亲的眼泪。虽然演员的眼泪说来就来，夏生还是无法面对。

"秋生这孩子心思藏得深，不像我们家的人。我们家一个个二百五，就他什么都放在心里。"母亲说。

夏生惊讶母亲说出这话。看来母亲表面上无心无肝，也还是有洞察力的。

"那时候我还在永城，刚入行，心里不踏实，每次排好戏，都要在秋生面前表演一次。秋生这孩子，不知哪里来的天赋，每次都能指出问题所在，说到我心坎上去，还会像模像样给我示范，可他还是个孩子啊，怎么会懂那么多。那时候我想，要是秋生是个女孩，他一定会成为闪闪发亮的明星。"母亲说。

"你是说秋生会唱戏？我一次也没听过。"夏生觉得母亲在胡扯，太夸张了，她大概把幻象当成了真实，是母亲对秋生的情感投射吧。

"他不肯在人前唱戏。他喜欢摆臭男人的架子，讨厌自己变成一个女人。他啊，唱戏时很妖的。有一次我让秋生在我同行面前唱，他就翻脸了，有一个星期不理我。"母亲表情柔软，脸上露出一丝笑意。

夏生很难相信。他和秋生是兄弟，秋生怎么瞒得了他？一个人的天赋怎么可能深藏不露这么久。

夏生吃饱了，放下筷子。母亲正目光灼灼地看着他，那目光既热切，又带着某种谄媚。母亲说："夏生，你可不可以同秋生说说，就说我快死了，想见他。"

夏生站起来，拿起遥控器，开启电视。他背对着母亲。他的背能感受到母亲的目光。夏生实在是不愿去找秋生，但还是心一软答应了："我空了去找找他吧。"他的背部感受到母亲的兴奋。母亲站起来开始收拾桌子上的剩菜。夏生关掉电视，说："你休息吧，我来收拾。"母亲说："你看你的电视。"

晚上，从母亲房间传来越调，是《奔月》的唱段，母亲唱得很轻，但透着辽阔的清寂和无奈。

> 吞灵药，生翅膀，入了广寒门，
>
> 晓星沉，云母屏，独对烛影深，
>
> 寥廓天河生，
>
> 寂寞云裳赠，
>
> 空悔恨，
>
> 碧海青天夜夜凡尘心……

五

团长几乎没费工夫，母亲就答应做这出戏的顾问。第二天，母亲来到排练现场顾问起来。母亲本来是来看笑话的。她虽然是这个团出去的，可打心眼里瞧不起小剧团。况且现在的年轻演员将太多心思花在别处，没几个会演戏的。当她看完第一场排练，神色严肃起来，向团长要了本子。团长其实昨天已给了她剧本，她放在家里，还没看。母亲坐在排练厅的一角，低头看起剧本来。夏生在排练的间隙，朝母亲坐着的角落里张望。母亲一动不动，专注地看着，好像眼前的喧哗于她根本不存在。直到母亲看完，她抬起头来，目光幽远，泪流满面。厚厚的粉底被泪水冲刷掉了，使她看起来苍老了许多。

中午吃饭的时候，母亲对夏生说："很棒，你的角色一直在两难之中，演员一生中很难有这样的好角色，这是运气，你要珍惜。"来自母亲的肯定，夏生竟有些受宠若惊。母亲很少肯定他的戏，在专业上，他自知和母亲还有差距。因不想让母亲知道和庄凌凌的关系，中午吃快餐时，夏生和庄凌凌坐得很远。这会儿，庄凌凌正和王静聊天。自从庄凌凌送了王静雅诗兰黛后，两个人又像姐妹了。在戏里，两人都是公主，是仇人，争夺同一个状元。戏外倒是一团和气。她俩正在聊着一则八卦，说的是孙总。那天孙总要带她走，把她吓坏了。庄凌凌说："现在的男人真的比不上戏里的男人，所以我愿意活在戏里。"王静却沉溺在自己的话题里，说："也奇怪，我以为孙总还会骚扰我，他好像忘了这事。"王静这么说像是很遗憾似的。这时候，母亲端着快餐盒，坐到庄凌凌边上，说："你的唱腔要纠结，不能太顺畅，你演的这个角色很复杂，她开始没野心，是一次一次的屈辱让她爆发。"母亲已进入顾问的角色了。

这之后，母亲是尽心尽力指点。夏生发现，母亲已经记得每一句台词。夏生很敬佩母亲的记忆力。

排练一周后，孙总来过排练厅。孙总是团长陪着进来的。团长一直赔着笑脸，孙总倒显得很安静，在排练厅角落的椅子上坐下，一言不发看演员们排戏。团长递一根烟给孙总，孙总接住。团长要点烟，孙总摆了摆手。王静暂时还没有戏份，过来同孙总打了声招呼。她上穿一件短袖束腰衫，下着一条裙裤，手里拿着水袖，眼巴巴望着孙总。孙总只是点点头，好像没认出王静来。王静坐到孙总身边。团长白了王静一眼。团长从椅子里站起来叫停排练，他说："夏生第一次见庄凌凌的戏，夏生正春风得意时，要显得趾高气扬，既要庄重，又要带些轻浮。"说完离开了排练厅。夏生愣了一下，庄重和轻浮完全矛盾，如何才能表演出来呢？王静叹了一口气，说："孙总是答应了我的，结果主角还是别人的。"孙总没听见王静抱怨似的，说："你把夏生叫过来，我有话同他说。"夏生下场休息时，王静挽住夏生的胳膊，同他耳语。庄凌凌目光疑虑地看着他俩。一会儿，夏生来到孙总边上，孙总让夏生坐下。两人看演员们继续排练。孙总感叹："人生哪里如戏，现实丑陋无比，戏里的情感多么美好。"夏生没想到孙总这样的成功人士会发出此般感叹。孙总没看夏生一眼，继续说："夏生，你哥秋生有情况，要是方便你告他一声，出门小心。"夏生说："他出了什么事吗？"孙总说："我只能说到这儿。他明白的。"说完孙总突然站了起来，态度同刚才一样严肃。王静已在台上，水袖正朝这边抛来，同时传来的是一阵香风。孙总站住，愣愣地看了看王静，喉结动了一下。

　　母亲特别喜欢王静。王静嘴巴比庄凌凌要甜得多，一口一个戚老师，语调像唱戏，婉转曲折。母亲纠正了王静好多动作。母亲对庄凌凌很严厉，一有不到位的地方，就开骂。从一介平民到确信自己是公主的心理转折时，庄凌凌演得很软弱。母亲骂道："你要高傲、尊贵，想象你是帝王的女儿，别糟踏这么好的角色。"作为母亲的学生，庄凌凌觉得母亲吃里爬外，对外人好，但心里还是暗自佩服母亲，意见一针见血。庄凌凌对剧本已经烂熟，以为吃透了戏，但演戏这件事真是深不见底，总是有深挖的空间。

　　看着母亲这么精神，夏生再次确认母亲信里说的都是扯淡，就不再惦记母亲生病的事了。这天排练，母亲从王静身上抽下水袖，自己套上，给庄凌凌示范身段及表演，大概是由于戏太激越，母亲的脸突然变得苍白，头上冒出汗珠。母亲停了下来，护着腰向休息椅走，脚不小心踩到水袖，差点将她绊倒。她在椅子上坐下，大口喘息。排练停了下来，夏生的心抽了一下，不过也没多问。

晚上，夏生问起母亲的病情。母亲没理他，说："暂时死不了，会活到你们这出戏开演。"语中带刺。夏生不甘心，说："是不是明天陪你去一趟医院？你也没必要天天去做顾问。"母亲白了夏生一眼，说："让我去医院不如你让秋生来见我。"

听到母亲的话，夏生感到内疚。他答应了母亲的，他生性拖拉，一直没去找秋生。他内心拒斥见到秋生，能不见最好不见。秋生和母亲一个德性，不会好好说话。

夏生想起孙总让传的话，也让他有点犯难，他若传话，免不了给秋生一顿臭骂，秋生讨厌别人管他闲事。不过关于孙总所说的事，夏生也没太当回事，他觉得对付这种事秋生有的是办法。

一会儿，夏生出门，进入永城的夜色之中，他拦了一辆的士，去永江边的锦瑟年华娱乐城找秋生。他知道自己此去更大的可能是无功而返，但无论如何他得替母亲跑这一趟。

刚下过一场大雨，这会儿小了一点。的士车窗被雨水淋湿，雨刮器机械地来回运动，夏生看到的街景模糊不清，街头的霓虹灯、路牌、透着光亮的建筑此刻像是河中的倒影，在波光中晃动。对面的车打着远光灯，在雨中射出一道惨白的光，刺得人心慌。的士司机减慢速度，诅咒了几句。

"先生经常去锦瑟年华吗？"司机问。

"不，我不喜欢那儿。"夏生说。

"都这么说，可谁都喜欢往那儿跑是不是？"司机从后视镜中看了看夏生，从口袋里拿出一张名片，递给夏生。"若有需要，你找我，包你满意。"司机说。

夏生看了看名片。名片上印着一个裸露的女人和一个电话号码。夏生把名片攥在手里。他看到那司机再一次通过后视镜观察他。

锦瑟年华到了。夏生付了费，下车。他站在雨中，抬头望了望这座建筑。北边，辽阔的永江完全被它遮挡住了。他看到"锦瑟年华"几个大字在雨中不停地闪烁，字后面的大楼则隐藏于黑暗之中，好像这几个字是凭空出现在空中的。有一个坐轮椅的人从另一个方向进入娱乐城。他的脸显然受过致命打击，面目狰狞，弓着的身子犹如弯弓似的，整个形象显得颇为古怪。夏生奇怪下这么大雨这人竟还有雅兴到这地方来。在娱乐城门口，可以看到一排小姐站在大厅里，每有客人进入，她们就弯腰鞠躬，口中喊"欢迎光临"。那张名片还捏在夏生的手中，夏生看到远处有一只垃圾箱，把名片塞了进去。

秋生的保镖从里面出来，问夏生是不是找秋生。夏生说是的。保镖带着夏生来到电梯边。电梯停留在四楼，这会儿正缓缓下降。电梯的数字一直跳着，像某个倒计时装置。

"生意不错嘛。"夏生没话找话。"还行。"保镖说。"下这么大雨，都有人来？"夏生本来想说，这场面比戏曲演出票房好多了，连坐轮椅的也来。"夜很长，总归要找个地方打发的。"保镖说。"叮"的一声，电梯到了。夏生和保镖进入电梯。电梯四面是镜子，夏生看到自己脸色苍白，形迹可疑。怪不得刚才保镖带着夏生进大厅时，两边的小姐没有弯腰欢迎。她们应该凭直觉辨认得出他不是她们希望的恩客。

保镖带着夏生进了保安室，他让夏生先待会儿，自己则去了秋生那儿。夏生看到保安室有一个监控器，能看到进来的每一个人，还能见到每一个包厢里的情况。难怪保镖会知道夏生的到来。夏生看到刚才那个坐轮椅的人独自待在一个包厢内，不停有小姐进出供他挑选。那人很挑剔，没找到合意的。被拒绝的小姐出去时都松了口气，面带逃过一劫的微笑。

一会儿，保镖回来，告诉夏生，可以去了，秋生正等着他。

秋生还是那副居高临下的令人讨厌的模样，他指了指办公桌前的位置，让夏生坐下。夏生白了秋生一眼，坐在不远处的沙发上。他没说话，长时间看着秋生。母亲说眼前这个人会唱戏，他实在想象不出来。

"你在看什么？我哪里不对吗？"秋生问。

"她来了，在我家里。"夏生说。

"我知道，听说她身体好得很，在给你们的戏当顾问。"秋生说。

夏生想，秋生毕竟还是关心母亲的。他至少还打听了一下母亲的状况。

"听说戏效果好得不得了？"秋生问。

"还好。"夏生奇怪，这段日子秋生老是谈这出戏。夏生不想谈戏，他说："你什么时候来看她？"

秋生狠狠地瞪了夏生一眼，沉默不语。

"她老说你，她说你会唱戏，旦角唱得可好了，她说你是天才，你要是一个女的，会是一朵艺坛奇葩。"夏生觉得自己说这话时带着满满的挖苦。

秋生碰翻了桌子上的茶。他抽出几张餐巾纸，把桌子上的茶水擦干净。他一边抹桌子一边说："你说什么？"秋生语调很轻，但内里有一股子狠劲。夏生了解这种语气意味着什么。当秋生这样说话时，可能会动拳头。

"我是不相信的，但她说你唱得好，说我同你比只有一个小指头的份。"夏生的话里透着不服气。

"你最好别信她。她的话没一句可信。"秋生陡然提高声量，像给夏生一个警告。夏生看着秋生，秋生一脸严正，看不出他在撒谎。夏生疑惑了，他不知该信谁。"她想同你说话，她每天叨念你。你不去看看她？"

"冒这么大雨就为这个来的？"

"是。"

门被敲响了。保镖同秋生耳语了几句，秋生神色严峻，同保镖出去了。秋生不忘回过头来对夏生说："你等我一会儿，我有话同你说。"

空荡荡的办公室只留下了夏生。窗子外，雨依旧下个不停，这间办公室可以看见永江，雨中的永江是暗的，只看得见江边的路灯。偶尔有闪电从天边划过，不过没有雷声。或许是窗子隔音好，听不到。娱乐城在隔音设施方面应该很讲究吧，否则噪声污染会让四邻不得安生。秋生办公室几乎没有任何装饰，那张办公桌悬于一角，显得孤零零的。

秋生一直没回来。夏生想可能娱乐城出了什么事情。夏生从不来这种地方，脑子里的想象反倒更为丰富，他潜意识认为这种地方藏污纳垢，出现棘手问题应该是常态。他记起刚才在保安室的监控，想过去看看究竟发生了什么。保安室的门紧锁着。夏生等得也有点不耐烦了，觉得自己应该说服不了秋生的，不想再多费口舌，从电梯下去，走出了娱乐城。娱乐城的大厅空无一人。他想，大概出事了，他突然想起孙总让传的话，与此有关吗？他犹豫是不是应该留下来，把孙总的话传给秋生。最后，他决定什么也不说，坐上的士回西门街。

夏生进门时，母亲还没睡，她坐在客厅投来探询的目光。见夏生沉默不语，母亲的脸上露出失望的表情。"他说空下来会来看你的。"夏生撒了个谎。"真的吗？"母亲喜出望外。母亲就是这么天真。夏生进了自己的房间。

六

　　秋生回到办公室，夏生已经不在了。

　　刚才秋生去处理娱乐城的事。娱乐城不是个省心的地方，什么人都有。秋生不想娱乐城弄得乌烟瘴气，他给她们定下规矩。在娱乐城，和客人逢场作戏没关系。不能在这儿苟且。可以跟客人走，但出了这个门就同娱乐城无关。即便是这样，依旧会惹出是非。有人中意的小姐被人捷足先登，不乐意了，加上酒劲，就想闹事。有时候双方两队人马就直接开干。自古以来所谓的风月场所概莫能外吧。

　　今晚来了一帮人，明显不是来娱乐的。他们都是年轻人，穿着特别"社会"。他们喝了不少酒，开始在包厢里砸东西。在场的小姐都吓坏了。秋生到现场，看到地上到处都是破碎的酒瓶，红酒和啤酒流了一地，电视机和点唱机都被砸得粉碎，连骰子罐都被砸破了。他们站在那儿鄙夷地看着秋生。凭经验秋生认为他们没喝醉，他们就是来闹事的。秋生一直赔着笑脸，用近乎讨好的方式送他们走。秋生说，招待不周，多多谅解。秋生看到自己的手下一脸不服。不过没有秋生的命令，他们不敢动手。秋生告诉过他们，能用脑子解决的事，就不要动手。在没摸清他们来历之前，秋生不能轻易挑起事端。秋生都没想过让他们赔偿。一台电视机和几瓶酒能值几个钱？

　　秋生送那几个年轻人去大厅的时候，看见一个坐在轮椅上的男人。那人扭曲的脸和残破的身体给秋生留下了深刻的印象。那人目光是明亮而尖利的，他肆无忌惮地看着秋生。秋生的心沉了一下，他认识我吗？秋生翻遍记忆，想不起那人是谁。那人应该是第一次出现在娱乐城。秋生站在雨中，看着大楼外闪烁着的"锦瑟年华"灯箱。他喜欢让霓虹灯彻夜亮着。

　　劳改时秋生在里面做灯泡。灯泡的玻璃以及钨丝都是成品，他要做的就是把这些成品安装在一起。日复一日，秋生不知做了多少大大小小的灯泡。那是一种单调的生活，机械重复的劳作让秋生内心的躁动慢慢平息了。在里面，秋生最喜欢的事是装好灯泡后试验灯泡能不能发光，特别是试验五颜六色的小灯泡串成的装饰灯。当灯泡亮起来时，他的心也会跟着亮一下。秋生因此对以后的生活还存留着指望。

　　夏生第一次来探监，带来了冬好不幸的消息。秋生听了特别难过。夏生那天态度很差，不但不安慰秋生，反而指责起秋生来。夏生说，冬好是秋生害的，冬好对那男人还有情感，她怎么会受得了男人被打成那样，任谁都会崩溃。那时候秋生还没把心里的火气改造掉，不知反省，当场和夏生吵了起来，还给了夏生一记老拳。结果秋生被管教训斥一顿，还被关了禁闭。

　　等到内心的戾气慢慢平复，秋生才意识到夏生讲的不无道理，冬好发疯自己是有责任的，他太冲动了，不但自己付出了代价，也把冬好毁掉了。在夜深人静的时候，秋生会想起冬好那张青春美丽的脸，内心充满懊悔。秋生开始明白这世上处理事情还有另一种方式。这世界并非黑白分明，有时候很难分出对错。秋生想，出去后无论如何不能再使用蛮力，要靠头脑生活。

　　刑满出来后，秋生找不到正经工作，只好给人当马仔。他给老板处理了不少棘手事。他谨记牢里的教训，没再惹出事情。秋生因此深得老板信任。

　　老板对秋生不薄。五年前，老板看中了一幢楼，它北临永江，南边对着一条热闹的马路。它原本是一幢烂尾楼，营建公司断了资金链破产了，那家公司在法院查封前和老板达成交易，老板以很低的价格买了这楼。老板经过一番装修，开了这家娱乐城。秋生也占了公司的股份。最初老板股份占了大头，不过老板一直在撤资，不着痕迹地慢慢把股份转给了秋生。半年前，老板告别江湖，对秋生说去了澳大利亚，可也有人说去了巴西。秋生处处谨慎，独自管理着锦瑟年华娱乐城。

夏生留了一张字条。字条上写着："我不等你了，你哪天如果心血来潮想来看她，你电话我。"夏生用了"心血来潮"这个词。秋生想象夏生写这个词语时一定面带讥讽。秋生知道夏生对他的看法，夏生对他有很多不满。秋生很想为他做事，可不知怎么搞的，夏生现在越来越不想同他讲话了。每次夏生坐在秋生面前，秋生总觉得夏生好像穿着一件无形的隔绝衫，让人无法亲近。

秋生打开电脑，看孙少波带给他的排练录像。录像是孙少波今天向团长要来的。录像是固定机位，像一个监视器俯拍着排练厅，整个排练厅一览无余，每个人都显得很小，因此有些模糊不清。秋生一眼辨认出了母亲。

一周前秋生去过西门街新小区。秋生躲在小区大门对面的一家五金店里，他看着母亲从一辆的士上下来。母亲穿着一件丝质浅绿底白细花旗袍，走路时腰板挺直。秋生一直看着母亲，直到母亲从小区大门口消失。他已经有十八年没见过母亲了。那次带着怀孕的冬好去省城见过母亲后，他再也没见过她。他出狱后，母亲想见他，他拒绝了。几年前，秋生曾在电视新闻上看见过母亲，他本能地换台了，等他再想看她一眼，换回那台，母亲的镜头已经消失。

秋生看着录像，目光一直盯着排练中的母亲。这是秋生从小熟悉的场景，这些吊着水袖、穿着日常服装的演员，在录像里看起来既庄严又滑稽。他看出一些排练中的问题。他记录下来，看看有什么法子传给剧组。录像播放到中途，母亲突然支撑不住，在一张休息椅上坐了下来。秋生心里面竟然激发出奇怪的情感，专注而揪心地看着这一幕。他想，看来母亲真的病得不轻。秋生对自己的反应感到陌生。在里面，他几乎没想过母亲。他刻意让她从自己的记忆中抹去，把她当成不在世上的人。

可还是会有一些母亲的消息传入秋生的耳中。她又离婚了。她又结婚了。她很任性地在一次会议上和某个大人物吵了起来……这是件奇怪的事，为什么这些消息偏偏传到秋生的耳朵里？从里面出来不久，秋生得了一种少见的怪病，由于在里面试验过太多灯泡，用眼过度，出狱后的第二年，他的眼底开裂了，生了几个小孔。他为此需要戴墨镜，减少光线刺激。当秋生得了这种病后，发现很多人都有这种病。后来有一个孕妇告诉秋生，她没怀孕时，街头几乎没有孕妇，当她怀孕后，总是能在街头碰到孕妇。

秋生承认某些关系不是想抹去就可以抹去的，它比理智要来得顽固得多也深刻得多。

有一件事情，秋生从来不去想它。即便在牢里也不想。好像这件事不曾发生过。但它是发生过的。当秋生听到母亲回来的消息，这件事在他的心里慢慢苏醒了，它活了过来。

在省城，秋生撞见了母亲的不忠。母亲哀求他千万不要告诉父亲。他本来想隐瞒此事，但他发现母亲并未因此收敛。他受不了母亲如此"不要脸"。他告诉了父亲。父亲根本不信。那天父亲浑身震颤，拿着一根棍子要揍他。秋生冷冷地看着父亲，等待着棍子落下。对峙了一会儿，父亲扔下棍子，说，你妈是个好女人，你不可以这样侮辱她。当时他觉得父亲无可救药了，非常失望。谁能想得到，父亲在《奔月》搬上舞台后失踪了。母亲来永城找过秋生，问秋生是不是对父亲说过不好的话。秋生当即否定。母亲当年真的是悲伤，一夜之间变得十分憔悴，脸上泪痕斑斑，她不住地摇头，不肯相信秋生的话。母亲一遍一遍地问，你觉得你爸会回来吗？又说，他一定活着，有一天他会回来的。后来秋生才明白父亲一直是母亲的生命支柱，没有了父亲，母亲失去了主心骨，她的生活坍塌了，终于变成了连她自己也难以理解的人。母亲唯一正常的领域大概就是演戏了，一旦到了戏里，母亲就又变成一个懂得人情世故的人。

秋生几乎一夜未睡，满脑子都是往事。第二天，秋生决定去看望冬好。从牢里出来，秋生做的第一件事就是去看望冬好。这些年他几乎每月都去一次康宁医院。

康宁医院在城北偏僻一隅，进入病院需要穿过一道长长的林荫道。行人和车辆不多，好像这条通往医院的路是不吉祥的，人们唯恐避之不及。

秋生和医院院长熟，院长为秋生安排了一间接待室。冬好见到秋生，问秋生："你是谁啊？"秋生习惯了，冬好每次都这样，他把这句话当成问候。秋生试图去握冬好的手，冬好好像见到一条蛇，怕被咬似的，手迅速缩了回去。秋生只好摸了摸冬好的脸。药物使冬好显得有些浮肿。

"冬好，妈妈回来了。"秋生说。

"妈妈，妈妈……"冬好陷入沉思。

"冬好，你忘记妈妈了是不是？要是她不出现，我也忘记了。冬好，我不知道怎么面对她，你知道的，我一直恨她……"秋生摇了摇头，"可她总归是我们的母亲是不是？"秋生好像在说服自己。

冬好一直愣愣地听着，目光炯炯。秋生以为冬好听懂了自己的话，心里升出一丝希望。难道是母亲回来带来了好运？

冬好究竟什么也不懂。她目光瞬间变得黯淡，茫然看着墙上某个点，好像白墙是一块银幕，上面正在上演着什么。一会儿冬好打了个长长的哈欠，目光变得越来越呆滞，她肩膀耷拉着，双手紧张地贴在身上，好像细小的手臂正被什么东西缠住了。也许她正见到一些可怕的事，身子颤抖起来。

"冬好，你看到了什么？"秋生问。

冬好把目光收回来，凄惨地对秋生笑了笑。她的鼻腔里传出曲调："乌溜溜的黑眼睛和你的笑脸……"秋生不忍再看冬好，他的内心一阵酸楚，突然失控，掩面抽泣起来。

秋生相信，因为他向父亲告密母亲的事，父亲才不堪忍受，在人间消失了。他觉得某种意义上是自己毁掉了这个家。要是父亲在，母亲也许不是现在这个样子。冬好也会健康成长，而他也不至于去坐牢。可人生没法假设。没人有能力回头重新活一次。所有的因都是果。

"冬好，哥对不起你。你知道吗？哥是个坏人，哥把一切都毁了……"

秋生说不下去。他已经有多少年没哭过了？自坐牢那天起，他没哭过一次。他不明白自己怎么就失控了。他掩着脸，调整呼吸，让自己的心情平静下来。

冬好走过来，摸了一下他的头。他抬头看冬好，冬好正在傻笑，好像她刚才看见一件好玩的事。

再次回到那条林荫道，秋生看到昨晚那个坐在轮椅上的男人，他突然反应过来，此人就是十八年前被他打残的那位。秋生的心紧了一下。

从牢里出来时，秋生打听过这个人。他想和那人和解。但秋生没有找到他。人们说，那个男人被打残后就在永城消失了。

七

母亲全身心投入到排练中。关于秋生的事不再提起。也许是她健忘的毛病又犯了。或者在一出戏面前，无论秋生还是别的事情都不是重要的。

　　排练十分顺利。团长在一次排练会上宣布 9 月 1 日正式公演。海报竟然也做好了。海报中，母亲放在最中间的位置。边上是夏生和庄凌凌。夏生想，团长难道真的相信母亲有号召力吗？母亲看了海报当然很高兴，她谦虚道："怎么把我放在演员中，我是幕后。"团长说："戚老师是永远的演员。"

　　后来夏生想起演出那天出的状况，认定是这张海报惹的祸。是这张海报激起了母亲内心的渴望。夏生是事后知道的，演出那天，母亲派了王静，让王静偷偷给庄凌凌吃了十颗安眠药。庄凌凌昏睡了过去。母亲是这么对王静说的，你不想当配角对吗？你有一次首演的机会，如果你首演成功了，观众喜欢，谁也取代不了你。王静因为戏份不多，排练时也没太上心，要换成主角，那么多唱词要背熟哪来得及。母亲鼓动道，你有一个下午的时间记台词，你的角色我来演。王静内心惴惴，还是经不住诱惑，愿意冒险。

　　到了开演前半小时，庄凌凌还没出现，团长问夏生，庄凌凌去哪里了？再不到，化妆都来不及了。夏生也不知道庄凌凌下落，打了无数个电话，通了，没人接。夏生想，果然自己的预感没错，究竟还是出了状况。夏生长长叹了一口气。这时王静胆怯了，她没有准备好，她不敢向团长提出来自己可以取代庄凌凌演。眼看着首演要砸，团长着急，票都卖出去了啊，市领导也都请了啊，这可怎么办。他狠狠地骂了庄凌凌几句，关键时掉链子。这时，传来母亲笃定的声音，母亲说："如果实在没办法，我可以救场。我只演一场，以后还是庄凌凌的。"团长看了母亲足足有一分钟，脑子里转过排练时母亲指导的画面，长长地松了口气，命令化妆师："你们站着干吗，赶紧给戚老师化妆。"

　　等庄凌凌醒来，赶到永城大剧院，戏差不多快结束了。她坐在最后一排，她以为是王静取代了自己，不是，是戚老师。在愤怒之际，她瞥见在她前面三排左侧坐着一个熟悉的身影，她认出是秋生。她没多想秋生何以在此，她的情绪在失控的边缘，几乎要哭出声来。她最终还是与这部戏擦肩而过。她付出了这么多心血，白忙一场。命运是多么不公。

庄凌凌定了定神，开始看戏。戏曲是重彩宽袍，戚老师扮相依旧姣好，岁月并没有减损戚老师的舞台风采。她承认戚老师演得非常好，同时，她因为错过了首演，杀人的心都有了。戏的高潮处，全场观众都在流泪，她也在流，只是她流的是愤怒之泪。但是她不能这时候冲上台去发飙，她忍着，等待着戏结束。

母亲在晚上十点四十分离开永城大剧院。她眼前还浮现着庄凌凌打向王静的那记闪电般的耳光，就好像真的有一道光在庄凌凌的手掌和王静的脸颊间闪过。她不意外。这是剧团里经常出现的场景。当庄凌凌把愤怒的目光转向母亲时，母亲非常冷静，说："庄凌凌，以后的戏都是你的，我只是救场。"团长热烈应和，对母亲感激不尽。母亲卸完妆，离开了剧场。母亲知道这是首演，团长会带着演员们去永江边吃夜宵。团长叫母亲了，她当然不能去，天知道接下来还会闹出什么是非。另外，晚上的演出耗尽了她体力，她只想早点回家。

路过蓝山咖啡馆，母亲想喝杯咖啡提提神，顺便歇一会儿。她推门进去，走过一个类似车厢的包间，看到两个人坐在那儿。正面坐着一个穿黑色夹克的男人，相貌堂堂，好像在哪里见过。也许没见过，长得像他这样的男人蛮多的。另一个她只能看到后脑勺。她看到"后脑勺"手中拿着照片，上面竟然是秋生。她顿时警觉。她听到他们的谈话，她没怎么听清，她听到定金以及事成后在这儿支付之类的话。

母亲要了一杯咖啡，在他们边上坐下。现在她听清楚了，他们的谈话越来越让她相信秋生在危险之中。她喝了一口，咖啡太烫，她呛着了，轻咳了几声。那两个人站起来走了。她赶紧跟上去。她还没买单，被服务生叫住。那两个人回头。她看清那个"后脑勺"的脸，一只眼睛贼亮，另一只眼睛飘忽不定，好像在看另外一个地方。此人很瘦，骨架很大，双手会不自觉颤抖（刚才他拿着秋生的照片时就在不住抖动），看上去有些神经质。两人警觉看了她一眼，转身走了。那只超大电视机这会儿正在重播奥运会开幕式，不过把声音调成了静音。此刻电视机上满屏是烟花，透着落寞的气息。

外面是深不可测的夜。街灯暗淡，车流已过了高峰，街头行人已稀。走出广济巷，到了解放路，看到城隍庙飞檐上的小灯泡展现庙宇的轮廓，其余部分都沉入黑暗之中。母亲想起当年带着秋生在城隍庙小吃摊前吃各种小吃，秋生食量惊人，令她惊叹。这段日子，她喜欢回忆从前，可能记起来的关于孩子们的事并不多。许多年来，她就像一束光，射向远方，从不回首。从前的生活都沉入到重重黑暗之中。

夏生回来的时候，看到母亲一副心事重重的样子。夏生以为母亲在为抢了庄凌凌戏而不安。

庄凌凌没去吃夜宵，夏生也没去，晚上夏生一直在庄凌凌家安慰庄凌凌。庄凌凌忍无可忍，当着夏生的面对母亲口出恶言。庄凌凌一边哭，一边说。有一段日子，庄凌凌为了学戏，住在省城母亲家。那时候母亲在省城刚刚起步，每天很晚回家。母亲回家时，庄凌凌殷勤伺候母亲，给母亲打洗脚水，给母亲敲背。母亲往往在这样的放松中睡着了。庄凌凌来省城有自己的目的，她想母亲带她去见见戏曲界的重要人物，她还想在省城的剧团发展。母亲没那么细心体察一个学生的梦想，真以为自己请了一个佣人来。庄凌凌说："你母亲就是个自私鬼，她老了才想起你们，天底下哪里有这种人。"夏生没辩驳。母亲确实自私。后来要不是团长来电话，要庄凌凌准备好演明天的戏，夏生恐怕现在都回不来。

母亲对今晚的事没有任何不安。母亲问了个奇怪的问题："秋生的生意很危险吗？"夏生说："我怎么知道，怎么了？"母亲说："你怎么一点不关心秋生？"夏生想，秋生轮得到他关心？夏生没回话。

八

与往常一样，早晨，秋生走着去公司上班。接近永江时，秋生闻到了空气中特有的海腥味。永江的出口是大海，海水会通过潮汐灌入永江，江水带着咸味，阳光一照，海的气味会更浓烈一些。有一些人在往永江边跑，秋生猜想，江边可能出事了，即便是盛夏也难以抵御人们围观的热情。

昨天晚上，秋生偷偷溜进剧场看了夏生的新戏。他没告诉任何人。当他看到夏生和母亲同台演出时，惊讶得下巴都要掉下来。母亲怎么会登台演戏？一会儿他见怪不怪了，在母亲身上出什么幺蛾子都不足为奇。戏很精彩，秋生看录像时发现的一些问题都得到了改善。母亲还是保持着对戏曲的敏锐感受。

秋生怀着温柔之心看完了母亲和夏生主演的戏。秋生承认母亲身上天生具有一种让人原谅她的气质。母亲身上有一堆毛病，她自私、说谎、逃避责任，可当她一旦穿上戏服，站到观众面前，这些毛病就顿时变得不那么重要了，她的光芒让这些毛病显得无足轻重。这大概是母亲如此折腾还能走到今天的原因。

过了老江桥，那个坐在轮椅上的男人在马路的转弯处出现了。已经是第三次了。他不知道这男人想干什么。人世间时有死结，但也总能找到解决之道。秋生想了想，朝那人走去。男人对秋生发出古怪的微笑。

秋生注意到这个丑陋男人的目光依旧带着冷酷和高傲。秋生站在那人面前，无话找话："这鬼天气，越来越闷热了，从前可没这么热的。"那人对秋生搭讪没感到奇怪，只是抬头看了看天，没有回答秋生。天很蓝，有几朵白云在天边一动不动。好像是为了让那人看清他的脸，秋生蹲了下来，说："还认得我吗？"那人一脸严肃地看着秋生，一会儿突然笑了，他摇摇头，指着自己的脑袋，说："我这儿坏了，被人打坏了，什么都记不得了。"秋生说："我们是不是找个地方喝一杯？"那人低下头，看着人行道，几只蚂蚁在人行道砖块的缝隙间爬行，那人伸手把其中的一只掐死。他抬起头，轻声说："我和你不认识，为何要坐在一起喝酒？"秋生很失望，既然这男人假装不认识自己，只好算了。人生的死结常在一念之间。一念成佛，一念成魔。梦幻泡影，如露如电，皆生于一念。秋生轻轻拍了拍男人的肩走了。

快到公司时，秋生回头朝那边张望，一个瘦长的家伙在问坐在轮椅上的男人一些什么事。不过从两人的表情看，他们显然是不认识的。秋生注意到那瘦长的家伙有一只眼睛好像患了白内障。

秋生进办公室，站在办公室窗口，看着街上的一切。他看到在办公室东边那个路边公园里母亲正神色紧张地往这边张望。秋生想，也许上次对母亲太过分了，母亲不敢再进公司。脱了戏服的母亲光芒不再，瘦弱，苍老，缩小了一号。母亲老了，孤单了，可她终究是位母亲，不管以前她多么折腾，老了总还是想得到儿女们的认同。一会儿，秋生看到那个瘦长的家伙出现在公园里，母亲向那家伙走去。

秋生吩咐保镖把母亲接上来。当他再次站到窗前时，母亲在街头消失了。

九

上午十点半，母亲出现在剧团。母亲变成了光头（原来母亲头上的是假发，夏生和她一起生活了一个多月竟没发现），她的衣服沾满血迹，样子十分骇人。夏生从小害怕见血，见血就会晕过去。夏生努力让自己镇静下来，想，看来母亲重病不是假的。夏生很内疚，他一直不相信母亲已病入膏肓。母亲苍白的脸上表情庄重，甚至带着某种不明所以的骄傲，和母亲平常的不成熟判若两人。剧团的人围着母亲，问："戚老师，你怎么啦？"王静因为受到母亲的欺骗，在一旁不以为然地冷笑，说："大白天的，戏还没开演呢。"母亲没理王静，对夏生说："夏生，你跟我来。"夏生说："好，我这就送你去医院。"团长派了一辆车，要送。母亲拒绝，她说："我找夏生有话说。"夏生跟着母亲来到一个角落。母亲说："夏生，你听好，我杀人了，你送我去派出所投案。你不要担心，我是将死之人，我不怕。"

夏生再次来到秋生的办公室。秋生已听说了母亲的事。秋生非常震惊，不过秋生并不奇怪母亲做出这样的事。少年时在省城，秋生骑着自行车带着母亲在一条小巷子穿行，有一次秋生差点撞着一个小孩，幸好及时刹车。孩子的父亲身材魁梧，大概也被吓坏了，一把把秋生从自行车上揪下来，要揍秋生。就在这时，母亲冲过来揪住那个男人，高喊，你敢动一下我儿子看看，老娘杀了你。母亲的气势把那人镇住了。母亲的身体里面藏着惊人的能量。

秋生接过夏生递过来的一只用来装文件的信封。秋生看到信封，就想起黄德高。这是黄德高的单子。谁装在这个信封里都意味着死亡。昨天秋生看戏回来，在娱乐城见过黄德高，黄德高是特意来向他告别的，说明天他将飞去香港，不回来了。黄德高舒了一口长长的气，好像因为吐出这口气而感到无比的轻松。一会儿，黄德高带走了一位小姐。

秋生打开信封，从里面抽出三张照片。他看到自己的"尊容"。秋生不是没有想过这一出，但看到一个装入信封的自己，还是超出他的想象。最近娱乐城发生的一系列事情，让他警觉，但他没想到如此危险，竟有人想置他于死地。他思考背后的人是谁。是那个被他打残的男人吗？或者是某个对"锦瑟年华"另有所图的江湖中人？他了解过那天来店里打砸的那帮年轻人的身份，来自秋生从前老板的死敌。难道因为老板隐退江湖，他们就拿他来复仇泄恨？但如果那人想要解决他也不需要黄德高啊，他手下的人就足够。假如是坐在轮椅上的男人，也不合惯例，他已经出来这么多年了，为什么此时才来报仇？后来警察问秋生时，秋生并没有提起那个轮椅上的男人，老板的仇人也没有提及。江湖的事江湖解决。

"她在看守所？"秋生问。夏生点点头，说："她生病是真的，她说，她会在一个月后死，是医生告诉她的。"秋生把头转向窗外。天越来越热了，街角的那个公园植物蓬勃，其中点缀的花盆开着缤纷的花朵。只是再也见不到母亲的身影。

"她想你去看她。"夏生说。秋生白了夏生一眼，他当然要去看的，难道他是一个如此铁石心肠的人吗？夏生总是对他充满误解。秋生又从信封里抽出照片，看了一眼。母亲经常说的一句话是"你是我拿命换来的"，这一次母亲真的是拿命换了他的命。

秋生在看守所看见母亲时，母亲的脸上露出天真的笑容，那是一种从心里涌出的笑容，一种满足感，根本看不出她刚杀了人。

"我知道你会来看我的。"这是母亲说的第一句话。

秋生强忍住自己的情感，握住母亲的手。母亲的手很小，很柔软，好像没有骨头，也没有重量。他很难想象这双手怎么有力气杀人。听说她包里藏着刀子，让那个左眼患白内障的家伙一刀毙命。

"你怎么找到那个人的？"秋生问。

"天意。"母亲说，"你相信有天意吗？"

秋生不信。不过他没说。

"现在你安全了吗？"母亲问。

秋生没回答。

"警察介入了，应该没事了。"母亲断定。

秋生仔细看着母亲，瘦弱的母亲给他一种轻如鸿毛的感觉，秋生想起放在手心的死去的麻雀（刚才握住母亲的手就是这种感觉），死去的麻雀没有一点点重量，好像因为死亡，麻雀的肉身也跟着消失了，只留下一身的羽毛。母亲没有把假发戴上，光头的母亲并不难看，母亲的头型匀称，看上去像画片上的尼姑。秋生看过母亲演尼姑的戏，不过那时候并没剃发，化妆师把母亲的头发藏在人造的头皮下，头型和现在完全不一样。他看到母亲神色安详，好像她因为终于做了一件早该做的事而心安理得。

母亲看到秋生瞅她的头，说："化疗的缘故，头发全掉光了。"

"为什么不治了？"秋生问。

"没必要。我倒想活。有一天我和医生闹，让医生告诉我还能活多久。医生被我烦死了，一生气就告诉我，最多三个月。我愣住了。我问他真的假的。医生没回答，我知道是真的。"母亲看了秋生一眼，又说，"我就从医院逃出来，回永城了，我得在死前看看你们。"

秋生一直知道母亲是勇敢的。比父亲要勇敢得多。秋生又想，母亲生这么重的病独自住在医院里也没告诉他和夏生，母亲表面上简单，实际上心里什么都明白的吧。

秋生搞到了母亲的病历，给母亲办了保外就医。母亲不肯去医院。

秋生威胁母亲，不去医院就得去看守所。母亲还是乖乖听话了。进永城第一医院后，照例是一系列的检查，动用各种仪器。对于这种检查，母亲很不耐烦。秋生说："检查一下也好的，万一北京检查错了呢？"说着秋生把母亲从床上抱起来，放到检查床上。秋生抱着母亲，再一次想起死去的麻雀。母亲身体的瘦弱程度让秋生吃惊，真的没有一点分量了。母亲搂着秋生的脖子，诡异地笑起来，像一个孩子一样配合。秋生想，他和母亲从来没这么亲近过，这让秋生感到心酸。

医生看到检查结果，非常吃惊，几乎不敢相信。医生说，照理来说母亲应该失去意识了的，但母亲看起来尚好，这是奇迹。

一天，病房里只有夏生和母亲，母亲突然说："我想去看看冬好。"夏生想，母亲终于想起冬好来了，他以为母亲早已把冬好排除在记忆之外了。夏生说："好，我向医生说明一下，明天上午我陪你去。"母亲说："不用同医生说，医生很烦。"夏生点了点头。母亲说："冬好能认出我来吗？"夏生不响。母亲说："上次她没认出我来，当自己是孕妇，摸着肚子，一直喊着宝宝。"夏生看着窗外。每次想起冬好，他都心情沉重。

早上，夏生很早就起来了。天色微明。他来到医院时，看到母亲一个人坐在黑暗中，早已梳妆打扮好了，身上穿着回永城时穿的那件浅绿色旗袍，为了遮掩病容，脸部施了厚粉底，唇膏也涂得艳。母亲去公共场所向来是隆重的。

一会儿，两人乘公交车去康宁医院。车上，母子俩没说话，母亲看上去心事重重。母亲这会儿在想什么呢？夏生偶尔会去看冬好，回来后要好些日子才能平复内心的压抑和悲伤。每次夏生都是怀着恐惧去看冬好的。

公交车在大庆路站停下来时，母亲也没同夏生打招呼，突然跳下了车。夏生也跟了下去。母亲脸色苍白，穿过车站后面的人行道，穿过人行道边的树林，径直来到建筑物的墙边，无力地瘫坐在水泥地上。她的双眼早已沾满了泪水。母亲说起她那次去看冬好的情形。那天冬好突然说起小时候的事情，说妈妈偏心，总是把好吃的偷偷塞给秋生，还告诉秋生不要同冬好说，冬好会记仇的。母亲吓了一跳，以为冬好终于清醒过来了，激动地对冬好说，冬好，你醒了对吗？你认出妈妈来了对不对？冬好，是妈妈不好，你要吃什么，妈妈这就买好吃的给你。冬好没醒，冬好没理会母亲，脸上露出仿佛看透一切的微笑，慢慢地，那微笑变成了试图控制又抑制不住的狰狞大笑……母亲边哭边说。

母亲终于平静下来。母亲已没有勇气去看冬好了。夏生想，不看也罢，看与不看又有什么区别呢？对冬好来说，一切都已没有意义了。夏生叫了辆出租车，和母亲回到了医院。那天，母亲一整天情绪低落。

十

这之后，母亲的身体每况愈下，她看上去极度憔悴，同先前判若两人。好像看望冬好这件事彻底击垮了母亲。母亲出神地看了一会儿窗外。一院在闹市区，窗外是高楼，在高楼的间隙能见到天空的一角，像一块巨大的蓝色玻璃屏，在屏上，零星有几只鸟儿飞过。秋生经常来陪母亲，这会儿他安静地坐在母亲的对面。

"秋生，你说你爸还活着吗？他怎么就突然消失了呢？有好多个晚上，我以为他回家了，打开门，门外什么也没有。"母亲说。

秋生不敢看母亲。自从父亲离家出走后，这个家再也没人提起过父亲。秋生以为母亲应该早已把父亲忘得一干二净了的。她后来有那么多次婚姻。

"他要是死了，我可以去见他了。我要向他道歉对不对？"母亲的目光看上去十分无辜，好像孩提时代在学校里犯了一个小错误。

秋生实在忍不住了，在母亲耳边轻语了几句。母亲睁大眼睛，惊异地看着秋生，一会儿，泪水夺眶而出。

脆弱的肉身不存在什么奇迹。母亲不是金刚不坏之身。母亲入院后第三天，病毒迅速地攻城略地，占领了她的身体，她因此陷入长长的昏迷之中。其实秋生早有准备，医生告诉他，母亲可能随时会昏迷。

在母亲昏迷的阶段，秋生和夏生一直陪在身边。病房很安静，只母亲一个人。病房是秋生想办法搞到的。母亲一辈子热闹，在最后的时光让她安静些吧。兄弟二人偶尔说说话。秋生说："戏很好，你演得很好。"夏生说："你来看了？"秋生说："对，首场。"夏生说："那你也看了母亲的演出。"秋生说："没想到，我把钱都花在自己人身上。"夏生吃了一惊，看着秋生。秋生说："对，赞助的钱是我出的，我让孙少波出面的。"夏生有些动容，想秋生平常对他恶声恶气，反感他演戏，可还是愿意帮助他。夏生说："谢谢你。"秋生摆了摆手，不再说话。

中途母亲奇迹般醒来过一次。母亲醒来时精神状态意外地好，这使得秋生和夏生生出新希望。但医生说，这只是回光返照。母亲对夏生说，你把庄凌凌叫来，我想同她说说话。夏生有些犹豫。不过母亲温和地说，别担心，我会同她好好说话的。

庄凌凌来的时候，母亲把夏生支开了。病房里只有她俩。庄凌凌已经不生戚老师的气了。主角最终还是她的，并且演出如第一场那样成功。她感到在这出戏里，她不是在表演，而是在生活。对她来说这是全新的感受，戚老师的指导功不可没。庄凌凌早想来看望的，夏生一直没有同意。夏生怕庄凌凌的看望会影响母亲的情绪。夏生说，她抢了你的戏，她会以为你是去报复她呢。病房的空调发出轻微的声音，母亲身上插着输液针，脸色苍白并且消瘦。母亲指了指床边的一把凳子，让庄凌凌坐下来。

母亲伸出右手，握住了庄凌凌的手，说："小庄，谢谢你照顾夏生。"

庄凌凌吓了一跳。她和夏生的事一直瞒着戚老师，为此这些日子以来他们都不太见面，哪知她早已知道。庄凌凌一时不知如何回答。

"我不是好母亲，我都记不得夏生小时候的样子了。"母亲说。

庄凌凌当然记得。那会儿母亲在省城风头正劲，庄凌凌意识到自己在省城没有前途，回到了永城。她见不得三个孩子无人照料，尽可能地去照顾他们。她最喜欢夏生。夏生天性仁义乖巧，讨人喜欢。不像秋生，对世界有仇似的，对谁都恶狠狠的。

"夏生老是缠着我。"庄凌凌想起夏生，露出甜蜜的笑容。

庄凌凌没有同任何人讲过她和夏生的事，现在她很想讲给夏生的母亲听。她说，夏生小时候喜欢跟着她，像个跟屁虫。庄凌凌和别人聊天时，夏生在庄凌凌身上爬来爬去。有人开玩笑，说夏生是不是庄凌凌的私生子。庄凌凌并不反感这样的说法，反倒开心地笑了。

"这我记得，夏生小时候喜欢到你阁楼里睡觉。"母亲说。

庄凌凌脸红了。夏生的生理开始变化的时候，庄凌凌不再带夏生去法院巷阁楼了。夏生却像个鸦片鬼一样，每天晚上出现在庄凌凌的小楼外，久久不肯离去。这样闹了一个月，庄凌凌心软了，放夏生进来。最初什么也没发生，但总归还是会发生的。夏生和庄凌凌是正常的男女。那年夏生只有十五岁。一开始，庄凌凌还是有罪恶感的，她觉得她和夏生之间不应该这样的，夏生还未成年，而她和他的年龄相差悬殊。她和夏生之间的关系注定是极为隐秘的。这期间庄凌凌一直没找男朋友。

夏生二十岁那年，庄凌凌提出给夏生找一个正牌女友。庄凌凌说，我们不能一直这样不明不白在一起啊。再说，我不可能和你结婚的，你妈会杀了我。夏生想了想，同意了。他觉得庄凌凌需要一个正常的婚姻，她都三十多了，他不能太自私。在庄凌凌的安排下，夏生认识了一个女孩。女孩是个戏迷。那时候，夏生在舞台上已崭露头角，女孩特别崇拜他。他很快和女孩同居了。女孩虽然小鸟依人，什么都由着他，什么都听他的，但他不太适应一个需要他照顾的小女人。另一个困扰他的问题是他的身体强烈想念庄凌凌，即便在和女孩做爱时，抚摸着女孩青春而单薄的身体，他会想象成庄凌凌，想象和庄凌凌的肉体欢娱。他觉得这是一种罪恶，对女孩极其不公。

有一天，夏生听说庄凌凌处了男友，并且在那阁楼同居了。夏生像疯了一样，他无法想象自己的生活中没有庄凌凌。夏生迅速甩了那小女孩，回到庄凌凌身边，赖着不肯走。庄凌凌心软了，说了一句冤家，让夏生回到她身边。一晃就过去了十多年。

"你们为什么不要一个孩子？"母亲说。

庄凌凌吓了一跳。难道母亲不知道她和夏生的年龄差距吗？她会老去，而夏生正值壮年，夏生总有一天会厌烦她（事实上她现在越来越不自信了），她不确定和夏生能走多久。

"你们要个孩子吧。你会是个好母亲，不像我。"母亲说。

庄凌凌愣住了，想，毕竟是女人，戚老师老来也会生愧疚之心。为了安慰她，庄凌凌开了个玩笑："夏生守着我这个老女人是不是太亏了？你做母亲的舍得？"

"你还很年轻啊。我在你这年龄，折腾个没完呢。"母亲说。

"我现在连夏生都对付不了，还折腾啥啊。"庄凌凌笑道。

"夏生是真心喜欢你，我刚到永城那天，你带着菜到夏生家来，我一眼看出你和夏生的关系。夏生看你的目光都让我嫉妒。"母亲说得尽量轻松，"除了夏生他爸，我后来就没遇见过这种目光。"

说到父亲，母亲目光突然变得幽深，她直愣愣地看着庄凌凌。庄凌凌觉得母亲的灵魂此刻似乎就聚在她明亮的目光里。母亲说："我要和他爸团聚了，夏生就拜托给你了。"

后来，庄凌凌同夏生说过这句话。庄凌凌对夏生说，她不忍看母亲的目光，那天她从病房出来后，一直在流泪。

十一

很快，母亲又进入了昏迷阶段。这次是深度昏迷，母亲开始梦呓。有一天，母亲竟哼出曲调，曲调断断续续，不成旋律，不过夏生很快辨认出来，是父亲编的《奔月》。这个唱段因为母亲的传播已是越剧的经典段落。在越剧风靡的年代，广播和收音机经常会播放这个唱段，很多戏迷都能随口就唱。这是母亲的代表作，一出让母亲大放异彩的戏。不过对这个家来说这出戏也许不是什么好事，谁能说得清呢。

几天以后，母亲昏睡过去，变得无声无息，只有各种插在母亲身上的医疗仪器在嘀嘀嘀地鸣叫。母亲没让任何人来打扰她。她在昏过去前交代秋生，她的亲朋好友来看她的话，都要拒绝。母亲爱美，她不想让自己不堪的一面示人。在昏睡的中途，母亲的眼角突然流出泪珠，她仰面躺着，使得流出的泪珠像是从一口深井中冒出来。母亲再一次开口说话了，不过听不清她在说什么。秋生和夏生听清了父亲的名字，也听清了秋生、夏生、冬好的名字。这是母亲第一次完整说出三个孩子的名字。母亲一直在重复一个句子，听了好久，夏生才听清楚，那句子是：原谅妈妈。

夏生流下泪来。秋生习惯性地把目光转向窗外。天气晴朗，那原本蓝色的天幕在夕阳映照下霞光四射，就好像天国降临了一样。

　　永城越剧团新排的戏广受欢迎，演出一直在继续。可能要连续演一个月。因为要演出，晚上夏生就不再去医院。那天演出结束，夏生去了庄凌凌家。好久没有亲热了，夏生对庄凌凌都有了陌生感。要不是庄凌凌主动，他可能不会上床。他现在没有欲望。夏生同庄凌凌讲起昏迷中的母亲唱《奔月》的唱段及唤父亲的名字。庄凌凌陷入沉思。夏生问庄凌凌在想什么。庄凌凌说："有一件事，不知道该不该说出来，关于你父亲的。"夏生愣了一会儿，看着庄凌凌。庄凌凌说："说到这儿了，还是说了吧。"夏生不语。庄凌凌说："你记得吧？有一段日子，我去省城找你妈学戏。"夏生当然记得。庄凌凌又说："《奔月》公演那天，你爸喝醉了酒回到家，当着我面大吼大叫。你爸是个文弱的人，我从来没见他这么疯过。他把我当成了你妈，他抱着我，伏在我怀里泣不成声。你爸说，他看见了那个官员欺负你母亲，可他一直忍着，无能为力，现在戏终于公演了，他已经受够了……那天他很狂躁也很软弱……我把你爸推开，后来你爸酒醒了，认出是我，我忘不了他当时的表情。"夏生听了相当吃惊，他没想到和庄凌凌处这么久，她竟瞒着他这么重要的事。庄凌凌说："你爸就是那天晚上离开了省城，在这个世界上消失了。其实我知道你妈的事，一直以为你爸不知道呢。后来我一直想，你妈当然是你爸最大的心病，可是他那天在我这儿失态是不是也是导致了他离家出走的原因呢？你爸失踪后我还内疚了好一阵子。唉，你们家的人只有秋生像你妈，有韧劲，你和冬好像你爸，脆弱。"有好长时间，夏生不知道如何反应。夏生这会儿想着父亲。太久了，他已没办法想象父亲现在的样子，死了还是活着，两者都想象不出来。应该是不在人世了吧。

　　夏生的手机突然响了起来。是秋生来电。秋生的声音听起来有点哽噎，好像在哭，但又克制着。秋生说，妈走了。夏生猛然从床上坐起来，说，我马上过来。庄凌凌知道发生了什么，要和夏生一起去。"我总归算是她的学生。"她说。

十二

母亲曾经是一位明星，她的死无疑会引起公众的关注。但秋生不想渲染这事。他认为一个低调的葬礼符合母亲的心愿。夏生也同意秋生这么做。他们没通知母亲单位，也没让媒体知道。

母亲火化时只有秋生和夏生。

秋生早已安排好一切。当秋生捧着母亲的骨灰盒，走出殡仪馆大门时，一辆黑色奥迪等在门口。夏生跟着进了小车。一会儿，小车向东开去，那是舟山群岛的方向。夏生不知道秋生的目的，也没多问。他知道秋生的主意大着呢，一件事他如果插手了，就不会问夏生的意见。不过夏生担心秋生会把母亲的骨灰撒向大海。母亲可没有这样的遗嘱。一路上，兄弟俩没说一句话。夏生不时抚摸着一串绿松石珠子，那是母亲遗留在他屋子里的，他打算在母亲下葬时，放入墓穴里。

小车在一个小码头停了下来，那边停着一只快艇。秋生庄重地捧着骨灰盒，向快艇走去。秋生要把骨灰撒向大海的预感变得越来越真实，夏生停下了脚步。秋生回头瞪了夏生一眼，让夏生跟上。夏生来到快艇里边。夏生问："需要我抱一会儿吗？"秋生没吭声。他端坐着，腰板笔挺，好像在完成一个仪式。

四周是白茫茫的海水，原本混浊的海水突然变得清澈起来，好像海水在这里划了一条界线，他们进入到另一片海域之中。远处有几只渔船，一动不动，可能正在完成抓捕的某个动作。一群海鸥在头上掠过，发出几声凄厉的叫声。天空意外地蓝，阳光洒在海面上，海面反射的光芒晃得人眼睛生痛。夏生有点分不清天空和海面，好像他们此刻进入了另一个空间，好像是快艇在天空和海水之间开辟出了一个通道。这是习惯于陆地的人在大海深处容易出现的幻觉。秋生沉默肃穆，目视前方。坐在后面的夏生不知道秋生在想什么。

半个小时后，眼前出现一个小岛。岛远看很小，上了岛倒是一眼望不到头，且植被丰茂。岛上有一个小寺院，寺院有三个和尚，其中当家的认识秋生。后来秋生告诉夏生，那和尚原本是个生意人，生意比秋生做得大，突然有一天，把公司卖了，买了这个岛，建了寺院做起了和尚。秋生说，这个岛是他介绍给他的。这个岛原来太荒凉了，需要有些人气。此人面容方正干净，若有光明。那两个打杂的小和尚，一个少年时杀了邻居家的一只狗，两家因此大打出手，父亲被邻居打成重伤，不久毙命。另一个说是女儿犯有癫痫，久病不治，发愿出家，求菩萨佑护他的女儿。

那和尚有一部手机，在岛上迎接秋生和夏生。想必秋生早已同和尚联系过了。和尚对着秋生捧着的骨灰盒念了一会儿经，然后就不声不响地走了。夏生已不担心秋生会把母亲的骨灰撒到大海了。他想，秋生安排好了一切，自己跟着就是了。

秋生捧着骨灰盒向岛深处走。一会儿，夏生看到一个小山包，在向阳的位置，有两块墓碑。当夏生看到其中一块墓碑上的名字时，立在那里不动了。他只感到血液猛地涌上脑门，心里面一种长期压抑的情绪被唤醒了，让他想毁灭些什么或砸烂些什么。他暂时得忍受着，他得等母亲下葬。那墓碑边立了一个新的墓碑，上面写着母亲的名字。墓地整得很干净，别处树木枝叶散乱，杂草丛生，这个地方整得像一个花园（事后夏生了解到那个和尚经常会来收拾一下）。秋生把骨灰盒放入墓穴，再用盖子盖好封住（边上早已准备了新拌好的水泥浆）。先是秋生跪下祭拜，再是夏生伏地磕头。

　　几乎没有任何停顿，夏生磕完三个头后，迅速转身，像狼一样扑向秋生，把秋生扑倒。这是夏生生平第一次向秋生攻击。兄弟俩扭打成一团。夏生看上去虽然没秋生壮实，但毕竟平时练功，动作灵活。最后两人力气耗尽，气喘吁吁地躺在地上一动不动。夏生没少挨秋生的拳头，浑身骨头都疼。疼痛让夏生获得了意想不到的快感。

　　"为什么你这么干？"夏生说，"他死了你为什么不告诉我们，你有什么权利不告诉我们？你知道吗，他下落不明让我们多恐慌？"

　　"我不想让你们难过。"秋生说。

　　"你没有权利这么做，对我们不公平。"夏生说。

　　两人躺在墓前的草地上，看着天空。天空是另一片海，只是比海平静。母亲这会儿在哪里，在天上吗？在这么蓝这么平静的天上吗？有好一阵子，两人都没说话。过往的一切历历在目，可就是说不出来。

　　"你是怎么找到他的？"夏生问。

　　"他离家出走前给我讲过这个岛。他和母亲是在这个岛上相好的。"秋生说。

　　夏生从来没听说过这件事，略微有些吃惊。

　　秋生说，那时候父亲和母亲在舟山群岛的一个渔村当知青。就在远处那座岛上。秋生指了指远方。远方什么也没有。听父亲说那岛很大，是一个镇子，父亲和母亲当年在同一个村子插队。母亲是个美人，经常有男人来岛上看她。父亲说，当时他感觉母亲好像认识全中国的小伙子。父亲是个才子，当知青前在艺校学习编导，会拉手风琴，唱苏联歌曲和越剧。父亲发现了母亲的天赋，私底下教母亲越剧。

　　有一天，父亲从老乡那儿借了一条小船，划到这岛上。哪知道，小船靠岸时撞到岩石上，撞烂了，他们只好留在这岛上等人来救。当时父亲和母亲都很紧张，这岛很少有人来，他们在岛上过了三天，都绝望了，后来来了一艘军舰把他们救了回去。父亲和母亲就是那三天好上的。

"回去后他们就结婚了，一年后有了我。"秋生说。

夏生有些吃惊，没想到父母有着这样的往事，听着感觉像一个神话。

秋生说，母亲一度认为父亲是故意把船撞破的，说父亲是蓄谋已久。父亲就笑，父亲是真心喜欢母亲。父亲说当年在岛上一点也不害怕，他觉得就这样死去也没什么了不起，他感到心满意足。结婚那几年父亲很幸福，也很甜蜜，母亲不是一般的女人，讨男人喜欢，父亲当年把她当成掌上明珠——这样形容不对，但真的是那样，父亲惯坏了她。他们回城后，父亲去了文化馆，母亲去了华侨商店。不久，在父亲帮助下，母亲考入了永城越剧团。就是那段日子，父亲开始写《奔月》这出戏。

父亲是出走前一年给秋生讲这个故事的。《奔月》首演后，父亲神秘失踪，留下《奔月》红遍了大江南北。秋生一直在找父亲的下落，有一天他突然想起这个故事，于是来到小岛，发现了父亲的遗骸。他是凭着遗骸边的遗物确认了父亲的身份的。遗物里有一块钻石牌手表。秋生把父亲埋在了小岛上，没告诉任何人。

秋生和夏生还躺在草地上。岛上的天气比陆地要湿热，他们的衣衫早已被汗水浸湿。夏生朝寺院方向望了一眼。寺院被巨大的菩提树掩蔽，显得安静而清凉。天边突然布满了云彩，把整个海面都映红了。但云层慢慢变成灰色，天空变得阴沉起来。

"你们演的那出戏是父亲写的，本子我是在岛上发现的，在父亲的包里，用一只塑料袋包裹着，所以字迹没有损坏。你说巧不巧，这戏他是为母亲写的，老天有眼，结果首演竟然真的是母亲。"秋生仿佛在自言自语。

夏生侧脸看了看秋生，这一次他竟没有感到奇怪。他在看剧本和排练时，脑子里多次闪过父亲的形象，这是直觉吗？

"三个月前我搬家翻出这本东西，我让人打印了一份，托人交给庄凌凌，庄凌凌看了剧本像疯了一样，吵着闹着要搬上舞台，后面的事你都知道了。"秋生说。

夏生想，难怪庄凌凌一直不肯说出此剧的作者。夏生以为这是庄凌凌的把戏，她想演主角，把剧作者搞得越神秘越好，免得团长直接去找剧作者而把庄凌凌撇在一边。看来庄凌凌根本不知道剧作者是谁。

"你手上的珠子是母亲的？"秋生问。

夏生看了看手腕，没回答秋生。刚才因为太生气，忘了把珠子留给母亲了。不过他觉得这样挺好，也算有个念想。夏生想象当年父亲和母亲在这个岛上的情形。他好像代替了苍白的神经质的父亲的目光，看着当知青的母亲。母亲眼睛里都是光。她总是这样，一直以来眼睛里永远有一缕光，好像有无限的前程等着她，好像她的人生会无比精彩……不过得承认母亲的人生真的很精彩。

"这珠子能送我吗？"秋生说。

夏生犹豫了一下，把珠子从手腕上撸下，递给秋生。两人沉默不语，看着天空。这时从秋生口中突然传来尖细的越调：

吞灵药，生翅膀，入了广寒门，

晓星沉，云母屏，独对烛影深，

寥廓天河生，

寂寞云裳赠，

空悔恨，

碧海青天夜夜凡尘心……

秋生唱的是《奔月》的经典唱段。夏生想母亲说得没错，秋生真的能唱戏。唱的是青衣，竟唱得这么好。他侧脸望向秋生，秋生眼角挂着泪痕。

中午大和尚准备了素食。吃饭的时候，天阴沉得更厉害，好像马上要下暴雨。因为晚上夏生还有演出，夏生有点担心海面会起风浪，快艇开不了。要是回不去，团长会急死，票都卖出去了的，而他的角色没有B角。吃过中饭，夏生催秋生赶快上快艇回本岛。还好，虽有点小雨，海水依旧平静。一会儿就到了小车停泊的码头。他俩坐上车回永城。车过永城二中，秋生让司机停车，自己跳了下来。秋生对司机说："你送夏生回团里，我想在这儿转转。"秋生沿着学校外的铸铁围栏向河边走。刚才阴沉沉的天空突然放晴了，有一缕阳光从云层中穿出来，照耀在河岸边的青草和树叶上，世界焕然一新。

秋生来到桥头，扒在桥栏上。有两个工人在河道上清理淤泥和垃圾。河道比过去干净了许多。这条小河曾经浑浊不堪，河面上总是漂浮着诸如快餐盒、塑料泡沫、垃圾袋，有时甚至还有避孕套。秋生读书那会儿，河道经常散发着工业臭味，在教室里都能闻到硫黄的气味。一个工人操纵着一条机帆船，发动机发出脆响，大约因为河面安静，发动机声并不喧闹。河道里没有太多东西需要处理，他们显得很放松，那捞淤泥的工人甚至故意把水洒到开船那位身上。开船那位大呼小叫起来。

他们慢慢来到桥墩下，那个捞淤泥的人似乎在水下碰到了什么，脸上露出少见的认真来，他使劲拉杆。杆被什么东西缠住了。开船的那位去帮忙。一会儿一辆自行车从水中浮了起来，其中一个趴在船边紧紧地抓住了它。自行车染上了污泥，经水冲洗后一下子变得簇新，油漆基本完好，只是钢圈处生了一些锈迹。那两人像捡到宝一样，脸上布满了笑意。

秋生认出了这辆自行车。他的脑海中浮现出多年前的那一幕：他骑着这辆凤凰牌自行车，带着冬好在漫漫长夜中穿行。329 国道路况极差，自行车时刻处在颠簸之中，有好几次秋生差点摔倒在路边的沟渠里……

桥头围观的人多了起来，人们对这里捞起一辆自行车很稀奇。两人中的一个有点人来疯，他像大力士一样把自行车高高举起。阳光投射到那人的脸和自行车上，看上去犹如一座雕像。

图书在版编目（CIP）数据

最后一天和另外的某一天／艾伟著． -- 北京：作家出版社，2022.11

（第八届鲁迅文学奖获奖者小说精选集）

ISBN 978 - 7 - 5212 - 2041 - 4

Ⅰ.①最…　Ⅱ.①艾…　Ⅲ.①中篇小说 - 小说集 - 中国 - 当代　②短篇小说 - 小说集 - 中国 - 当代　Ⅳ.①I247.7

中国版本图书馆 CIP 数据核字（2022）第 191330 号

最后一天和另外的某一天

作　　者：艾　伟
责任编辑：史佳丽　李亚梓
装帧设计：琥珀视觉
出版发行：作家出版社有限公司
社　　址：北京农展馆南里 10 号　　　邮　　编：100125
电话传真：86 - 10 - 65067186（发行中心及邮购部）
　　　　　86 - 10 - 65004079（总编室）
E - mail: zuojia@zuojia. net. cn
http: // www.zuojiachubanshe.com
印　　刷：唐山玺诚印务有限公司
成品尺寸：152 × 230
字　　数：176 千
印　　张：14.5
版　　次：2022 年 11 月第 1 版
印　　次：2022 年 11 月第 1 次印刷
ISBN 978 - 7 - 5212 - 2041 - 4
定　　价：46.00 元